中公文庫

百鬼園戦後日記Ⅰ

内田百閒

中央公論新社

百鬼園戦後日記Ｉ　目次

昭和二十年…………9
八月 10
九月 20
十月 35
十一月 55
十二月 71
昭和二十一年…………87
一月 88
二月 107
三月 130
四月 155
五月 174

六月 192
七月 211
八月 227
九月 243
十月 257
十一月 274
十二月 291
〈巻末エッセイ〉かをるぶみ　谷中安規 307

百鬼園戦後日記　全三巻

Ⅰ
昭和二十年八月二十二日～二十一年十二月三十一日
かをるぶみ　谷中安規

Ⅱ
昭和二十二年一月一日～二十三年五月三十一日
生き残つた小鳥　高原四郎

Ⅲ
昭和二十三年六月一日～二十四年十二月三十一日
堀立小屋の百閒先生　中村武志
百鬼園戦後日記おぼえ書　平山三郎
解説　佐伯泰英
索　引

百鬼園戦後日記Ⅰ

昭和二十年

八月

八月二十二日　水　十四夜

水曜不出社。朝から曇。お天気が変るかと思つてゐると午後突然豪雨降りその後大あらしとなる。夕方を過ぎ夜に及びて未だやまず、今八時半也、時時大変な風玉が来る。電気が消えた。暫らく振りに蠟燭の明かりにて日記を書き続ける。こはいけれど空襲よりはいいだらう、今二十二日午前零時、防空終止命令が出たさうである。音響管制も廃せられてこれからはお午《ひる》の午報のサイレンを鳴らしてもいい事になつたさうだが何時から鳴らすか知ら。気象管制も解かれて天気予報が始まると云ふ話も聞いた。ラヂオでさう云つたのかも知れない。

八月二十三日　木　十五夜

昨日のあらしは夜十時半頃漸くやんだのでそれから遅い晩飯を食べた。食べ終つた頃又吹き始めそれでは今静かだつたのは颱風の中心が通つたのかと気がついた。それ迄よりもつとひどくなり大荒れに荒れて午前零時頃が絶頂であつたかと思はれる。一時頃には少しをさまつたが小屋が横倒しにならぬかと心配した。一時半頃寝た。風は夜中にをさまつたが朝五時頃は未だ雨が降つてゐた。七時頃から霽《は》れる。薪がぬれてこひが火を起こすのが中中手間がかかる。朝飯は午まへ近くになつた。そこへ中村来、今日はお酒一升、白米一升余り、鶏卵五顆《か》を持つて来てくれた。実にお礼の云ひ様の無い始末也。先日来弱つてゐるところにてお酒一升は元気を取り戻してくれる事なる可し。その外《ほか》に刻莨《きざみたばこ》一袋も貰つた。先日来途切れてゐたところにてこれ亦《また》難有し。午後出社す。一昨日受けておいた社用あり。帰る迄にすませた。夕大橋を同道して帰る。大橋は布佐《ふさ》から買つて来たらつきようとたうもろこしを持つて来てくれた。上がり口にてコップの冷酒にて今日のお酒を大橋に供す。一升あれどもいつもの様な一献はせぬつもりなり。大橋帰りたる後の晩飯のお膳にて暫らく振りの晩酌をしたが三本か四本飲み好い心持になつた。一升が既に半分以上なし。

八月二十四日　金　十六夜

朝来頻りに通り雨降る。時時遠雷。雨は午後になつて降らなくなつたが湿気ありて梅雨の如し。午後出社す。大橋今日は来てゐない様である。文書係の部屋に何人もゐないから判然せず。夕帰る。先日来きざしてゐた喘息の症候今日は稍瞭らかなり。若し本ものになつたら身体は弱つてゐるし甚だ困ると思ふなり。五月二十五日焼け出されて以来この小屋で三ヶ月を閲したり。初めの内は災難に遭つた事が面白い様な気持もあつたけれど日を経るに従ひ身辺の不自由を痛切に感ずる様になつた。焼けて無くなつた物の内で貴重な物を思ひ出すと愛惜の念を禁じ難い様であるが、無くなつた為に切実に困るのは寧ろ何でもない極く手近かの有りふれた物である。さう云ふ物の補充は却つてつきにくい。こひのあれを焼いたこれも無くなつたと云ふ愚痴は大分下火になつたが、もう大分前にそんな話の間でふと皮文庫の事を思ひ出した。いつも二階の押入れにあつて二尺余りに一尺五寸位、深さは五六寸のかぶせ蓋のついた全体が黒色の皮で出来てゐる文庫である。前前から空襲の火事の事など考へなかつた当時から、火事の時にはこの皮の文庫は必ず持ち出さうと云ふ事をこひときめてゐた。中には昔の子供の時分の原稿、中学二三年時分からの文章や俳句や、岡山の山陽新報中国民報等に投書して掲載せられた文章の切抜きなどが一ぱいに詰まつてゐた。続百鬼園随筆に収録した筐底稡稿よりもつと前の原稿である。焼けて無くなればそれ迄の事で仕方もないし大した事でもないが、若し世の中が変つて自分の全集でも出せると云ふ様な事になれば、最も初期の文章として採録する事の出来るのも有つたかも知れない。子供の時から随分文章の勉強したものだと云ふ證拠が無くなり、筐底稡稿を初めだとするといきなり相当に纏まつた文章を綴つた様な事になる。その皮文庫の事は五月二十五日の当夜は些《ちつ》とも思ひ出さず小屋に落ちついてからも長い間思ひ浮かばなかつた。いつであつたかふとその事に気がついたが、ただ思ひ出して見ただけの事で何の意味もない。留守に栗村来。葡萄酒を麦酒罎に一本くれた。船舶運営会にて配給せるものなる可し。

八月二十五日　土　十七夜

朝来雨、午後上がつたがなほ通り雨あり。午後出社す。今靴は四足あり、こひが靴は焼いてはならぬと思つてゐたと云ふので一足も焼かなかつた。一つは郵船へ来始めた時に三越にあつらへて造らしたキッドの深護謨《ふかゴム》である。深護謨の靴は既に時代遅れで、滅多に人が穿いてゐない。最初に靴を誂へる時、診察を受ける為に小林博士の許へ行つた序《ついで》に薬局の電話を借りて方方の靴屋へ電話をかけて聞いて見たら深護謨の註文を引受ける所はなかつた。電話に出た女店員やその後出かけて行つた靴屋の女店員には深護謨の靴と云ふものを知らず、護謨靴かと聞き返したりしたのもあつた。度度鎌倉丸やその他の会社の船に乗つた時、ボイが磨く為に持つて行く様に入口に脱いだのを見て、随分踵がすりへつてゐると思つたのを覚えてゐる。その当時から今まで一度も直しにやらないから益曲がつてゐる。それから会社へ出入りしてゐた丸善で買つたチョコレート色のボックスの短靴と、その一二年後に同じく丸善から買つた豚皮の短靴とがある。両方とも踵は曲がり裏皮も破れかけてゐる。雨降りには表を穿いて歩けないから新らしいのを買つておかうと思つたが、何によらず不自由になり特に靴は皮革が禁制になつた為に手に入らなくなつた。たしか去年の早春であつたと思ふ。まだ家にゐたち江が神明町から独逸《ドイツ》ボックスだと云ふ短靴を一足買つて来た。百五十円であつた。キッドの深護謨は三十三円。チョコレート色の短靴はいくらであつたか思ひ出せないが豚皮の短靴はキッドより高く三十五円であつた。それが今度は百五十円もすると驚いたが今では五百円でも買へないだらう。その靴を焼け出される少し前に郵船の部屋へ持つて来ておいて助かつた。他の三足の内キッドの靴は当夜穿いて逃げ、二足はこひが包の中に入れて持ち出したお蔭で四足共みんな無事である。古いのはどれもこれも裏が怪しくなつて来たから新らしいのを下ろさうと思つた。今までに何度もさう思つた事はあるけれど躊躇してゐたのだが到頭《たうとう》思ひ切る事にした。それで今日から穿く事にした。月給請取る。一どきに四ケ月分なり。十一月の分迄貰つて仕舞つて先になつたら嘸《さぞ》困るだらうと思ふ。栗村に先日の運営会の葡萄酒の追加を一升頼む。夕方会社まで持つて来てくれた。夕大橋栗村と一緒に帰る。大橋お茶の水まで、栗村四谷駅迄同車す。

八月二十六日　日　十八夜

朝通り雨頻り也。低気圧が来るかも知れぬとの事なりしが、午後より雨やみ夕方の西空は晴れたり。今日は狭い小屋に千客万来にて、初めに米川文子さんおはまさんを伴れて来る。昨日買つた葡萄酒にて饗応す。そこへ除隊になつて帰つて来た村山来。文子さん去る。村山には二十三日に中村に貰つたお酒を未だ大事にして飲み残してゐたのを供す。村山のまだゐるところへ小林博士来。村山去る。小林博士には葡萄酒を供したり。お客様はみんな上り口に腰を掛けた。新客が現はれると先客が立ち退かなければ居る所がない。三人が一どきでなかつたのでよかつたが、交る交るのお相手にて草臥《くたび》れた。日本は出なほさなければならぬ事になつたがそれにつけても近年に到り小学校を国民学校と改称したのは甚だけしからぬから早くもとの小学校の名称に返す可きである。フォルクスシューレを真似た心事、当時から気に入らなかつた。自分の言葉としては国民学校は一度も使はなかつた。大東亜戦争も気に入らぬ名前である。この名称も自分は使つてゐない。東京都もなつてゐない。これも採用しなかつた。東京都になつてから後に新らしく刷らした名刺の所書にも印刷所に注意して東京市としてある。ラヂオをラジオと書けなどと云ふ間違つた差し出口や左書きの強制等も早早に引つ込める可きものなり。

八月二十七日　月　十九夜

晴。風稍強し。午後出社す。東京駅までこひ同伴。こひは京橋の中川さんへ行く。食糧の件なり。出社前駅前の船舶運営会へ寄つた。土曜日の葡萄酒一升が昨日の饗応と自分で飲んだのとで無くなつたからもう一度栗村に追加を頼む為なり。栗村席に在らず運営会の理事になつてゐる小野六郎さんの部屋を訪ねて会つてから出社す。こひ中川さんの帰りに寄る。大橋は今日会社に来てゐない。大津倉へ米を買ひに行きたるなる可し。こひを先に帰す。帰りに神田駅の近くの古本屋へ蚊遣線香を買ひに寄るやう命じたり。村山今日は会社へ来てゐる。栗村より電話にて葡萄酒は既に無いとの事なり、その代りお酒がある、但し麦酒罎一本九十四円との事なり。二本頼んだ。夕帰る。八月二十四日欄記入の皮文庫の事につきもう一つ思ひ出した事がある。昔昔小石川の高田老松町にゐた当時、近所にゐた津田青楓《つだせいふう》氏から聞いた話に、昔の有名な画家は大概一生の内に一つは春画を描いてゐる。さうしてそれは皆傑作である。そんな話をした後で自分も描いたと云つたのか描いてゐると云つたのか前後は忘れたが、その内に巻物にした長い続き絵の春画を見せて貰つた事がある。女は支那人の女であつた様に記憶してゐる。その話に影響されたのだらうと思ふけれど、自分も猥文を一篇書いて置かうと思ひ立ち多分早稲田ホテルにゐた時分の事と思ふけれど、或はもう少し後であつたかも知れないが凡《およ》そ五六十枚の物を書き上げた。色色読んだ事のある猥褻本の文体にならひ又は離れる様に心掛け、大体写生文体に綴つたと云ふ記憶がある。良い出来であつたか否か疑問であるがその一篇を皮文庫の中に蔵《しま》つておいた。いつか何かの話の序にその事を思ひ出し、村山に向かつてその一篇の事を話して、若し自分が死んだ後その文章が転転と人の目に触れる様な事があると恥だから、二階の皮文庫の中にさう云ふ物があると云ふ事を覚えておいて死後の処置をおまかせするが、兎に角一応思ひ出す様に頼むと云つておいた。今度焼けて仕舞つたので惜しいとも思はないが後腐れもなくなつた。村山が除隊で帰つてから皮文庫の話をしたら、その文章の事を覚えてゐて、それではあれも焼けて仕舞ひましたねと云つた。

八月二十八日　火　二十夜

風強く晴。午後出社す。出社前船舶運営会に寄りて栗村に会ひ、昨日頼んでおいた清酒を麦酒罎に二本請取る。大橋大津倉よりお米を取つて来てくれた。三升分けて貰ふ。これで助かる。夕帰る。四谷駅迄大橋同車。歩廊にて涼んで帰る。夕一献す、甚だ可なり。後で聞けば今日の酒は沢の鶴の由なり。

八月二十九日　水　二十一夜

水曜不出社。晴れて暑し。午後は三十三度弱F九十一度なり。先日中から監視飛行とかにて米軍の飛行機が頻りに飛び甚だ五月蠅《うるさ》し。昨日はその中にB29の音がしてゐたが今日午後は大分低空に下りて姿を現はした。今日は父の逮夜なり。昨日の沢の鶴を志保屋以来の藍模様の杯に注ぎて小さな水晶の仏様の前に供へたり。水曜日にて家にゐたから先日来四五日たまつてゐる日記をつけようと思つたが、余り暑いので果たさず。夕米川文子さん来りて、玉子、梨、茄子をくれた。その後に大橋会社の購買の配給の魚を持つて来てくれた。冷凍品にて、ニシン、カレヒ、カマボコ等沢山あり、多過ぎて到底食べきれないから近所へくばる。既に暗くなりたり。お蔭で夕飯遅くなる。一献す。

八月三十日　木　二十二夜

晴、朝から暑し。午すけ来。午後市内電車にて放送協会に寄りて市内電車にて出社す。留守に伸六さんと車谷と来りし由。最近の短篇「雲の脚」の掲載誌の文藝春秋を焼失したから貰ひたいと車谷に頼んでおいたのを持つて来てくれた。B29頻りに飛ぶ。低空に降りて来た時は馴染みのごうんごうんと云ふ響きがしない。ざらざらとかすれる様な音がして俗なり。

八月三十一日　金　二十三夜

風強く雲多し。朝九時頃から雨となり夕方まだやまず。午まへ出かけた。出社前に小林博士へ寄る。BD右一八〇左一七五。ギタミン注射一。今年度の腸窒扶斯《チフス》予防注射第一回、先年より毎年一回宛《づつ》予防注射を受けてゐるが去年は一昨年より二十日許《ばか》り遅れて五月二十六日金曜日第一回、同三十日火曜日第二回、六月三日土曜日第三回にて終つた。

今年は去年より更に三ヶ月許り遅れた。小林博士の許にこの頃の情勢にてヴクチンが無かつたり空襲が続いたりした為なり。それから飯田橋より省線電車にて出社す。夕少し早目に帰る。唐助留守にお酒三合持つて来てゐた。予防接種の当日なれば一寸考へたけれど結局飲んでしまふ。

九月

九月一日　土　二十四夜

朝は夜来の雨なほやまず。こひ炊事に難渋せり。午《ひる》まへ大井来。去る八月一日夜の八王子の空襲にて大井は焼夷弾を腰部に受け負傷した由聞き、入院先を確めて来る様先日来唐助に命じておいた所なり。近い内に見舞に行かうと思つてゐたその本人が元気にてやつて来た。今夕は大橋と一献の約あり。大橋はお祝ひの酒一升を持参する筈にて大いに難有いが、大橋と二人にて一升は丁度いいかも知れないけれど或は少少余る可し。そこへ偶然現はれたる大井なり。ただ大井となると三人にて一升ではおかつたるき事なる可し。然るに大井はその話を切り出す前に、配給の焼酎四合あれば持参して一緒に飲みたしと云へり。焼酎を足し前にすれば十分なり。大橋には出社後諒解を得る事にして今夕の一献に大井を招待す。大橋のお祝ひに加へて大井の全快も祝す可し。大井大いに喜びて一先づ帰る。午後出社す。夕大橋より先に帰る。大井来てゐた。後から大橋来。御馳走品品あり。大橋持参の酒は白鶴にて一升二百八十七円五十銭の由なり。大井持参の焼酎は余り飲まず。お酒燗徳利に二本のこる。昔の朔日十五日の朔日の如しと云ひて二人共よろこぶ。就寝前より喘息苦し。

九月二日　日　二十五夜

曇、涼し。先日来のたまつた新聞を読む。未だ残つてゐる。この頃は新聞を読むのが一仕事なり。小森沢の娘さん来、こなひだ内から留守に時時来てゐる。今日はこひが漬物に使ふ実験室用の大きな罎の筒と酢牛乳等をくれた。江戸川アパートの件は未だきまらない。昨夜は喘息苦しかつた。

九月三日　月　二十六夜

曇、手先つめたし。午後出社す。行きがけに四谷駅で電車がこんでゐたから二つ三つ見送つて歩廊に休んでゐると神鞭燭南天《こうむちしょくなんてん》氏に会つた。五月二十五日の空襲後消息を知りたいと思つてゐた所なり。暫らくベンチで話してから別かれて乗車す。米軍進駐の為郵船ビル立退きの噂あり。夕帰る。昨夜も喘息苦し。

九月四日　火　二十七夜
朝曇。午過出社す。散髪。部屋にて色紙二枚に俳句と寒山詩を書き本館係の高橋君に贈る。前前からの約束にて一枚はいつぞや電気の傘をくれた本館係員へのお礼なり。夕帰る。配給の麦酒二本あり。余りうまくて二本しかないので少少不愉快になつた。昨夜も喘息苦し。

九月五日　水　二十八夜
水曜不出社。曇、午後晴。新聞で一日暮れた。

九月六日　木　二十九夜
朝薄後曇晴れる。午出社す。行きがけに小林博士へ寄る筈であつたが午前中のつもりが少し遅くなつたから今日はやめた。郵船ビル立退きの件未だはつきりせず安心もならず。午後こひ来室す。五月二十六日焼け出された朝持ち込んだ荷物の残りを持ち帰る為なり。夕帰る。帰る前に立退きはどうやら実現しさうな話あり。昨夜は喘息が少しらくであつた。

九月七日　金　一夜

朝曇。午前八時の温度二十五度半F七十八度なり。午出社前小林博士に寄る。BD右一七〇左一六五。窒扶斯《チフス》予防注射第二回。出社して見ればいよいよ郵船ビルは立退也。後からこひ来室す。郵船の片附けをして夕一緒に帰る。昨夜は喘息又大分苦しくなつた。郵船ビルにお別れとなれば昭和十四年以来の思ひ出ありて名残惜し。

九月八日　土　二夜

夜明けまで雨、朝曇。午後は日が射して暑し。郵船片附けの為午後こひと共に出社す。青木の弟小屋に訪ね来り、留守だつたので会社へ来てくれた。手伝はして大いに助かる。大体片附いた。青木の弟は夕方迄ゐてくれた。夕遅く暗くなつてからこひと帰る。

九月九日　日　三夜

夜来風強し、晴れて暑し。夕方郵船から帰つた時の温度三十度也。いよいよ郵船ビルの部屋も今日限りとなる。昨日の約束により青木の弟来るのを待ちて町会で借りたガソリン喞筒《ポンプ》の台車だけ焼け残つた車を曳いて行かせた後からこひと出社す。日曜なれども社内大騒ぎなり。昨日から部屋の片付、荷物の搬出、一人で戦争に負けた様な趣也。引越しより焼け出されの方が簡単に済んでいいと思ふ。夕こひと青木の弟と荷物を車に積んで帰るのを先に出しておいて一人省線電車にて帰る。二人は暗くなつてからやつと帰つて来た。会社で部屋を貰つてゐた為立退きとなると私有物の始末をしなければならない。今度の引越先は狭くて部屋をあてがはれるなど思ひも寄らず。出来る丈身辺を簡単にして引越さなければならないから私物はみんな持ち帰る。部屋に置いた物丈は焼け残つたから、家の全焼した後にお蔭で助かつた物もあるが、その為に引越の苦労は一般の社員の倍である。尤も会社の関係の荷物は大橋の方に頼んで一緒に運んで貰つたからさうも云はれないかも知れないが、自分の物を家へ持ち帰るは当然として、持つて帰つた物を小屋へ入れると今度は人間のゐる所が無くなると云ふ苦労がある。母屋の浅間に頼んで押入を半分使はして貰ふ事にしてその中にをさめた。自分が立ち会ふと色色気になつて事面倒になる故一切こひにまかせておいた。青木の弟に盛り切りの飯を食べさせて帰らした。お小遣三十円与ふ。

九月十日　月　四夜

朝は曇、少雨にて涼し。二十五六度程度なり。午後出社す。今日から日本橋兜町の南洋海運の二階なり。今迄の通り東京駅まで省線電車にて、それから洲崎又は水天宮行の市電に乗り茅場町にて下車す。社内はまだ大変な混雑にて起つてゐる所も無し。ぢきに帰る。帰途市電にて京橋に出で、中川さんに澱粉米を貰つて来た。東京駅まで歩いて省線電車にて帰る。市電にて表通を通る途中亜米利加《アメリカ》兵や亜米利加の新聞記者らしき者を沢山見た。格別気にもならないが四五人の毛唐の中に一人宛《づつ》混ざつてゐる日本人の通弁の顔附きが気になつた。面よごしの感深し。但しは毛唐にまじればだれでもあんなに見えるのか。夕大橋来。

九月十一日　火　五夜

朝薄雲あれども晴。秋の朝らしき空なり。間もなく一天晴れ渡つて本当の秋晴れとなつたが、後午《ひる》まへから又曇つた。午前六時二十四度也。午後兜町の会社へ出社して見たが混雑中なればすぐ帰る。帰途市電にて本郷の農学部へ廻り藍野を訪ねた。江戸川アパートの件なり。途中須田町にて乗り換へる時、例の古本屋にて蚊遣線香を買ふ。藍野はキスキーの生地をくれた。帰りて薄めて飲む。昨夜は喘息の工合よかつた。夜中一本も喘息煙草を吸はず。出社する時省線電車の中で人の話してゐるのを聞くとお金を貸して利子を取るのは昔からある事だが、この頃はお米を貸して利子を取る奴がある。配給前にお米が無くなつて借りると一週間か十日位後に配給を受けてお米を返す時、一升に就き十五円から二十円位の利子を取るさうだと云つた。この頃は一升の闇値段六十五円位也。

九月十二日　水　六夜

水曜不出社。昨夜来雨なり。午まへから上がつて明かるくなる。こひ持病の目まひにて朝の順序何も出来ず。午、宮城来きよさん同道。車海老五尾くれた。午後、夏目伸六さん来、原稿の件なり、ことわる。空襲の日記の事を一寸話したら文藝春秋社にて出させたい様な話なり。朝日新聞の出版部に話して見ようかと考へてゐた所なれど、それならそれでも可なり、更めてその係と相談する機会ある可し。B29頻りに飛ぶ。先日来毎日の事なり、心安さうに低く降りて来る。昨夜も喘息よし、喘息煙草吸はず。

九月十三日　木　七夜

朝雨、後上がり又降り出して結局一日雨天なり。午、小林博士へ行かうかと思つたが少し遅くなつたので止めて午後出社す。お米は二三日前から無いが、こなひだ中川さんから貰つて来た澱粉米も残り少になり、他に代用食も無く結局食べる物が途切れたので、こひ又中川さんへ頼みに行く為に神田駅まで同車す。東京進駐の米兵物騒なる為、今迄の様に東京駅からガード沿ひに明治産業へ行く道を避けて地下鉄にて京橋迄行かせる為に神田駅にてこひを降りさせたる也。

東京駅から市電にて出社す。昨日宮城から頼まれた汽車の切符の事を頼む為にもとの本社へ行つてゐる大橋を待つ事三時間半也。それから市電にて放送局に来てゐる宮城に会ひに行き切符の返事を伝へてすぐに帰る。道既に暗くこの頃は方方に電燈がついてはゐるけれど足許あぶなし。昨夜喘息苦しからず。

九月十四日　金　八夜

朝から晴、温度は午前七時二十五度半也。後蒸し暑し。午後こひと一緒に出かける。こひは中川さんへ行く也。飯田橋にて別かれて小林博士へ行く。BD右一七五、左一七〇。第三回窒扶斯予防注射、終りて飯田橋駅より省線電車にて出社す。飯田橋駅の歩廊にて野上臼川氏に会つた。会社では狭くて居るところなし。常務の和田さんに頼んで監査役秘書や参与のゐる部屋に一つ机を入れて貰ふ。これでやつと落ちつく所が出来た。今日ももとの本社へ行つてゐる大橋を待ちて終《つひ》に会はず。夕帰りて市電にて築地の本願寺へ廻り、白刃した杉山元元帥の告別式に焼香して帰る。今日も道暗くなれり。帰りて見れば麦酒六本あり。二打入一箱五百円と云ふのを四分ノ一買ひたるなり。代金百二十五円也。注射の当日にて特に今日は第三回だから多量なれば自制して二本しか飲まず。昨夜も喘息よし。

九月十五日　土　九夜

朝雲切れて通り雨間もなく上がりて午頃は暑く午後は稍《やや》涼しくなる。早く支度が出来て近頃に珍らしく午出社す。昨日から落ちつく事になつた参与室の机に字引や几辺の諸品を引越の時の包から取り出して列べた。硯箱、インキ台等色色こはれてゐた。夕少し早く帰る。留守中に中村来り茄子唐茄子をくれた由。昨日の麦酒を今夕四本飲んだ。昨夜も喘息の工合よし、なほるらし。

九月十六日　日　十夜

朝曇。終日新聞を読む。先日来大分日記がたまつてゐる。郵船に落ちつく所が出来たからそろそろ書いて行くつもりなり。午後中村来。記念だと云つて写真を撮つた。後でこひも這入つた。又外から小屋を写してゐた。夕行水を遣ふ。今日は少し暑かつたから出来たがもうこれから先は駄目だらう。昨日も喘息よし、もう心配なからん。

九月十七日　月　十一夜

曇時時雨。午まへ大橋来。お米三升その他小麦一升、唐茄子薩摩芋等持つて来てくれた。これで三四日来の穀断ち終る。難有し。昨日の日曜日自転車にて千葉駅の大津倉へ行つて買つて来てくれたのである。午後出社す。神田駅迄こひ同伴。こひは中川さんへ行く也。会社に行きて散髪す。今迄の郵船ビル地下室の堀米理髪店は四谷の戸谷が商売をやめて以来ずつと行つてゐたが、先日の立退きにてお別れとなつた。今度のは南洋海運の前に在る小さなビルヂングの地下室にある床屋なり。昔の通りにひげを剃り又頭を洗つてくれる。堀米はさうでなかつた。理髪代は三円なり。五円おく事にする。夕帰る。こひは澱粉米を二升許り貰つて帰つてゐた。去る八月二十五日に下ろした独逸《ドイツ》ボックスと云ふ新らしい短靴の裏が二三日前からもう痛んで来た。近頃の代物全く信用ならず。

九月十八日　火　十二夜

夜来暴風雨、夜明けから朝にかけてひどくなり小屋動く。午頃より晴れたけれども一日風強し。午後出社す。夕帰りは飯田橋まで市電にてそれから省線電車にて四谷駅に帰つた。以後帰りはから云ふ道順にしようかと思ふ。夕焼美し。会社より牛肉二百匁買つて帰る。百匁十七円也。こひ気を利かし門内の焼け出されの酒屋勝俣へ行き何かないかと頼んだら麦酒一本と酒石酸抜きの生葡萄酒を麦酒罎に一本くれたがこの代金両方にて二十五円と云ふので安いのに案外する。おまけに大森から持つて来たと云つて蟹のゆでたのをくれた。その序《ついで》にこひ葡萄酒杯を二つ買つて来た。明治屋のストックなる由なり、一つ五円也。

九月十九日　水　十三夜
朝から秋晴れ。午前七時二十三度半。終日たまつてゐた読み残りの新聞を読む。門内の勝俣にて昨日の葡萄酒杯をもう一つ買つて三つ揃にした。

九月二十日　木　十四夜
昨夜は夜通し曇りにて今にも降り出しさうであつたが朝は雲切れて霽《は》れる。午後出社す。早く切り上げて本郷の農学部へ廻り江戸川アパートの件にて藍野を訪ねたが不在なり。西片町の小森沢へ廻つて見る。藍野も小森沢の娘さんも田舎へ行つて明日あたり帰る筈との事なり。市電と省線電車にて帰る。二三日来電気ともらず難渋す。

九月二十一日　金　十五夜名月
昨夜は雨、朝上がりて明かるくなる。午出社す。先月二十五日以来たまつてゐる日記をメモによつて漸くつけ始めた。夕帰る。大橋同道。名月なれど雲多し。

九月二十二日　土　十六夜
昨夜時時小雨、朝は曇。こひ頭痛しとて起きられず午過漸く起きた。午後遅く出社す。

ぢきに帰る。こひの薬用を兼ねて門内の勝俣にて葡萄酒を分けて貰つたら麦酒罎に半分にて十五円なり。去る十八日は葡萄酒はこの倍量と別に麦酒一本にて二十五円であつた、甚だ出鱈目也。しかも今日の葡萄酒は先日の残りに違ひなく一層酸味加はり舌を刺す様なり。それでも無きに勝る万万にて飲んでしまつた。

九月二十三日　日　十七夜

朝から終日雨。上の左の小臼歯抜けたり、第二小臼歯なる可し。ぐらぐら動き出してから何十日目か何ヶ月振りかに抜けた。下のその相手の歯が既に無いからいくら根もとがゆるんで伸びて来ても下の歯にさはつて痛いと云ふ事が無い故ひとりでに抜け落ちる迄はふつて置くつもりにて時時気には掛けるけれどその儘にしておいた。抜ける前から歯茎の外に根が出てゐたが抜けたのを見て根の深く大きいのに感心した。こひ西片町の小森沢へ行く、江戸川アパートの件也。娘さん藍野二人共まだ田舎より帰らず留守であつた由なり。こひは何処かでニンニクを買つて帰つた。合羽坂にゐる時、四谷見附の三河屋から一品料理のコールビーフを取ると何だか辛いものがついてゐたが、その時は何だか解らず後になつてニンニクをすりつぶしたのだらうと云ふ事が解つた。それ以外にニンニクを食べたのは昔昔京都の塔ノ段の中島の家にて長火鉢の抽斗に入れてあつたニンニクを、当の中島はいやがつて余り食べないと云ふのを面白がつて一つか二つ焼いて食べた覚えがある丈である。近年は谷中風船画伯がいつもニンニクを食べてゐるとかにて、臭いので困ると思つた記憶がある。ニンニクをときよじせつなれば食べようと思ふ。今日は生のままで幾片も食べた、みんなで丸い一ヶ也。辛くて舌が痛かつた。

九月二十四日　月　十八夜

昨夜又喘息起こる。何の為なるか解らぬが、事によると突然ニンニクを食べ過ぎた刺戟が原因となつたかも知れないと思ふ。昨夜は宵の口より雨上がり今朝は秋晴れなり。午後になりて切れ雲出づ。午後出社す。夕帰る。時候がよくなつたのでお酒か麦酒のほしき事切実也。

九月二十五日　火　十九夜

昨宵就寝前喘息の気あり。暫らくして痰切れてなほる。もういいのかと思つたら後で夜通し苦しかつた。喘息煙草を二本吸つた。朝から秋晴れ、午過出社す。放送局へ廻り早く帰る。天気よく時候申し分なく、麦酒お酒のほしき事何とも云はれず。

九月二十六日　水　二十夜

水曜不出社、昨夜も夜明け近く喘息苦しかつた。喘息煙草一本。午すけ来、こひ今日の食べる物に困りて大井の所へ行く。夕帰る、米五合薩摩芋代用粉等貰つて来た。お米が途切れたか穀断ちかの話にあらず、なんにも食べる物無くなりたる也。いよいよこれからこんな事しよつちゆうなる可し。夕飯は芋と代用粉也。

九月二十七日　木　二十一夜

朝晴、午後より雲出で夕は雨となる。午出社す、大橋馬鈴薯を持つて来てくれた。夕帰る。

九月二十八日　金　二十二夜

夜通し雨にて荒れた。寒し。朝八時十七度。昨夜も喘息なほ苦しかつた。午すけ来麦酒一本持参す。午後出社す。夕、日本晴れとなる。会社へ行く前永楽町の停留場にて中中来ない市電を待つてゐる間身体がだるかつたが会社へ行つたらぐつたりして座に堪へぬ心地す。頸の辺り熱く発熱せる事に気がつき帰る、途中悪寒する事頻り也。四谷駅から小屋に帰る途中土手のどこかで鳴く百舌鳥《もず》の声がぞつと身に沁みて水を浴びた様に思はれた。午後六時七度六分、七時七度三分、八時日本薬局方アスピリン一錠、八時七度四分、八時半山川アスピリン半錠、十時半一睡後六度二分、日本薬局方アスピリン一錠。

九月二十九日　土　二十三夜

発熱、不出社。配給にて一級酒五合あり、冷やの儘にて熱気の咽喉をうるほし大体昼酒にて飲み終る。燗徳利に一本一合足らず余すのみなり。午後、青木の弟来、すけ来。夕、藍野来。午前五時五度六分、八時六度二分、十時六度九分、十一時七度二分、午後一時七度六分、一時半山川アスピリン一包散薬なり、二時半七度五分、六時七度二分、八時七度二分、九時半六度九分五厘、十時十五分山川アスピリン一包、十時半同上一包。

九月三十日　日　二十四夜

晴、昼間は稍暑し。熱下がる。昨日の酒の利き目ペニシユリン以上也。午後すけ来、米を持参す、又食べ物の切れ目にてあぶない所なり。午前七時五度七分、午十二時六度七分、午後二時半六度四分五厘、五時六度九分山川アスピリン一包、八時六度三分。

十月

十月一日　月　二十五夜
朝は晴れてゐたが次第に曇り。午過《ひる》又晴れて甚だ暑し。西北の空に夕立をつけ今に来るかと思つたがその儘雲切れて夕方は涼しくなつた。午後出社す、夕帰る。熱はもういいらし。

十月二日　火　二十六夜
朝から曇、時時小雨、午後出社す。夕早目に帰り船舶運営会に寄りて栗村より武道酒と称するインチキ葡萄酒を請取つて帰る。買つて貰ふ様頼んでおきたるなり、麦酒罎に一本金十五円也。中川さんへ行かうと思つたが時間おそくなりやめる。昨日も然り。帰りて武道酒を試るに不味なる事名状す可からず。しかし結局飲まぬよりはいいから飲んだ。

十月三日　水　二十七夜
水曜不出社、曇後南西風にて通り雨、先日来喘息はつきりせず今日は湿気や気圧の所為か昼間中よくなかつた。午後すけ来。

十月四日　木　二十八夜
夜明け前から雷鳴、大雨、雨の為支度も出来ず不出社。終日大雨なり。夕方近く少し明かるくなり雨やみかける。昨日から暑かつたが夜に入りて温度下がる。十度以上の変調の高温であつた。夕唐助寄る。郵船に行きて先日来大橋に頼んであつた浜松行の切符を受取つた帰りなり。大橋から牛肉を貰つて来た、その半分を置いて行かせる、柔らかき肉也。夜また更めて降り出し大雨となる、段段ひどくなり夜通し覆盆の大雨なり。

十月五日　金　二十九夜
大雨の為今日も不出社。昨夜の宵の口からの大雨夜通し降り続きて朝もまだ止まず。引き続き一日中吹き降りの大雨なり。夕方までお茶も飲めず。午頃、昨夕の御飯の残りを食べたきり也。この小屋で秋を迎へて秋の長雨にあふのをおそれてゐたが江戸川アパートが中中埒があかぬ為到頭《たうとう》心配してゐた通りの目にあふ事となれり。雨の日のこれ程迄の苦労は焼け出される前は知らなかつた、乞食暮しには暗いのと寒いのと濡れるのとが困ると思つてゐたが、その一つをいやと云ふ程経験させられてゐる。前以つて秋雨の心配はしてゐたが一体今年は颱風が多過ぎる様である。今度の豪雨も昨日迄のは不連続線の為にて、昨夜から今日にかけては颱風の雨なる由。先日来お米も無く、代用食も無く、近所で借米して凌いでゐたが、漸く昨四日が米の配給の当日となつたのに大雨の為こひは配給所へ行かれず、無理に行つても雨中一ヶ月分のお米を背負つて帰る事は出来ない。今日も亦《また》一足も外に出られぬ抜け降りなり。小屋の雨はお茶が沸かせぬ、御飯が炊けぬと云ふ丈でなく、後架《こうか》の事にも困る也。一昼夜降り続いて夜九時半頃から漸くをさまつた。夕方大雨の中を濡れた焜炉《こんろ》を小屋に入れて火をおこし、借りて来たお米で漸く御飯をたべ、温いお茶を飲んだ。

十月六日　土　三十夜

昨夜宵の口はまだ雨が降つてゐたが後やみて星空となる。今朝は日本晴れなり。間もなく白雲が出て段段に日がかげつたけれど雨が降つてゐないと云ふ事の難有さを思ふ。午、出社す。散髪をしようかと思つたが床屋の時間都合にて今日は見合はす。先日来家にて吸ふ刻莨《きざみたばこ》無くなり大橋に買つて貰つた鵬翼《ほうよく》三函も亦既に無く、もとの本社へ行き庄野から亜米利加《アメリカ》莨ラッキーストライク一函分けて貰ふ、二十五円也。それから歩いて朝日新聞社へ行き杉村楚人冠氏の告別式の遥拝室にて焼香して省線電車にて神田駅に出で例の古本屋にて蚊遣線香を買つて帰る。本郷農学部の藍野へ江戸川アパートの件にて廻る筈だつたが暗くなつたから止めた。

十月七日　日　一夜

朝は秋晴後雲は出たけれど一日中晴也。午後江戸川アパートの件にて西片町の小森沢に藍野を訪ねたが不在なり。帰りに蓬萊町の停留所の前に店開きしてゐる焼け出されの眼鏡屋に寄り新らしい眼鏡の玉を買つた。明日の午後までに縁に合はせてくれる筈にて今迄掛けてゐた眼鏡を外して置いて来た。今迄の眼鏡は外しても大して世間の見える工合は違はない、どちらにしても近来は殆《ほと》んど辺りは見えなかつたが習慣で外へ出る時は眼鏡を掛けてゐた丈の事である、検眼して貰つたらこの頃の視力を表はす数字の云ひ方はよく解らないけれど、昔の何度と云ふのに直して云ふと大体今迄のが右と左で一度許《ばか》り違つて八度と九度か、九度と十度かであつたのに今よく見える度は十五六度になつてゐるらしい。若い時の眼鏡の儘で見えなくなつてゐるのを我慢して、はふつて置いたのである。老眼は未だ出てゐないらしい。その眼鏡屋には一月前にも立寄つた。藍野を訪ねた帰りに蓬萊町から電車に乗らうとしたら眼鏡屋の看板が出てゐたので眼鏡の玉が間に合ふかと尋ねた。有ると云つたけれど、大体五六十円との事にて、その時は麦酒半打百二十五円にて買つた時にて懐中に持つてゐなかつたから又この次にと思つてその儘になつたが、その眼鏡屋のおやぢは開店したばかりだと云つてゐた。今日思ひ切つて新らしい玉を買ひ、これから世間を見なほす可し、代金片方三十円片方二十五円にて〆て五十五円也、置いて帰る。

十月八日　月　二夜

朝、天気予報とちがひ雨となり一日降つたりやんだり、夜雷雨。雨の為に朝の支度出来ず、午後おそく出社す。大橋は昨日の日曜千葉県の大津倉へお米を取りに行つてくれた由、これにて助かるけれど今日は朝雨が降つてゐたのと既に配給米を貰つてゐるものと考へたとの事にてそのお米を持つて来てくれなかつた。配給は去る四日の筈なのが今日になつても未だ配給所へお米が来ないと云ふので配給せず。近所で借りてこの幾日か過ごして来たが、それも既に尽きて明日の朝の当て無し、甚だ困る。会社を早く切り上げて江戸川アパートの事にて本郷の農学部へ藍野に会ひに行つたが不在なり。昨日の眼鏡の玉が今日は出来てゐる約束なれば蓬萊町の眼鏡屋へ行つたところが明日にしてくれとの事にて食言《しよくげん》甚だ不愉快也。夕暗くなりてから疲れて空しく帰る。午後留守に夏目伸六さん来りし由、原稿用紙三綴三百枚なる可し持つて来てくれた。

十月九日　火　三夜

朝は雨上がりて曇、午まへから又時化模様となり時時雨降る。今朝は昨日の残りのお茶漬二はいの外片栗粉少し許り有る丈にてお米はもとより他に代用食も何もなし。少し早く出かけて大橋が大津倉から持つて帰つたお米を貰つて来ようと思ふ。午まへ出かけたところへ近所の藤村から薩摩芋を三ッ貰つた、それを食べて行く事にし煮えるのを待つて少し遅くなりいよいよ出かけようとする所へ大橋自転車にて来、白米五升、先日取り落として破つた摺餌の摺鉢の代りを貰つて来てくれた。それから出かけて本郷の蓬萊町の眼鏡屋へ廻り新らしい玉を入れた眼鏡を請取る。今迄のは楕円であつたが今度のはまん丸にて狸が化けた様なり、甚だよく見える、今迄不自由して不愉快な鬱陶しい思ひをしてつまらなかつたと思ふ。その眼鏡を掛けて遅く出社す。もとの船客部長にて少し前まで上海の支店長であり今は大阪と神戸の支店長を兼ねてゐる生駒実さんに暫らく振りにて会社で会つて話した。夕帰る。この頃夜喘息の工合宜しからず。

十月十日　水　四夜

水曜不出社。また雨が降り続く。昨日の夕方から夜通し止みこなしに降つて、今日も亦一日中颱風の雨なり、夜に入りてますますひどくなる。今秋の颱風の襲来幾度なるを知らず、夏の初めからこの小屋にゐる儘にて秋に入り秋雨に降られたらみじめな事になるからそれ迄には是非立ち退き度いと念じて江戸川アパートの事を小森沢の藍野に頼み、一日千秋の思ひで待つてゐるのだけれど未だに埒があかぬ内に到頭心配した通りの秋の長雨に遭ふ様になつてしまつた。出来れば八月中には引越したいと念じ又さう云ふ様に頼んでおいたのだが、この頃の住宅難にてさうこちらの思ふ通りに運ばないのは止むを得ないとも思ふけれど、一体本気に話を進めてくれてゐるのか否か少少心許ない様なところもある。初めの話が馬鹿に親切であつたのですつかり当てにして任せた気持でゐるけれど、その間に幾月も経過して又運悪く何年にも珍らしい雨の多い秋になつてしまつた。小屋のトタン屋根を敲《たた》く雨滴の音を聞くとくさくさすると云ふ以上に何だか生理的に気分が悪くなる様である。秋に入つて雨が降り出したら困るからとあんなに心配してゐたのにと云ふ先見の愚痴をならべて見ても仕方がない、焼け出されの乞食暮らしには暗いのと寒いのと濡れるのとが一番つらいと口癖の様に云つてゐたがその中の一ッの雨で濡れるのにたんのうしてゐる。昨日は大橋がお米を五升持つて来てくれた上に定日より六日遅れた配給米も昨日請取つた。今回はお米の中に脱脂豆が沢山混ぜてあつてひどい代物だが、しかし別に代用食がついてその分を差引くと云ふ事がなく兎に角お米計りであるのが難有い。これで当分御飯の心配はない、安心して御飯を食べる事が出来る。ただ雨が降つてゐるのでこひは炊事に難渋す。午後夏目伸六さん文藝春秋社出版部の石井英之助を同伴して雨中来。空襲日記の出版の件也。

十月十一日　木　五夜

不出社。夜来の雨朝もやまず一日降り続けて夕方に及び日暮れ前にやつと空明かるくなり暫らくして降り止む。支度出来ず不出社。昨夜も喘息苦し。湿気と気圧の所為なる可し。

十月十二日　金　六夜

朝は霧深し、一日秋晴れ也、雨上がりてお天気の難有さを味はふ。午過出社す。会社が兜町に移つてからは今迄はいつも省線電車を東京駅で降りて永楽町の停留場まで歩きそれから市電にて茅場町まで行く事にしてゐたが、この頃の市電と云ふものはいつやつて来るか丸で当てにならず、三十分四十分突つ起つた儘で待つのは普通にてもつと長い間待たされた挙げ句に漸く来た電車は満員で乗れないと云ふのはしよつちゆうである。余り馬鹿馬鹿しいので行き方を変へようと思ふ。今日は省線電車を神田駅で降りて地下鉄に乗り換へ日本橋に出て市電の一丁場を歩いて出社した。尤も一丁場と云つても茅場町からは後戻りして引返す事になるのだから実際に歩く距離は一丁場よりは近い、割合にらくに行かれるのでこれからはさうしようと思ふ。散髪、夕帰りに江戸川アパートの件にて本郷農学部、又は西片町小森沢に藍野を訪ふ為地下鉄にて須田町に降りようと思つて、須田町は神田駅にて降りる事を知らず末広町までつれて行かれて、あわてて降りた。馬鹿に淋しい駅にて降りたのは自分一人だけである。薄暗く湿つぽい歩廊から上の往来に出ようとして、階段を上がつて行く。一二段前を大きな鼠が一匹のそのそと先になつて上がつて行つた。外へ出たけれど一面の焼野原にて見当もつかず、暫らく薄暮の道傍に起つてゐたが、どつちへ歩き出していいか解らない故、また神田へ引返していつもの通り須田町まで歩いて、市電の折返しに乗るつもりでもう一度鼠の走つた階段を降りて改札を出ようとすると、神田駅へ行く乗り場は向う側であつて、向う側の歩廊へ渡るには一たん往来に出て、道を横切り向うの穴の階段を降りなければならないと教はつた。それで又鼠の這つた階段を上り、往来を横切つてそちら側の歩廊に降り、暫らく待つて神田駅方面に行く車に乗つたが、乗る時も亦自分一人きりであつた。夕方の混雑時なのに何と云ふさびれ方だらうと思つたけれど、駅の外の焼野原にろくろく壕舎もなさそうだから、人の乗り降りの無いのは当然かも知れない。この辺りはいつの空襲で焼かれたのか知らないが、焼け跡に壕舎や仮小屋のあるのは五月二十三日二十五日に空襲を受けた所であつて、その前に焼けた所には、大体、人は住んでゐないとこひが所見を述べたが、どうもさうらしい。以前に焼かれた人人はみんな地方に逃げ出したけれど、五月二十五日以後は地方の爆撃をやり出したので何処へ落ち延びても結局同じ事だと云ふ気になつて人人が焼け跡に住む様になつた。だから壕舎や仮小屋の沢山ある焼け跡は五月二十五日の爆撃で焼かれた所だと思へば大概間違はない、と云ふのである。更めて神田駅で降りて須田町の市電の停留場の方へ二足三足行きかけたが、既に辺りが暗くなりかかつてゐる。これから行つたのでは帰りが足許があぶなくなると思つたから止めて又神田駅に入り、省線電車で帰つた。昨日であつたか一昨日であつたか、雨のざあざあ降つてゐる最中にどこか近くの防空サイレンが初めに短かく一寸鳴つて、おやと思ふ間もなく本式に鳴り出し、二声、空襲警報を伝へた。もうこはくはない様なものの、若しこれが本当だつたらと云ふ想像だけで憂鬱な気持がした。

十月十三日　土　七夜

晴。午過出かけて本郷農学部に藍野を訪ねたが不在なり。西片町の小森沢へ廻つたけれど不在にて娘さんもゐなかつたから伝言する由なし。名刺を置き江戸川アパートの件にて来た由を認《したた》めて帰る。市電にて日本橋に出て出社す。夕帰る。もとの本社へ亜米利加莨を都合しに行つてくれた大橋を待つて時間過ぎまでゐたが帰つて来ないので暗くなつてから帰つて夕食してゐたら大橋来、一休みして去る。

十月十四日　日　八夜

朝、雲あれども晴、午前七時十六度、後雲消えて秋晴となる。今日は大橋との約束にてこひも伴なひ三人連れにて浅川まで行つて秋晴を見て来る日なり。浅川までと云ふのは中央線の電車の終点までと云ふ丈の事にて何の意味もなし。田舎の空を見てお天気の好い事を確かめ欠伸でもして来ればそれで好いと云ふつもり也。浅川へは未だ行つた事なし、八王子も未だ知らない。飛行機で八王子の上を低空五十米《メートル》位で飛んだのと、ずつと昔に中央線の汽車で通つた事はあるけれど省線電車では立川から先は知らない。大して面白いとも思はないが夕方帰つてから大橋と一献するのは大いに楽しみである。ところがその用意のお酒が大橋の手にて予定の半分五合しか出来ない事が判明した、それでこひが一両日来近所で間に合はせようと奔走して四合調へた。これで大橋持参の分と合はせて約九合あり十分である。浅川まで行き一寸駅の外まで出て見たが道の両側は相変らずの焼け跡にて埃は立つし高尾山まで行く興味もないからすぐに又改札を入り歩廊にて大橋持参の弁当を少し食べた。腹がへつてゐるのでもつと食べたかつたが段段まはりに人が来たから止めて電車に乗り込み、薄暮、四谷駅に帰る。こひを一足先に帰し歩廊にて大橋と一服した上で小屋に帰つて一献す。大橋持参の五合は実に何とも云はれぬ芳醇也。四合の酒は田舎味なれどもこれも飲める。夕方近くから雲が出てゐたけれど切れ雲なのでお天気の事は心配しなかつたが未だ杯をおかぬ内に雨が降り出した。大橋雨中を帰る。

十月十五日　月　九夜

昨夜の雨は夕立だつたのであらう、いつの間にか上がり今朝は秋晴なり、朝平野力来。午後遅く出社す。会社にて文書係の庄司から大橋が今朝出社の途中市川駅にて怪我をして高木病院とかに入院した由を聞く。もとの本社に庄野を訪ねたが不在。市川へ行かうとしたけれど電車の歩廊が大変な混雑にて電車はみんなひどい満員となり幾つ待つても乗れず。余程時間が経つてからやつとお茶の水迄出たが市川行の乗換の歩廊が又黒山の人にてあきらめて明日行く事にして帰つた。昨夜は酒の為か喘息良し。

昭和二十一年二月三日節分ノ午後記入ス

八月二十五日頃カラ日記ガ遅レテ段段ニタマツタ、コノ帖ニスグ記入出来ナカツタ時ハメモノ紙片ニ記シテオイタ右ノ十月十五日迄ノ分モソノメモカラ書キ入レタノデアルガ余リ日数ガ経ツテキナイ内ハメモヲ見テ大体ソノ日ソノ日ノ事ヲ思ヒ出ス事ガ出来タ。メモハ十二月三十一日迄アル、又十一月二十三日金　十二月十八日火　十二月二十二日土ニハタダ心覚エダケデナク全文ヲ走リ書キシタ控ガアル、コレカラ暇ヲ見テタマツテキル歳末迄ノ分ヲ皆コノ帖ニ書キ入レル、シカシ大分間ニ日ガ経ツタノデ単ニメモノ心覚エヲソノ儘書キ写スト云フ事ニナルト思フ、ソレデハ日記ノ意味ガ半分シカナイ事ニナルケレド今更止《ヤム》ヲ得ナイ。

十月十六日　火　十夜

朝から秋晴なり。午まへこひ同道市川へ大橋の見舞に行く。高木病院でなく吉田病院なり。一命に別状は無き様にて先づ安心した。怪我の模様に就いては初めに昨日会社で庄司から聞き今日市川駅にて病院の所在を尋ねる時にも聞いたが皆さん少し宛《づつ》違つてゐる。本人の大橋から聞いて判明した。陸橋の階段を降りた時に発車前の電車が停まつてゐた。車室の中は乗れない程こんではゐなかつたが、もう扉が閉まつてゐたから這入る事が出来ない。次の電車まで待つと会社の時間を遅れるので気がせき、聯結機の上に乗つた、しかしこんな所に乗つてはあぶないと考へたので歩廊へ飛び降りた、その瞬間に大きな荷物を背負つた歩廊の端に起つてゐた男がどつちかへ身体を振り向けたらしい、それで背中の大きな荷物が動いた、大橋の身体が歩廊に飛び上がつたのとその男の背中の荷物が動いたのが同時でぶつかり、大橋がはねられて歩廊と電車の間に転落した。それと同時に電車が動き出して十五米許り引きづられた。目撃者は皆もう駄目だと思つたさうである。お尻の肉を取られ、その他方方に負傷したが致命傷は無かつたらしい。病院にこひを置いて先に帰り、出社す。神田駅の地下鉄の歩廊に大分長くゐた為か会社にて軽い目まひを感じた。歩いてもとの本社へ行く途中又目まひがする様な気がした。庄野に会ふ。文藝春秋社から出さうと思つてゐる日記の内容に就き米軍司令部に差しさはり無きや否やを予め確かめたいと云ふ件の相談なり。煙草が無くて困つてゐる、庄野の紹介にて西銀座の瀧山ビル迄行き亜米利加《アメリカ》煙草を買ふ。もとの那珂書店のゐたビル也。市電にて行つたが暇どつた。今日は農学部の藍野へも行き度いと思つてゐたけれど遅くなりて果たさず。

十月十七日　水　十一夜
水曜不出社。朝から秋晴れ。一日小屋にゐてゆつくりした。たまつた日記を少少書く。こひ先日来咽喉が痛いと云つてゐたが朝来熱あり。午前十一時六度八分五、午後三時半七度二分五、午後七時六度八分五、午後十時半六度五分五、山川アスピリン一包。

十月十八日　木　十二夜
朝晴れ、後雲多し、朝は雨の音を聞く。昨夜は喘息何事もなし、二三日来をさまつたらし。先日の一献以来なり。おなか少しゆるむ。朝、新潮社の佐藤俊夫さん来。午後出社す。農学部の藍野へ廻る。江戸川アパートの件也。どうも要領を得ない。六づかしい頼みには違ひないが本気にやつてくれてゐるのか否か少少心許なし。手製のキスキーを貰ふ。動坂の早川の家へ廻り暗くなりて帰る。こひ午前七時半五度七分、十時六度四分、午後一時八度、山川アスピリン一包。午後七時七度〇五、九時七度二分、日本薬局方アスピリン一錠。午後十一時半六度七分、山川アスピリン一包。

十月十九日　金　十三夜
昨夜から雨、朝も小雨、後雨やみ霧深き曇りとなり次第に雲薄れる。こひまだ熱あり、その為午後遅く出社す。夕帰る。市内電車に乗りて九段坂の下を通る時、米兵のトラックが麦酒を一ぱい積んで坂上の方へ行くのを見て気分悪くなる。こひ午前七時六度二分、十時半七度六分、山川アスピリン一錠、午前十一時半七度八分、山川アスピリン一錠、午後一時半七度六分、二時半七度三分、七時六度八分、十時半七度八分、山川アスピリン一錠。

十月二十日　土　十四夜
朝曇り、午過雨。讀賣新聞赤沢来、原稿の依頼也、ことわる。午後出社す、夕帰る。先日来放送協会へ行かうと思ひながら果たさず、出かけるのが遅いのと電車を長く待たなければならぬ為也。こひ午前十時六度四分、十一時半七度一分、午後一時六度八分、午後九時半六度五分、なほつたらし。

十月二十一日　日　十五夜
夜明けから雨にて一日降り続く。矢張り時化模様の吹き降りなり。今年の秋の雨にはほとほとあきたり、耳に近いトタン屋根の雨の音を聞きてくさくさする。こひの先日来の熱はもうなほつた。午前十一時半六度五分五。

十月二十二日　月　十六夜
夜通し降り続き朝もなほ降りやまず、もう上がるかと思ふ内到頭一日中降り続けた。午後出社す、散髪、夕帰る。留守に昔の早稲田ホテルのをばさんおこうさん来りし由、二度焼かれたさうだが無事なりし也。

十月二十三日　火　十七夜
夜通し雨、朝も雨、午過漸く上がる、天気予報では二三日前から天気は良くなり晴れたり曇つたりと云ふ筈であつたが、その間ぢゆうずつと降り続けた。今日の予報にては梅雨模様の降りにて、なほ二日は雨が続くとの事であつたのに霽《は》れたり。市電にて放送局へ行き市電にてもとの本社へ寄る。亜米利加莨を分けて貰ふ。それから出社するつもりであつたが時間が無くなつた、あきらめて東京駅から帰る。留守に宮城おくさん、衛君来りし由、お米少少と鑵詰をくれた。こひ又少し加減悪し、午後二時半六度九分、日本薬局方アスピリン一錠。

十月二十四日　水　十八夜
水曜不出社、朝曇、時時雨の音がする、うんざりする。午上がる。雲切れて天気良くなる。午後市川へ大橋の見舞に行く。夕帰る。秋葉ノ原までの電車大変な混雑なり。

十月二十五日　木　十九夜
夜半より寒き風の音がする。朝七時十一度半なり。快晴、ひる前より風やみて温かし。午後市内電車にて放送局へ行き俸給を請取る。市内電車にてもとの本社へ寄り本館係の金子に会つてコーライトの事を打合はせた、大橋の配慮の件なり。それから市内電車にて出社す。夕早目に切り上げて農学部の藍野となほ時間の都合にては早川の家へも廻り度いと思つたが会社から外へ出て見たら日ざしは暖かいけれど少し寒い風が吹き始めてゐる様であり藍野も明日にする事にして本郷行を思ひ止まり東京駅八重洲口迄歩いて省線電車にて帰る。夕暗くなつてからこれから夕食と云ふ所へ平野力来、牛肉少少くれたが小屋の中では人がゐては身動きもならぬ故御飯を始める事叶はず落ちつき込んでなほ話し続けんとする平野を帰らしてから夕食す。

十月二十六日　金　二十夜

朝から薄曇り夕方近く薄日さす、夜また曇つたらし。午宮城奥さん衛君来。午後出社す。帰りは本郷に廻り農学部に藍野を訪ねたが留守であつた。暗くなつてから帰る。四谷駅からいつもの道ながら足許暗く小屋までたどりつくのに難渋した。

十月二十七日　土　二十一夜

朝から秋晴。午前七時十二度半也。区役所より簡易住宅の借家申込を承知したと云ふ通知来る。江戸川アパートがいつ迄待つても埒があかぬので困つてゐる所なれば難有いと思ふ。事によればその方のバラック住ひも可ならん。午前光文社持丸来、出版の件なり、又宮城の出版の件なり、何れもことわる。午後出社す。帰りに市電にて早川へ廻る。麦酒一本、ヰスキー二杯よばれた。遅くなると四谷駅からの道暗き故持つて行つた小田原提燈をともして帰る。

十月二十八日　日　二十二夜

朝から秋晴れなり。午前七時九度。昨日今日の朝夕は初冬らしくなつた。大橋入院の為目白の餌に困る。大橋に教はりたる餌屋の問屋にて鮒粉《ふなこ》を分けて貰はなければ合せ粉がもう二三日分しか無し。午後こひを伴なひ大久保の岩瀬と云ふ焼け跡の小屋を探して行つた。魚粉を貰つて帰る。大橋に届けて合せ粉を造つて貰ふ也。行きは歩いた、合羽坂の旧居の焼け跡の前を通つた。帰りは市電にて新宿へ出て乗り換へて帰つた。新宿の道ばたの人出に驚いた。

十月二十九日　月　二十三夜

朝寒なり、快晴、朝中村武志来、新米の白米、鯵の乾物、九月十六日に写して行つた写真等を持つて来てくれた。又出版の件の相談あり承諾す。本屋は平凡社なり。午後出社の途中もとの本社に寄り庄野に会ふ。十月十六日欄記載の文藝春秋社から出す本の事に就き明日米軍司令部のその係へ一緒に行つて貰ふ約束をした。庄野君に通弁を頼むなり。それから明治産業に中川さんを訪ねたが席に在らず、持つて行つた酢を置いて来た。京橋から兜町まで歩いて会社へ行つた。夕帰る。東京駅迄の途中呉服橋の袂にて夕刊夕刊と云ふ呼び売の声を聞けり、何年振りなるか。この頃は随分よく歩く。身体が軽くなつたのと時候が好いのと電車が丸であてにならぬ為也。

十月三十日　火　二十四夜

不出社。朝から晴。朝新潮社の佐藤俊夫さんが来たがこの頃は毎日の様に人が来る。困る也。午後出社の途次もとの本社へ寄り放送局の亜米利加進駐軍司令部民間情報及教育部へ庄野と共に歩いて行き、凡《およ》そ用を弁じて、歩いて本社に帰る。昨日欄記載の件なり。夕方になつたので出社を見合はせ本社から帰る。こひ、かつをの片身を六十円で買つてゐた。母屋にゐる浅間から半分背負はされたらし。

十月三十一日　水　二十五夜

水曜不出社。夜明けから雨なり、一日中降り続け夜に入りて時化模様となる。朝中村来、午過すけ来、午後巡査の案内にて亜米利加進駐軍数名小屋の前の雨中にどやどやと来、戦争中の市民生活に就き話を聞き度いから明日午後明治生命の司令部に来てくれとの事也。午後一時迎へに来る由也。

十一月

十一月一日　木　二十六夜

午前三時一寸前から雨やむ。朝は上天気なり。午前八時十八度、午後昨日の話にて巡査迎へに来、五番町の四ツ角から米軍のトラックに乗りて明治生命へ行つた。第二世を相手に下らぬ事を聞かれて疲れた。英語では話せず相手の日本語がたどたどしい為のこちらの疲労なり。終つてから歩いて出社す。中川部長より十一月末迄にて解嘱託の話あり。昭和十四年以来の郵船にて多少の感慨あれどもこの頃の時勢から考へてかねてよりその話のあるを期したり。村山山形土産のお酒を四合罎に一本くれた。晩酌して試るに稍《やや》甘口なれどもこの頃はそれも亦《また》可なり、立派な酒品にて実にうまかつた。

十一月二日　金　二十七夜

秋晴。朝宮城衛来、お茶と干物を持つて来てくれた。午後出社す。先日来中川さんへ行かうと思ひながら果たさず、今日も遅くなりて諦めた。会社を早く帰りて本郷へ廻り農学部に藍野を訪ねた。江戸川アパートの件にて随分長い間待つたが結局有耶無耶《うやむや》の儘なり、今日は大体ことわつた様な挨拶をして帰つた。区役所の簡易住宅を待つ事にする。

十一月三日　土　二十八夜

快晴。明治節、昔の「今日は十一月三日」の天長節なり。去年の今日は珍らしく雨が降つた。縁起が悪い事だと思つたが願はくは今年の今日の日本晴にて明治時分の天長節の目出度さに返したし。一日ぢゆう上天気続く。小屋にゐてくつろぎ、たまつた日記少少書く。先日中は毎日這入る所もないこの小屋に人が来て困つた。今日は妨げられず。

十一月四日　日　二十九夜

朝から晴にて今日も一日中上天気なり。小屋にくつろぎ、たまつた日記を書いた。好い工合に何人も来らず。昨日と今日と入れかへても同じ様なる一日を暮らしたり。

十一月五日　月　三十夜

朝から一日中快晴也。午前七時十度。午後出社す。東京駅から会社へ歩いて行く途中呉服橋の手前の道ばたにて蜜柑を買ふ。十六ケ十円也。散髪。常務の和田さんに解嘱託の件の挨拶をした。その時、やめた後の心残りは字引である、自分がさう云つて会社で買つて貰つた字引をお下げ渡しにならざるやと頼んだところが、いいでせうとの事にて甚だ難有い。大日本国語辞典五冊ゃ上海版の辞源は就中《なかんづく》難有い。又その他の一寸した字引も家のはみんな焼けてしまつた後だから難有い。勿論会社の表向きの話ではないが和田常務の計らひを難有く思ふ也。

十一月六日　火　一夜

朝から快晴、午《ひる》過市電にて日比谷より大阪ビルの文藝春秋社へ行き、出版部石井英之助に会ふ。日記帖出版の件に就き、マッカーサー司令部へ行つて来た事を伝へた。新橋まで歩いて市電にて京橋の明治産業へ寄つたが中川さんは不在であつた。それから又歩いて出社す。今日会社から上海版の辞源を持ち帰つた。これから次ぎ次ぎに昨日記載の字引を持つて来るつもり也。帰りに四谷駅にて昔の法政大学の仏蘭西《フランス》語組の学生真鍋に会ふ。お土産を上げませうと云ひてまぐろの切れを陸橋の上でしやがんで切つて大きな切り身にしてくれた。珍らしき御馳走也。

十一月七日　水　二夜

水曜不出社。朝から快晴。午後雲出で夕方より曇り、宵ぱらぱら雨の音を聞く。一日小屋に在りてゆつくり過ごす。午後大井来。

十一月八日　木　三夜

午前六時半八度也。昨宵の雨はすぐにやみて星空となり今朝は快晴なれども風強く甚だ寒し。後風力次第に増して快晴の空の下を吹き荒れ夕方までやまず。雨が降るよりはましであり、雨を伴なつた吹き降りの事を思へばお天気の風は何でもないが、しかし今の小屋暮らしには風も矢張り日日の支度の妨げをする。こひは炊事の火が焚けず又上《じよう》厠《し》にも困る也。午後おそく出社す、夕帰る。村山がバタをくれた。

十一月九日　金　四夜

朝風無く快晴。午過青木の弟履歴書を持つて来。午後京橋明治産業の中川さんへ寄りて乾麺麭《かんパン》を貰ふ。兜町まで歩いて出社す、今年は蚊がしつこくいつ迄も出て来て人をさしたが一両日漸くゐなくなつた、但し昼間の暖かい時はまだ一匹二匹は出て来る。今朝は霜が下りたと云ふ気象台の報告なり、霜と蚊と引継ぎをして交替す。

十一月十日　土　五夜

晴れ、風無く申し分無き上天気也。夕方は薄雲流る。郵船解嘱託の件に就き七年前入社の橋渡しをしてくれた辰野隆氏に報告しようと思ふ。午後大学へ廻り研究室にて出講の日取りを聞いて来て更めて出かけるつもり也。それから市電にて出社す、夕帰る。

十一月十一日　日　六夜

朝は曇つてゐたが間もなく晴れると同時に冷たい風が吹き降りた。間もなく又風変り暖かくなる。午後は二十二度也。咽喉痛し、朝九時六度二分五、午後三時七度〇五、山川アスピリン一包、四時半六度七分五、七時半六度四分五、九時半五度九分、山川アスピリン一包。

十一月十二日　月　七夜

晴れ、風強く寒し。昨日の発熱は大した事にもならぬらし。正午六度六分五也。午後出社す、夕帰る。もとの郵船本社四階の自室から持ち帰つて母屋の戸棚へ入れさして貰つてゐた荷物のその戸棚をあけなければならぬ事になつた為にこひが留守中に小屋へ運び込んだ。愈《いよいよ》膝を容れる所もなし。留守に早稲田ホテルのおこうさん持参したる由の林檎二十顆《か》あり。

十一月十三日　火　八夜

不出社。朝から風無く穏やかな快晴也。午後大橋の見舞に行く。今日は初めから会社へは行かぬつもりなり。大橋は経過よく船橋迄行つたとかにて二時間許《ばか》り待つた。炭、焼酎等を貰つて帰る。新聞にて伊勢行幸の記事を読み中学時分の太平記を聯想した、又皇室の宝石美術品等の御払下、国宝の売却等の記事を見ては貧凍の記を思ひ出した。それからこれはうちの陛下に限らないがどこの国の皇帝でも人に授ける勲章を自分でぶら下げるのはをかしいと思ふ。前からそんな事を気にしてゐたがこの機会にうちの陛下はあれはお止めになつた方がよからうと考へた。

十一月十四日　水　九夜

水曜不出社。朝から一日曇りにて午頃小雨あり。ち江来、鰯の丸干し大根牛蒡葱等持来。大井来、里芋をくれた、荷物にて一ぱいの所へ四人坐りて身動きならず、外はしぐれてゐるが昨日大橋から貰つて来た炭を手あぶりの火鉢にいけて温かし。

十一月十五日　木　十夜

昨夜は宵の口は月が出てゐたが間もなく曇り就褥前に通り雨あり、すぐにやんだが寝てゐる内に又本降りとなる。夜明け前は土砂降りにて風加はり時化模様となる。朝六時前、まだ雲深く薄暗い時、遠くにどろどろと云ふ音聞こえ、雷鳴だらうと思つた。電気ゆらゆら揺れる。風の為ならんとこひと話したがその内に小屋が動いた。随分長い地震だつたらし。遠雷と思つたのは地鳴りであつたかも知れない。強い風玉過ぎて四辺静まり雨も上がつた、日ざし見えたれどすぐに又曇る。午後出社す。散髪。夕帰る。東京駅までの徒歩に村山同道す。駅の中央入口の夕闇に人だかりがしてゐる。天皇陛下の伊勢路からの還幸を迎へんとする人垣なり。村山と共に列中に起立して著御を待つ。憲兵はもうゐない。巡査甚だ丁寧なり、すみませんがもう少し許り後に下がつて戴けませんかなどと云ふ。間もなく煉瓦の崩れかけた残骸の皇族玄関に尊影を拝したり。真白き御手套の動くのが見えた。何となく涙あふれたり。静まり返つてゐる辺りの群衆の気持もよく解る様な気がした。今朝の雷の様な地鳴りの様な音は矢張り雷であつたらしい。

十一月十六日　金　十一夜

風稍《やや》強けれども朝から一日上天気也。午後出社して市川の大橋へ廻る。押し潰した小麦一升余、鮪の刺身を貰つて来た。又百円借りて帰る。総武線の往復共電車の混雑は今に始まらぬ事ながら押し殺されさうであつた。

十一月十七日　土　十二夜
朝は風ありて寒し、後稍温かくなる、晴。午後出社す夕帰る。道端で蜜柑を買つたり目刺を買つたり、そんな事が平気になりこの頃の仕事也。蜜柑はもう何度も買つたが十円にて十六ヶ乃至《ないし》二十ヶ位、目刺は一串四匹にて一円三十銭、五串買つて帰つた。当節の干物には塩がしてない。先日ち江の持つて来た鰯も然りき。

十一月十八日　日　十三夜
風無く暖かき上天気也。一日小屋にてくつろぐ。手紙葉書書く。ち江来。午後隣りの官邸焼跡にある自動車の運転手の小屋を見に行つた。或は近日そこへ移れるかも知れない。江戸川アパートは既に望みなし。区役所の簡易住宅の建つ迄はそこへ移つて住まうかと思ふ。

十一月十九日　月　十四夜
風穏やかな上天気也。午後京橋の中川さんを訪ふ。お米がもう一日二日の寿命にて後に何のあてもなく代用食の用意もなし。その事で頼みに行つた。明日澱粉米を貰ふ事になり安心す。京橋から歩いて出社し夕帰る。

十一月二十日　火　十五夜

雲あれども晴。朝中村来、先日平凡社から編纂本を出す話を承諾した後印税の前借を頼んでおいた所今日二千円持つて来てくれた。お金の無いところにてつい二三日前には大橋から百円借りて来た始末也、誠に難有し。午後出社す。会社から京橋迄歩いて明治産業へ行く途中、鰯、牡蠣、蜜柑を買つた。中川さんには昨日の約束の澱粉米を貰ひに行つたのだが中川さんは家にヰスキー少少あればこれから一緒に来いとの事也、今日はことわり明日こひを貰ひに行かせる事にして帰る。東京駅から省線電車、今日も昨日も夕方のこみ方一通りならず、二日共黒山の人で身動きも出来ない、歩廊に一時間以上起つて待つた。

十一月二十一日　水　十六夜

水曜不出社。曇。小屋にてくつろぐ。重態の中島に手紙を書いた。午後こひは中川さんへ行きヰスキー、菓子、澱粉米、海苔の佃煮、浴衣、風呂敷、棒炭等を貰つて来た。

十一月二十二日　木　十七夜

不出社。雨、午後上がる。夕方は綺麗な空になつた。雨の為午前中支度出来ず、出社をあきらめた。朝、養徳社の女社員来、原稿は焼けてゐない由だから近い内に出版の運びになる由也。養徳社は向かうの勝手計りにてやつて来る本屋なり、勝手にす可しと思ふ。午後遅く大学に辰野氏を訪ねたが四時少し過ぎた頃行つたらもう帰つた後にて空しく帰る。正門内の公孫樹《いてふ》並木の黄いろくなつた葉に雨上がりの夕日照りはえて幽遠な趣言はん方なし。

十一月二十三日　金　十八夜

一日ぢゆう風無く申し分なき上天気なり。一年の内にこの様な天気は幾日あるかと思ふ程なり。昨日は寝る迄今日が新嘗祭なる事を忘れてゐた。一日小屋に落ちつき、ずつと前からたまつてゐる日記を書かうと思つたが新聞を見て目白の摺餌を造つたらもう午後大分おそくなつた。余りお天気がいいから一寸外へ出て見ようかと思ふ。その序《ついで》に四谷駅で東京新聞を買つて来る事にする。新聞を買ふ小銭の入つた蟇口とその外《ほか》にこの頃はよく外で蜜柑や鰯を買つて来る癖になつてゐるがこの近所にて道傍のへんな買物をするのも人目を憚《はばか》る様な気がするけれど、しかし何を売つてゐないとも限らないから、外へ著て出る洋服のズボンから百円取り出して持つて行つた。その外には鼻紙を持つた丈で出かけた。いつもうちにゐる儘の出で立ち也。肌には縮みのシャツとガーゼのシャツとを重ね、ズボン下はついこなひだこひが白い都腰巻を改造して拵へてくれたものを穿き中川さんに貰つた夏の縞のワイシャツ、縞ズボン、朱の裏のちやんちやんこに麻の夏服の上衣を羽織つてゐる。土手沿ひの道をふらふら歩き四谷駅の四谷口へ行つて見たが今日は東京新聞を売つてゐない。しかし改札口を出て来る人人の内に、たつた今買つたらしい新聞を手に持つてゐるのが幾人もある。或はプラットホームで売つてゐるのかも知れない。定期券を持つて来ればよかつたと思つた。十銭区間の切符を買つて這入つてもいいが、中で売つてゐるのかどうかそれが判然しないから切符を買ふ気にもなれない。麹町口の改札から這入つた階段の途中で亜米利加《アメリカ》兵が初めの時は二人、次の時は五六人で何だか売つてゐたのをこの間内二度見受けた。今日小屋を出かける時若し今日もゐる様だつたら亜米利加兵から物を買ふのはいやだから今迄一度も相手になつた事は無いが、今日は二三日来もとの本社へ行つて亜米利加莨《たばこ》を買はうと思ひながら中中そちらへ行かれない所だから煙草を持つてゐたら構はず買つてやらうかと思ひ、その為に定期券を持つて来ようかと考へたのだけれど、まあよさうと思ひなほして持つて来なかつたのだが、矢つ張り持つて来ればよかつたと思つた。さうすれば気軽に中に入つて見て新聞も売つてゐるか否かを確かめる事が出来る。定期券を取りに帰る程の事もないから新聞はあきらめる事にした。四谷口の駅の前の電車通の道端でシコの干したのを売つてゐる。一山二十円だと云つてゐる。よく解らないが高さうだから買ふ気にもならずその儘帰る事にした。見附を渡る時、見附の橋と云ふのは市電の通つてゐない方の北寄りの橋である、世人は電車道の橋の所を四谷見附と思つてゐるらしいが間違つてゐると思ふ也、その橋を渡る時に駅の中の階段を陸橋へ上がつて来る人が矢張り手に新聞を持つてゐるのが見えた。麹町口へ廻つてその人が出て来るのをつかまへて中で新聞を売つてゐるかと尋ねて見ようと思ひ、そちらの出口へ行つて見たが、そこへ来る間に手に持つた新聞をポケットにでもしまつたと見えて、どの人が新聞を持つてゐたのだか解らなかつた。それでその儘帰つて来た。事によつたらもう一度来てもいいと思ひながら帰つてからこひにシコの事を話したら高い様だけれど大好きだから買つてくれと云ふから、それなら序に新聞も見て来ようと云ふ事にして定期券とシコを買ふ為の新聞紙と風呂敷を持つてもう一度出かけた。見附の橋を渡り、さつきシコを売つてゐた場所を遠くから見て見るとそのおやぢはゐるらしいけれど道傍の店はもう片附けてゐる様である。その時うしろから中ぐらゐの魚をいくつも箱に入れ分けたのを一ぱいに積んだ荷車が来て追ひ越した。何百とも知れない程沢山積んでゐる。二十日から魚の統制価が無くなつたのだから、どこかの魚屋へ持つて行く荷かと思つたが車の上に焼けトタンが載つけてあつてサバ自由販売百目七円五十銭と大きな字で書いてあるので、それでは売るのかと思つたから聞いて見たら、今そこで売り始めると云ふからシコをやめてサバを買つて帰る事にした。電車の停留場の前に荷車を停めたから二ツにしようかと思つたが三ツくれと云つた。稍大きい振りのばかりで四百何十匁とかにて三十一円三十銭だと云ふから早速払つて新聞紙に巻き風呂敷に包んで偶然好い買物をしたと思つた。それからサバの包をさげて改札を這入つて見たら果してプラットフォームで新聞を売つてゐたからそれも買ひ意気揚揚と帰つて来た。こひが早速料理をし夕飯に一どきに七切れも食べた。先日来脚がはれてゐる、大分ひどい様である。心掛けて色色の滋養分を摂取してゐるつもりだが、心掛けて食べた位では駄目なのだらう。お酒をおいしく飲んでうまく廻ると大概いつでもなほる。お酒が飲みたい。

十一月二十四日　土　十九夜

朝雨あれども晴、稍寒也。九時半十二度。朝もと大家水島精六来。午後中央郵便局に寄りてもとの本社へ行く。庄野に亜米利加莨を分けて貰はうと思つたが無かつた。歩いて出社す。夕帰る。東京駅迄村山と歩いた。隣りの官舎焼跡の小屋は取り毀す由にて本月十八日欄記入の件叶はず、這入れない事にきまつた。

十一月二十五日　日　二十夜
朝から曇、午頃晴れて午後は風無き上天気となる。早川の所へ行かうと思つてゐたがこひが遅い朝飯の前に芋の配給にて出掛けて午過漸く帰りそれから支度をした為午後おそくなりて終《つひ》に出られず。ち江来。

十一月二十六日　月　二十一夜
朝から風無く穏やかな上天気なり。夕方より曇り、雨模様となる。午後中村来、お米四升買つて来てくれた、一升五十円也、先日頼みおきたる也。これにて両三日来の穀断ち終る。中村と一緒に出て出社す。中村は会社の前の床屋の隣りにある地下室の本屋へ旅順入城式の古本が二十円で出て居ると云ふ村山の話をしたらそれを買ふと云つて一緒に来たのだが既に売れてゐて無かつた由也。散髪。夕帰る。

十一月二十七日　火　二十二夜
不出社。雨にて支度出来ず。午後霽《は》れる。それから支度をして出掛けた。京橋明治産業の中川さんの許からこなひだ預けて置いた竹筆を持つて来た。大分前に大橋に貰ひたる也。明日中村の為におでん屋の看板を書く為なり。帰りにもとの本社に寄りて庄野君から亜米利加莨百円買つて帰る。時間無く不出社。

十一月二十八日　水　二十三夜

水曜不出社。朝から風無き上天気也。昨日は雨にて困つたが一日足らず降つてすぐに上がり、今日の様な穏やかな小春日和となる。去年の天気はこんなではなかつた。既に空襲が本式になりかけてゐた。後、風出づ。午後、中村来、中村が阿佐ヶ谷におでん屋を開業するに就き店の名前をつけてくれと頼まれたから、べんがら屋か、ちんぴ屋かと云つておいた。こなひだ来てべんがらにすると云つた。この二つの名前は村山の俳句雑誌の標題にも考へたる也。今日はその店の暖簾と店の中に懸ける額とを書いてやつた。昨日持ち帰つた竹筆を使つたが竹筆にて書くは初めて也。べんがらやと榜葛剌屋の二通り書いた。

十一月二十九日　木　二十四夜

朝寒雨降り出す。実につらい。終日やまず。夜に入りて雨の音がしなくなつた。不出社。昨日から小屋の中で電気煖炉を使ひ出した。合羽坂の当時買つた反射ストーヴにて郵船の部屋へ持つて帰つてあつたから焼けずに残つた。

十一月三十日　金　二十五夜

朝は晴れなれども雲あり、後曇る。午後遅く出社しようとする時、雨となる。今日は昭和十四年以来の郵船の最後の日也。雨中出社す。賞与二百円とやめるに就いての手当千二百七十円貰ふ。和田さんその他へ挨拶した。未だ残した物もあり時時は会社へ来るつもりなれども、暗くなつて雨中をかへる道に感慨無きにあらず。出かける前、但馬の鈴木健太郎より干柿著到《ちゃくとう》す。

十二月

十二月一日　土　二十六夜

今日は朝から穏やかな上天気なり。後雲出で夜は時時はらはらと雨の音がした。今日よりは出社不出社の記入なし。午後、中村来、同道してもとの本社に庄野を訪ね、紹介しておいた。おでん屋用の洋酒仕入れの件也。先日の庄野の話にて今日は合成酒が入手出来るかと思つて行つたが駄目にて落胆して帰る。

十二月二日　日　二十七夜

快晴、寒し。午後七時半七度。午後こひは中川さんへ棒炭を貰ひに行つた。東京新聞平岩来。話して帰る。用件は原稿の事なれどもそれはことわつた。

十二月三日　月　二十八夜
朝、快晴、七時四度也。朝、新潮社佐藤俊夫さん来。中村来、おでん屋べんがら経営の相棒鈴木を伴ひ来る。中村はお米五升持参す。午後もとの本社へ行く。合成酒の件にて庄野に会ふ為也。今日も未だ間に合はず、失望して帰る。お酒を飲まぬ事既に三十三日也。

十二月四日　火　二十九夜
朝から快晴にて寒し。午後、こひと一緒に出て会社へ大分前に買つて置いてあつた焜《こん》炉《ろ》を取りに行く。海運橋の上にこひを待たせ焜炉を持つて来て渡して先に帰らせる。後から同じく会社に置いてあつた澱粉一貫目持つて帰る。いつもの事ながら夕方の東京駅の歩廊混雑して電車を待つ事三四十分也。暗くなつて帰る。

十二月五日　水　三十夜
朝より快晴、暖かし。午後神田駅の近くにて電気のソケットを買ふ。それからもとの本社に庄野を訪ねたら、だれかが修善寺から持つて来たと云ふお酒一升取つておいてくれた。三百三十円なり。やつとお酒に有りつきたり。夕暗くなりて意気揚揚と帰りて一献す。会社から貰つた手当千二百七十円の小切手を先日来銀行へ請取りに行かうと思ひながら時間おそくなりて行かれず。

十二月六日　木　一夜

朝、雲切れて快晴。午後大学に辰野氏を訪ねたが今日も会へず、空しく帰る。行きがけに四谷駅の電車の戸口にて夏目伸六さんに会ひ、市ヶ谷駅まで同車して一先づ下車し歩廊にて話す。日記出版の件の用事也。

十二月七日　金　二夜

風無く穏やかな小春日和也。午後出かけて丸ビルの三菱銀行へ寄り郵船から手当として貰つた千二百七十円の小切手を請取る。二三日来の出来心にてその中の二百円を三万円の割増附定期預金にして見た。もとの本社へ行き庄野に先日来の合成酒の事をきく。見込なささう也。歩いて大阪ビルの文藝春秋社へ行き出版部石井に日記帖を渡した。一寸見せてくれとの話ありたれば也。それから放送局へ廻る。解嘱託の話あり。在職中到《たう》頭《とう》何の用事も無かつた。了承す。帰りに虎ノ門の停留場へ行く間の電車道のバラック建の珈琲店にて珍らしく甘い珈琲を飲んだ。一ぱい一円五十銭也。市電にて帰る。

十二月八日　土　三夜

朝から曇。午後市川の大橋の許に行かうと思ひ支度をしかけたところへ大橋来。十月十五日の怪我以来初めてなり。摺餌の粉、炭等持つて来てくれた。この前行つた時借りた百円を返し更に三百円米代の用意として渡した。

十二月九日　日　四夜

昨夜は雨になるかと思つたが今朝は雲切れて上天気也。終日無為。ずつと以前から脚のむくみ引続きわるし。お酒を一升飲み終つても何の効き目もなかつた。

十二月十日　月　五夜

晴。午前八時四度。従来も今後もこの小屋で記入する温度はすべて小屋の中にかけた寒暖計による。小屋には寒暖計二ッ有り。一ッは焼け出された直後大橋が持つて来てくれたのと、一ッは郵船の部屋に持つて行つてあつたのを持ち帰りたる也。午頃《ひる》より暖かくなる。午後新潮社へ行く。先日佐藤俊夫氏来訪の時の約束也。「丘の橋」増刷の印税の内千五百円請取りて歩いて帰る。会社へも行くつもりであつたが帰りが暗くなりさうだから今日はよした。

十二月十一日　火　六夜

朝から風無く穏やかな快晴也。午後出かけてもとの本社に庄野を訪ねたが不在なり。返しに行つた先日の酒の空罎を置いて帰つたが省線電車が中央線の事故にて混雑し乗れさうもないから東京駅から引返してもう一度本社に寄り又庄野を待つて見たけれど未だ帰らず、歩いて日比谷に出で市電にて帰る。暗くなつた。今日は朝起きた時から頭いたし。午、坐つたなりに転寝《うたたね》をした。少しどうかしてゐる様也。

十二月十二日　水　七夜

今朝初めて氷はる。快晴。風無けれどもしんしんと寒し。午前十時火鉢と電気煖炉ありて七度也。今日は会社へ行かうと思つてゐたが止めて一日小屋に在り。こひ配給のお酒を取りに行く。五合と壕のお婆さんにお米二升とかへた五合と〆て一升あり。夕一献す。今夜はこひお相手する也。

十二月十三日　木　八夜

朝九時小屋の中一度にて全く冬らしくなつた。晴なれども薄雲あり。午後出かけて中央郵便局に寄り、本社へ行き庄野に会はうと思つたが席にゐなかつたから置手紙をして亜米利加《アメリカ》麦酒の事を頼んだ。歩いて会社へ行き、先に散髪屋へ寄り、丁度退《ひ》けの時間に会社へ顔を出した。村山と東京駅迄一緒に歩いて帰る。暗くなつた。留守に文藝春秋の車谷来りし由。

十二月十四日　金　九夜

風無く快晴。小林博士の許へ歳末の挨拶に行かうと思つたが遅くなり今日は見合はせた。午後村山が今度創刊する俳句雑誌「べんがら」の為に原稿を書いた。二枚。夕風出で外は荒れ出した。

十二月十五日　土　十夜

昨夜中風荒れておちおち眠られず。今朝は風静まり寒き晴天なり。午後出かけようと思つてゐると米川文子さん来、お米一升許《ばか》り、唐茄子半分、干瓢、里芋、こんにやく、海苔等くれた。大森にゐる由にて近日中招待したいとの事なれども道中億劫につきそれはことわつた。文子さんのまだゐる内に文藝春秋社の石井、鷲尾来。鷲尾は原稿の件なり。ことわる。石井二千円持参す。日記帖出版の印税内金也。先月二十日の中村の二千円以来〆て七千百余円なり。夕村山来、会社の帰りなり。べんがらの原稿「三馬」を渡した。油いための御飯をたべて行つた。夜又風出でたり。

十二月十六日　日　十一夜

昨夜又風吹きあれて夜通しがたがた云つた。朝もなほ吹き止まず、午まへから静まる。天気良く、寒し。午後おこうさん麦酒一本、お酒二合持つて来てくれた。小林博士の許へ歳暮の挨拶に行つたが不在であつた。麁《そ》品として百円置いて来た。

十二月十七日　月　十二夜

夜明けから雨次第にひどくなり、冷え込みて手先に感じ無くなる。こひは風を伴ひたる寒雨の中を配給所へ醤油を取りに行き、びしよぬれになつて帰つた。隣組と一緒に行かなければならぬからにて誠に馬鹿馬鹿しき制度と云ふ可し。午後上がる。雨の後は寒いけれどそれ程でもなく、美しき空となる。一日小屋にちぢこまつてゐた。

十二月十八日　火　十三夜

晴、風ありて寒し。朝から吹いてゐる風がいつ迄もやまず。午近くなり午後になりて次第にひどく吹き荒れる。晴天なれども小屋の外でする支度出来ず。小屋にゐて雨に苦労してゐるが風も亦《また》雨に劣らず困るなり。日日の順序、心づもり等も凡《すべ》てお天気次第にて予め考へた通りには相運ばざる也。今日も朝から顔を洗ふ事が出来ない。又裏の後架《こうか》へ行く事も出来ない。行つて行かれない事はないが強ひて行つた後どんな事になるかと云ふ苦い経験の為、自然行く気にならないので、一日ぢゆう片附かない気持のまま坐つてゐる。もとの本社へ行つて亜米利加莨《たばこ》が買ひたい。煙草の配給は十五日の筈なのに従つてその一両日前によこす筈なのに今度はおくれてゐるから困つてゐる。又、庄野に頼んでおいた亜米利加麦酒の事も聞きたい。会社へも行きたいし、中川の許へも寄り度い、道ばたの買物もある。しかし風が強いので出られない。風の為に外が歩けないのではなく出かける迄の支度が何も出来ない。いらいらしながら、しかし半ばあきらめて坐り込んでゐると中村来。手紙で頼んでおいたお米を五升買つて来てくれた。誠に難有し。今日のは一升五十五円也。中村は来るとすぐに憚《はばか》りを貸してくれと云つた。こひが甚だ困つてゐる。へんなめぐり合はせなり。その後上がり込んで暫らく話して行つた。べんがら屋は未だ開店の運びに到らぬ由なり。約束の本の目次を渡すのがまだ遅れてゐて気にかかる。近い内に片附けるからと諒解を求めておいたが小屋の中が余り乱雑にて手のつけ様なく困る。外に出ないから道ばたの買物が出来ないのでおかずの魚が無い。鰯、三馬等はこの頃は自分で買つて来る。初めは蜜柑を買ふのもいやだつたが、この頃は馴れた。鰯は大体三十四で十円である。二十五の事も四十の時もあつた。三馬は三尾又は四尾にて十円である。一度の御飯に三馬は三ッか四ッか、鰯は七八ッ位食べる。それでぢきに無くなるが無くなればそれ迄であつて、その為に少しづつ食べると云ふのは家風でない。こなひだこひが四谷駅の前で梅干を買つて来た。幾つあつたか知らないがほんの少しで五円ださうである。青い色の残つてゐる梅干にてよく干してないのだらうと思ふ。初夏にたべる青梅の塩漬の風味があつてうまいから食べ出すと一どきに十位宛《づつ》たべる。何でもこんな無茶食ひをするのは矢張り外《ほか》にろくろく食べる物が無いからである。夕方六時には風がをさまつた。十三夜の月が出てゐる。昼間の風で電線が切れたと見えて、暗くなつても電気ともらず蠟燭とお燈明にて夕食す。又焜炉の薪のもえる明かりも手許を照らす。

十二月十九日　水　十四夜

風弱り晴れて寒けれど左程きびしからず。午後出かけて東京駅から兜町の往復に道ばたの買物をしながら会社へ行つて見た。格別の用事もなし。帰りにもとの本社に寄りて庄野に葭麦酒の事を頼み又クリスマス迄にはお酒が手に入る可しとの話を聞きて帰る。道ばたの買物は今日初めて飴を買つて見た。一本二円のを三本と昔の一銭銅貨位の大きさの扁平なの一ヶ一円、売れ残り三ヶにて二円にまけてくれた、〆て八円也。塩鰯三匹の串七本にて十円也、蜜柑二ヶ所にて十円宛〆て二十円也。蠟燭六本十円也、鼻緒七円也。今朝壕のお婆さん合成酒を五合世話してくれた、白米一升五合との交換なり。朝と夕とにてあと一合許り残る。

十二月二十日　木　十五夜

朝から風無く穏やかな上天気也。一日中割合に暖かく宵の間も余り冷え込まず一日小屋に坐つてゐた。

十二月二十一日　金　十六夜

朝から風なき上天気にて一日ぢゆう暖かし。天気予報によれば今夜は雨の由なり。午後出かけて明治産業の中川さんを訪ふ。郵船会社へ提示する解傭手当三ヶ月定期預金證明書の件也。京橋の道ばたにてシルコを飲んだ。一円五十銭也。甘味は丸で無し、ふとした出来心なれどもこんなお行儀の悪い事はよさうと思ふ。鰯二十円と別に十円と〆て三十円也。南京豆を別の所にて一袋宛二ツ買つた、各十円也。南京豆は甚だ高し。十円に百粒も無し。もとの本社に寄り庄野より亜米利加莨一ツ分けて貰ふ、今度のは二十七円也。

十二月二十二日　土　十七夜　冬至

今朝は驟雨突風の予報が出てゐたが何事もなく穏やかな好天気であつた。夕方近く西空に暗い雲がせり出してゐると思つたらいつの間にか空一帯にひろがり雨模様となつた。

今日迄小屋にゐる間は肌著の襯衣《シャツ》の上にワイシャツを著てその上にちゃんちゃんこを重ね、その上に麻の夏の上衣を羽織つてゐたが、よごれたのと寒いのとで今日から夏の上衣を脱ぎ、その代りに麻荳から貰つて帰つた台湾服を著る事にした。暑い所の服装だから防寒用には出来てゐないが前がしまるので今までの上衣より温かい。麻荳の倶楽部で所望して急に誂へて貰ひ、帰る前に出来上がつて二著貰つて来た。一ツは帰つた当時一二度家で著た事があるが、その方は焼けた。未だ手を通さなかつた新しい方をこひが持ち出した荷物の中に入れてゐたので助かつた。ズボンもあるがズボンは今までの縞ズボンの儘ですませる。今日は冬至である。近年になつて夕方の暗いのがいやな気がし出した。以前はそんな事は思はなかつた様であるが、いつの間にか夏至を過ぎると一日一日暗くなると云ふ気になり出した。防空の燈火管制が始まつてからは特にさう思つた。今の様な生活ではなほ更さうである。冬至の今日で暗い極限に達し、これから一日一日と明かるくなると思ふのはうれしい。午、時事新報の今井氏来。十年前に居候匆々の連載中に廃刊した時事新報が目出度復刊する由なり。連載小説執筆の依頼なり。大体そのつもりになり引受けた様な返事をした。

十二月二十三日　日　十八夜

昨夜就褥後雨の音を聞き夜明け前は雪になつてゐたがひる前霽《は》れて上天気となる。終日無為。

十二月二十四日　月　十九夜

昨夜は雲出で雨になるかと案じたが今朝は晴れてゐた。一日上天気なり。午後出かけて京橋に中川さんを訪ふ。定期預金の件也。もう預けてあつたけれど銀行の證明書が貰へなかつたので二三日中にもう一度行く事にした。もとの本社へ寄り庄野に会ふ。冷酒茶椀に二はいよばれた。甚だうまかつた。明日お酒一升持つて来てくれる由なり。よろこんで帰る。会社の常傭岡安コーライト二俵運んで来てくれた。前前からの大橋の肝いりにて本社にゐる金子啓一郎の采配なり。こひ大いによろこぶ。

十二月二十五日　火　二十夜

夜来西北の風吹きすさみて寒く朝の内何も出来ず。午前九時二度也。午後昨日の約束にてもとの本社の庄野の許へお酒を請取りに行つたが今日は間に合はず三階のクレマーと云ふ米軍将校の部屋にてクリスマスの酒宴に列す。七面鳥の料理をお土産に貰つて帰る。

十二月二十六日　水　二十一夜
風無く穏やかな上天気也。朝、村山出社前に寄つて油を買ふ罎を持つて行つてくれた。午後、おこうさん配給のお酒五合宛二口持つて来てくれた。大いによろこぶ。〆て一升として二百五十円、別に刻莨二十五円也。夕一献す。

十二月二十七日　木　二十二夜
朝薄雲あり。時時日がさす。後本曇りとなり夕方は時時小雨ぱらつく。夜中村の約束の本の編纂を半分許り片づけた。

十二月二十八日　金　二十三夜
夜の内に雨上がり今朝は霜解けの上天気也。午後出かける。もとの本社にて庄野を訪ふ。お酒の件也。未だ也。京橋明治産業に中川さんを訪ふ。中川さんは今日は出社してゐない。定期預金の證明書を郵送して貰ふ様名刺に書いて置いた。兜町へ行き散髪す。会社へ寄りて夕帰る。今日も電気消えてお燈明也。午後留守に大井来りし由。

十二月二十九日　土　二十四夜

風弱り暖かき上天気也。午後暫らく振りに原稿を書いた。再刊時事新報の創刊号の為也。「歳晩の一昔」三枚。夕近く大橋来、配給五合ありたり。一献す。夕時事新報記者原稿を取りに来。

十二月三十日　日　二十五夜

朝より快晴。昨夜は大橋と二人で飲んだ。もとの本社の四階の部屋から持ち帰つた荷物の包を母屋の松木の押入に入れさして貰つてゐたのをいつか明けなくてはならぬ事になり、それ以来小屋が一層狭くなつて難渋してゐたが、又もとへ戻して貰ふ話があつたり、その内に隣りの官邸跡の小屋へ移れさうになつたり、その小屋が取り払ひになつて駄目になつたり、又母屋の押入れの話に逆戻りしたり、門内の自動車小屋に入れてはどうかと云ふ事になつたり色色行きなやんでゐたが、結局、松木さんの玄関の戸棚を下半分使はして貰ふ事になり、今日夕方近く片附けて小屋も少し広くなつた。中村の本の目次の編成もこれで出来る。

十二月三十一日　月　二十六夜

晴天なれども朝から風烈しく夜に入りても静まらず。天気予報は風弱く上天気との事なりしが丁度うらはら也。午後おそくもと本社へ行く。庄野と約束のお酒の為也。庄野水筒にお酒四合許り入れて来てくれてゐた。先日来の話の件はうまく行かなかつた様にてその代りの配給なり。親切忝《かたじけな》し。飲んで見ると合成酒なれどもそれでも難有し。こはかつた今年は今夜を以つて終る。

昭和二十一年

一月

一月一日　火　二十七夜

昨夜十二時に就褥す。何年振りかに除夜の鐘の音を聴いた。夜空に伝はる遠い響きに格別の感慨あり。うとうとと眠つたと思ふと又目がさめたがまだ鐘声が続いてゐた。

朝は風なく穏やかな上天気にて好いお正月日和だと思ふ内に、間もなく強い西北の風吹きつのり一日中止まず。夕方になつて時時静まるから止んだかと思ふと又吹き出した。しかし終日拭つた様な晴天にて宵は星の光強し。今年のお正月は嘉例のお雑煮の順序も立たず〆飾りも旗も無し。昨夜飲み残した合成酒一合許《ばか》りにて朝こひとお祝をした。晩にはもうなし。去年のお正月よりまだひどいが空襲の心配なき丈が取り柄也。

一月二日　水　二十八夜

昨日に引きかへて朝から一日穏やかな上天気なり。午後中村来、平山を伴なふ。平山は去年の春召集を受けて北支へ行つてゐたが無事に帰朝してお目出度い。先月二十一日に帰つて来たと言ふ話なり。中村が今日はお願ひありと云ふ。何かときけば書きぞめをしてくれとの事にて承知したが短冊を持つて来たと云ふのでそれはことわつた。従来短冊に書いてこれでいいと思つたためしなし。雁皮の紙があつたからそれに書いて与ふ。新年と四季の俳句各一句宛《づつ》を別別の紙に書いた。平山にもやる為にみんな同じ句を二枚宛書いた。山鴉の句、別霜猫連れ立ちて、四辻に雀跳び居り、夕闇に馬、火事を見て戻る道辺の五句なり。動物の句ばかりになつた。中村がお餅と粟餅を三十切れ持つて来てくれた。今年のお正月は餅が無かつたがこれで祝ふ事が出来る。粟餅は祖母が好きであつたと云ふ事をこひが覚えてゐて、明日水晶の仏様にお供へしてから食べようと云ふので今日はどちらも食べない。中村はその外《ほか》に刻《きざみ》莨《たばこ》二袋を持つて来てくれた。午《ひる》まへ但馬の鈴木健太郎より吊し柿の小包届く、七十顆《か》あり。暮に一度送つてくれたが余りうまかつたので二日か三日で食べてしまひ一旦はあきらめたけれど矢つ張りほしくなつたのでもう一度送つてくれと頼みたるなり。健のゐる所は鉄道の駅まで八里ありてその駅の郵便局へ行かなければ小包郵便は出せないさうである。往復十六里の間に峠があつてこなひだも吹雪に遭ひ命からがら帰つて来たと云ふ手紙をよこしたからそんな事とは知らず頼んだのだが、いくらほしいからと云つてもあんまり無理を云ふ様だからもういらないと返事をしようと思つてゐる内にもう送つて来た。この頃は菓子がないから一層うまいが菓子があつてもつるし柿はつるし柿としてうまい。しかしこんなにうまい物とは今迄は知らなかつた。

一月三日　木　二十九夜

一日中余り寒くない上天気にて霜解けがしてゐたが夕方から曇り始め宵は雨となる。三日となりて初めてお雑煮を祝ふ。昨日こひが水晶の仏様に供へると云つたのはおばあさんは祖母の事にあらず、母のつもりであつた由なり。祖母が粟餅が好きだつたので母も年を取つてから粟餅を好み、合羽坂にゐた時、米屋の石黒にお正月のお餅を届けさせる時いつも十枚の中に三枚は粟餅をまぜて持つて行かせたと云ふこひの記憶なり。水晶の仏様に祖母と母、即ちこまいおばあさんとををがみ餅を供へたり。今年は年賀状を出して見ようかと思ふ。二重橋の絵葉書二十枚許りに名宛を書いただけにて一日無為に過ごす。

一月四日　金　三十夜

昨日の雨は夜の内に上がり今朝は暖かい上天気となり一日ぢゆう穏やかであつた。午後はこの頃は二三日分宛摺り貯めておく目白の摺餌をつくつたのとひげを剃つた丈で一日が暮れた。なんにもする時間なし。夕方但馬の健に干柿のお礼の手紙を書き、それから夕食をして今終りたる所なり。これから昨日名宛丈書いておいた年賀の葉書を書かうと思ふ。お正月の三日間お酒も麦酒もなかつた。元日の朝一口飲んだきりなり。十一月中は一日に村山の山形土産の清酒四合飲んだ丈にて一月の間終《つひ》にお酒にめぐり会はず。その他には大橋から焼酎、中川さんからキスキー各二合許り貰つた丈なり。十二月は麦酒一本お酒五升一合の入荷あり。外に郵船ビルにてクリスマスのお祝酒とその前に庄野のゐる部屋にて燗酒をコップに一ぱい半約一合を飲んで帰つた。今年今月のお酒の運は如何なるか。この頃はほしいと思つても思ふ丈無駄であり、一切世間まかせにて丸で見当がつかぬ。

一月五日　土　一夜

好いお天気なれども風強く寒し。風の休んでゐる時の寒さはそれ程でもない。午後新聞を読んでゐたらおこうさんが清酒五合持つて来てくれた。跳び上がる程うれしかつた。相手がお米をほしがつたとかにてお米一升七十円で買つて交換したと云ひ百円でいい様な口振りであつたがそれでは一升二百円にて余りにやすい故もう二十円たして百二十円で買つた事にした。それでもこの頃の値段よりは非常に安い。何よりもお酒にありついて初めてお正月が出来る。今日は又無為に過ごす。お酒には不自由するが食物では半年前の事を考へると隔世の感がある。御馳走はないけれど何かしら食べる物が有り寧ろ有り過ぎる位にて半年位前までは食べ過ぎて胃の工合が悪いと云ふのはどんな気持であつたか忘れたと云ふ事を考へたが、この頃はいつも胃が重たい。大概毎晩太田胃散をのんでゐる始末也。

一月六日　日　二夜

朝から薄曇りにて風は無いけれど非常に寒し。午後遅く雲動きて晴となる。朝中村はお米を背負ひ、平山は棒炭を背負ひて来。実に難有いと思ふ。お米は白米一斗一升なり。六百五円払ふ。棒炭はくれた由なり。品物も難有いがその労力を一層難有く思ふなり。二人が帰つた後で顔を洗ひ片附けをしたところへ村山来、鮫五切、大きなめざし四尾、果物の酢等をくれた。昨日の酒は昨夕一どきに飲んでしまつた。

一月七日　月　三夜

朝は零下二度なり、尤もこなひだ内から零度以下には下がつたと思はれる。しんしんとした寒さなれども空は晴れ渡り風もなし。午頃から大分寒気ゆるむ。午後中申し分なき好天気であつた。村山のべんがらの原稿二枚余り書いた。「三曲」夕村山取りに来。

〔欄外〕三曲二枚半べんがら

一月八日　火　四夜

朝は薄い雲があつたが午頃から晴れた。余り寒からず。無為。夕文化新聞の記者来。原稿の依頼なれどもことわる。こひが昨日頼んでおいた町内の羽根より清酒一升入手す。二百五十円なり。これから夕飯前に一献せんとす。

一月九日　水　五夜

夜明けの温度は零度なり。余り寒からず。一日上天気にて午後遅くから風が少し出たが段段温かくなつた。夕方は十六度なり。朝新潮社の佐藤俊夫さん来。先方の用件は村山の事と新潮の原稿の催促なり。新潮の原稿は昨秋以来頼まれてゐるがその儘にしてあつた。今日の話にて原稿料の代りにお酒をよこすなら書くと云つたら持つて来ると云ふので書かうかと思ひ出した。日記の抄出をしようと考へてゐる。一枚一合の割と云ふ事に談判成立せり。十枚以上書いてくれとの事なり、乃ち一升は確かなり。村山の事は以前にも何度かそんな話を受けたが郵船をやめて新潮社へ来ないかとの話なり。こちらからは日記を文藝春秋社から出す事に就き一応挨拶しておいた。又大井の身の振り方に就いても考へておいてくれと頼んだ。午過雑誌新生活の記者来。原稿の件なり。ことわる。午後中村の約束の本の目次を少し片附けた。今晩も一献出来て難有い。段段暖かく宵九時十九度なり。

一月十日　木　六夜

昨夜寝てから風がひどくなり夜中に電気が消えたりしたが又いつの間にかともつてゐた。今朝になつても吹き止まず益ひどく吹き又風の向きが変つたと見えて非常に寒くなつた。夕方焜炉《こんろ》を焚く前の小屋の中の温度五度也。電気煖炉はつけてあつても弱くて殆《ほと》んど利き目なく手あぶりにもならぬ程度なり。風が強いので到頭《たうとう》顔を洗ふ事叶はず、又裏の後架《こうか》へ行く事が出来ない。一日それを気にして風の止むのを待つたが中中静まらない。夕方もう暗くなるので気が気でなく少しの小やみの間を見てやつと行つて用を済ました。まだ薄明かりがあるから大丈夫だらうと思つたけれど、もう手許が暗かつた。宵月が木の枝の間からさしてゐても明かりにはならない。こひに後から提灯を持つて来させた。その明かりで見ると穴の底のバケツにかぶせた蓋の上にしてゐた、風の吹く日は中の紙がかわいて飛ぶといけないから蓋をするなり、暗いのでそれが見えなかつた、手際よく後始末をして帰つた。暗くなつてから又風勢つのる。

一月十一日　金　七夜

朝は零下二度であつた。一日上天気にて寒し。しかし風が無いから昨日よりはらくなり。夕方寒気加はる、おまけに午後から又停電にてストーヴが消えたから益寒し、夕食は蠟燭なり。今日は中村の本の目次を少くとも選出する丈はすませたいと思つたが、辰野氏から葉書が来たので何度も大学へ行つても会へなかつた挨拶を手紙にて済ませようと思ひ立ち、書き出したら午後中つぶれてぢきに暗くなつてしまつた。挨拶とは郵船をやめる事になつた件なり。

一月十二日　土　八夜

晴、風無く穏やかなり。日暮れには少し雲あり。午後中村の約束の本の目次選出を続けて終つた。本屋は平凡社なり。本の名前は未だきめないけれど百鬼園随筆抄又は百閒随筆抄として或は乗物篇と傍題をつけても可ならんかと思ふ。目次の順序は未だなり。

一月十三日　日　九夜

午まへは寒い風が吹き止まず。外へ出て顔を洗ふのを見合はせた。午後から風も静まりて次第に寒気衰へ夕方より宵にかけては少し暖かくなつた様である。平凡社の編纂本の目次の整理、中村に渡す覚えなどを片附けた、但し順序は未定なり。

一月十四日　月　十夜

風も無く穏やかにて余り寒からず一日上天気也。雑誌光の持丸来、大根三本くれた由。午後、雑誌太平の谷崎来、原稿の件なり、ことわる。夕、中川さん来、初めて也。銀行の定期預金の證明書を持つて来てくれた。葬式饅頭二つ貰ふ。こひと一ッ宛食ふ。本当のあんこにて甚だうまし。村山来、新潮社のこなひだの話をした。先方の話に応ずるか否か今月一ぱい待つてくれとの事なり。

一月十五日　火　十一夜

朝より暖かく穏やかな好天気にて午頃は十七度なり。暖かいのは難有いがそのぬくもりが海に出た後を追つ掛けてきつと冷たい季節風が吹くのが困る。夕方には少し雲あり。朝平野力来。昨日は持丸が来たが朝の内に人が来ると甚だ閉口する。焼ける前は玄関に「午前中ト夕刻以後ハドナタ様ニモオ目ニ掛カリマセヌ」と張札をしておいたがこの小屋ではそんな事を書いて置いても無意味である。雨が降るのも困り風が吹くのも困り人が来るのも困る。

一月十六日　水　十二夜

昨夜十時は十四度にて今朝十時は九度なり。丸で春の様なり。一日天気よく風もなし、この後がこはいと思ふ。夕方より風出でたり、しかしまだ温度は下がらず。九時十二度なり。朝新潮社の佐藤俊夫さんが来た。これで三朝続けて未だ寝床を片づけぬ内に人が来た。この小屋では片附けの順序と時間の予定とを区別すべからず。時間の認識と空間の認識とが食つついてゐて別途に考へる事が出来ない。午まへに人が来るのは誠に心無き仕業なれども来る方にはそんな事は相通ぜず。用事は雑誌「日の出」の対談会の件也。未だ雑誌新聞に自分の名前を出す事気が進まず、おことわりすると云つたが話してゐる内につい引き受けてしまつた。相手は徳川夢声なり。夢声老に暫らく振りに会ふのは悪くないと云ふ気持に誘惑せられたるらし。その後から仙台の小宮豊隆さんの招介の名刺を持つて薬屋武田長兵衛の会社の箕山来。講演の件也。引き受けた。期日未定なり。何しろおひる前に二組も来客ありては自分の考へるその日の順序と云ふものなし。それでも空襲の時の事を考へれば来客はこはくない丈取り柄がある。朝、但馬の健より三度目の干柿の小包到来す、実に難有い。今度は二十顆許り這入つてゐたのを今日一日で半分よりもつと食べた。夕近所の鏑木よりこひお酒二合入手して来る。五十円置いて来る由也。甚だやれた。

一月十七日　木　十三夜

一日穏やかであつたが寒気加はり夕方には雲出で風が強くなつた。間もなく雲は散つて十三夜の寒月皎皎たり。宵の内に既に氷が張つた。午後自由新聞の記者来原稿の件なり、ことわる。

一月十八日　金　十四夜

上天気なれども一日寒かつた。その上ひる前は風が強かつたので外で顔を洗ふ事が出来なかつた。無為。午頃新潮社日の出の橋本来。一昨日欄記入の対談会の件也。

一月十九日　土　十五夜

上天気にて朝から風無く穏やかなり。志を決して表へ出かける事にした。今年になつて初めてである。出かけたのは午後二時半頃なり。東京駅から兜町へ歩いて行く途中ガードの下にて先づ南京豆を買ふ。一摘み入りの一袋五円なり。目白の摺餌に入れるのが無くなつてゐた所にてよかつたと思ふ。ちり紙一〆買ふ、十円なり。早稲田ホテル時分に自分で買つた時は丁度同じ位の一〆が十五六銭であつたかと思ふ。一寸した出来心で飴を五円買つた。帰つて数へて見たら小指の一節の半分位のかけらが十四あつた。日本橋の交叉点の所にて蠟燭を買ふ。六本十円也。こなひだ近所の蠟燭屋にてこひが分けて貰つたのは三本十円であつたがその方が太くて長くて目方にすれば恐らく今日の一本の三倍はある可し。矢つ張り道ばたの品は高きか。会社のそばのいつもの床屋にて散髪す。地下室なのに停電してゐるので丸で暗闇で刈られてゐる如し。それから会社へ寄り、中川さんにやつて貰つた帝国銀行の定期預金の證明書を人事係に渡した。二三人の馴染みの顔に挨拶し、村山からバタを請取り一緒に出て、歩いてもとの本社へ寄る。途中又南京豆一袋十円にて買ふ、これは自分用なり。郵船ビルの庄野の部屋にて、冷酒茶椀に三ばいよばれた。又今日返しに行つた庄野の水筒にそのお酒を貰つて来た。二合許りありたり。亜米利加《アメリカ》莨五ヶ百五十円にて分けて貰ふ。南京豆入りのチヨコレート及葉巻莨を貰つた。冷酒で少し酔つて帰る。既に夕闇なり。今宵は満月なれども月の出には少し間があつたらし。日が暮れる前に、道を歩いてゐて、冬至から一ヶ月近く経ち少し日が長くなつた様だと思つた。

〔欄外〕清酒二合郵船ビル高橋より　ナホ一合余リソノ場デ冷ヲ飲ンデ帰ル

一月二十日　日　十六夜

一日風無く又余り寒からず好い天気なり。二三日来少し腹加減わるし。いり豆の所為なる可し。日日のきまりの上厠《じょうし》の外に一昨夜一回昨夜一回、今日は早朝とその後いつもの一回の外に又午後も上厠せり。ニンニクを食べ薬局の薬をのんでゐる。一月五日に胃散の事を記したが食べ物が豊富な為ばかりではなく饂飩粉《うどんこ》の食べ過ぎであつた事が後で判明した。すゐとんが気に入つて毎日毎日御飯の度に食べたからであつた。今日、健の干柿の残り二顆となつたところへ母屋の松木から二十顆分けて貰つた。福島の産なる由にて一ツ二円五十銭也。去年の暮以来健太郎から三回に百二十、今日の二十を加へて百四十也。毎日おかずには鰯ばかり食ひ、その間に干柿ばかり食べてゐる。干柿と鰯をつきまぜた様な気持になつた。

一月二十一日　月　十七夜

昨夜、昨日の日記を記入後なほ二度上厠せり。今日もいつもの一回の外早朝と宵と上厠し〆て三回なり。午過ぎの遅い朝飯にも夕食にも麺麭《パン》と片栗湯だけにしてその他の物は何も食べなかつた。但し麺麭には珍らしくバタあり。又夕食の時は麦酒一本あり。麺麭はこひがいつかの配給の饂飩粉の残り三百匁を電車通の麺麭屋へ持つて行つて麺麭三斤と取りかへて来たるなり。食べ物養生の外に昨日の薬局の粉薬を今朝また更めて買ひに行き、五日分十五包あつたのを今日一日にて三日分十包服用せり。遅く起きて漸く日日の順序の支度をすませたところへ大橋来、麦酒一本、お米二升と炭団《たどん》を持つて来てくれた。夕食して夜帰る。夕方村山来、会社の配給で買つた大豆油一升を持つて来てくれた。上がらず帰る。朝から穏やかな暖かい上天気であつたが夕方より雲出で、夜大橋の帰つた後大分経つてから雨が降り出した。就褥前また一回雨中に上厠す。
〔欄外〕麦酒一本大橋より

一月二十二日　火　十八夜
一日雨上がりの好天気にて風はあれども余り寒からず夜に入りて漸く寒気加はる。まだおなかの工合旧に復せず、なほりの遅きは一にお歳の所為なるか。いり豆が原因だと思つてゐたけれど或はだしに使つた鰯の頭が古かつたのではないかとも思ひ出した。早朝と夕刻前と二度上厠す。夕刻前もなほ泥状の便をしたがその後の腹工合にてもうなほりさうだと云ふ気もする。夕飯はかまはず御飯をたべた。遅い朝飯は矢張り麺麭と片栗湯を主とし少量の御飯をたべた。又一両日遠慮してゐた甘干の柿も今日は食べた。中村の平凡社の編纂本の目次は出来てゐたが未だ順序がきめてなかつたのを今日決定して一先づその仕事を終れり。就褥前また一回上厠す。風寒く甚だつらし。

一月二十三日　水　十九夜
晴れて風無く朝から一日中春の如し。午頃十五度強なり。午後大井来。おなかの加減未だ常の如くならず早朝一回午いつもの一回と二度上厠す。夕方何となくなほりかけてゐる様な気がするけれどあてにならず。一月十六日記載の新潮社日の出の対談の件はその後打ち合はせに来た時間が気に入らぬので更めて又相談に来る様にしておいたところ今日の新聞によれば日の出は廃刊になるらしいから右の件もお流れなる可し。戦争中の責任による自粛とか云ふ也。就褥前また一回上厠す。

一月二十四日　木　二十夜

昨夜は夜通しおなかが鳴つた様な気がした。今朝になつてもまだ鳴つた。早朝上厠し後また上厠す。この度はすつかり本格の下痢となり腹工合ますます悪化せる如し。午後又上厠す。いつもの時間なれども下痢なり、しかしさつきの様ではなくこなひだ内の例の通りなり。朝来穏やかな好天気にて夕方になりても寒からず。春が近い様な気がするが、まさかそんな事もあるまい。朝大井来、上がらず。ズボン下と葱をくれた。新潮社の使、新潮の原稿を取りに来、未だ出来てゐないからことわりの手紙を書いて持ち帰らせる。月曜迄に書き上げるつもりなれどもそれで先方の間に合ふか否か判明せず。一月九日欄記載の一枚一合の原稿なり。夕その原稿を書き初めた。日記帖をもとにした記述なり。二枚余り書いた。就褥前また上厠す。

一月二十五日　金　二十一夜

曇りにて雨になるかと思つたが降りもせず時に薄日が射し又雲が濃くなつたりして日が暮れた。夜空も雨けなり、余り寒からず。未だおなかがなほらない、今日は四度上厠した。なほりさうな気がして中中なほらない。もう薬ものまず食物の養生もしてゐない。郵船へ出社しなければならぬのでもなし家にゐるのだから出たい時に出たらよからうと思つてゐる。早朝といつもの時間と午後と夜の四回なり。第四回の少し前待望の屁が出たから愈《いよいよ》もうよからうと思つたけれど矢つ張り駄目だつた。午後と夜、昨日の原稿の続きを書く。

一月二十六日　土　二十二夜

一日曇りなり。夜に入りて雨の音がしたが大した事もなくすぐやんだ。余り寒くはなし。腹加減なほ悪し、上厠朝一回と午後いつもの時間に一度の二回共未だなほつてゐない。午後おこうさん茨木の方の配給の一級酒なりと云ふお酒一升と麦酒一本持つて来てくれた。或はこれでおなかがなほるかも知れない。お酒は二百五十円、麦酒は二十円と云ふのを二十五円にて買つた。新潮の原稿を昨夜に続いて午後遅く、夕方近くなつてから書き続け十七枚にて終つた。文題は未定也。一枚一合とすれば一升七合か、みんなお酒でよこすか知ら。

〔欄外〕清酒一本麦酒一本オコウサンより

一月二十七日　日　二十三夜

酔つて寝たが夜半三時過ぎ便意を催し提燈をともして裏へ行つた、その途中放屁したらなんにも出なかつたそれでもう本当になほつた事と思つた。然るに早朝又上厠しその後又一回更に午後雨中傘をさして又一回何れも先日中と同様なり。未だなほつてゐない様である。朝から曇りにて午後雨となり夜は上がる。昨日書き上げた原稿をなほした。「灰塵」と題す。日記帖の昨年五月二十四日と二十五日の前半とを推敲したるなり。就褥前又一度上厠せり。

一月二十八日　月　二十四夜

晴曇相半す余り寒からず春近きを思ふ事頻り也。新潮社の使来「灰塵」の原稿を渡す。お酒を持つて来いと云つておいた。大井来、買つて貰ふ様に頼んだ葱と煙草ピース五個を持つて来てくれた。間もなく新潮社の使再来、お酒一升不取敢《とりあへず》と云ひて持参す。お午から御飯の時にお酒を飲む。午後、中村来、一献して行けとすすめて夕食させる。相手は大して飲めないが又杯をとる甚だ可也。昨日以来また停電する事屢にて今夜も蠟燭でお酒を飲んだ。おなかの加減いよいよもとに復したるらし今日は一度也。なほつたきつかけはお酒なれども丁度その頃になつてゐたのかも知れない。一たび調子が狂ふと長いのはそれお歳の加減なるか。

〔欄外〕清酒一升新潮社より

一月二十九日　火　二十五夜

曇りにて午後は時時雪花散る。夜雨の音をきく。おなかの工合愈本式になほりたり、難有し。午後出かけて新潮社へ行く。今年になりて二度目の外出也。行きかへり共歩いた。丘の橋増刷の印税の残額千余円請取りて帰る。

一月三十日　水　二十六夜

曇、今日は寒し、それでも大寒の寒さではない。去年とは大変な違ひなり。昨日出た時見たがお濠の水は凍つてはゐない。今暁四時びつくりする程の地震あり、しかし何一つ引つくり返つた物もないからそれ程の地震ではなかつたのだらう。新潮社の先日のお酒今夕一本にて無くなつた。今日は手紙葉書を書いた丈にて無為。

一月三十一日　木　二十七夜

今日は霽《は》れたり、寒からず。夕方は春近きを思ふ。こなひだ内の曇りは既に冬型の気象が崩れかけた為なりとの事にて大体今年の冬は厳しくなかつた様である。二三日来からだの調子甚だ良し。無為。

二月

二月一日　金　二十八夜
昨夜お天気が悪くなつてゐると思つたら今日は朝から雨也。雨に混ざつた雪が段段多くなると思ふ内に午過《ひるす》ぎから本式の雪となり屋根や庭に積もつた。今冬初めてなり。夜は又雨の音になつた。この小屋の難渋言語に絶す。トタン屋根の裏の葦簾から汚い雫がぽたぽたと落ちて来てそこいら中をよごす。又、屋根の上にしよつちゆうどんどんと大きな音がする。枝の雪のかたまりが落ちるのだらうと想像する。手先冷たく何もする気になれない。

二月二日　土　二十九夜
朝の内は曇り。午頃から霽《は》れて雪解の好天気となる。午後おこうさん炭を一俵背負つて来てくれた。泥濘《ぬかるみ》の道にて大変だつたと思ふ。炭は誠に暫らく振り也。しかしお酒も麦酒も持つて来なかつたので甚だ失望す。

二月三日　日　一夜

節分なり。朝来快晴にて季節風強く寒し。方方に頼んであるお酒がどこかから来るかと酒信を待つて暮らしたが到頭《たうとう》なんの音沙汰もなく日が暮れた。昨年秋以来のたまつてゐる日記をメモによりて去年の日記帖に記入する仕事を始め少少片附けたり。夕方六時の小屋の中の温度六度弱也。

二月四日　月　二夜　立春

昨日以来吹き荒れてゐる寒風が今日も朝から烈しく今朝の小屋の中の温度は零度であつた。昨日も今日も外で顔を洗ふ事が出来なかつた。午後漸く吹き止み夕方近くなりて寒気も緩みて穏やかな好い立春日和となつた。今日も亦《また》一日お酒を待つて無駄に暮れた。母屋にゐる浅間の傭男の井上がどこかから三百円で入手して来てくれる事にしたと云ふこひの話に喜んだけれど今日の事には運ばなかつた。明日は大丈夫の様な話なり。夜昨日に続きて去年の日記帖整理。

二月五日　火　三夜

朝の内は曇つてゐたが次第に雲散りて午後から夕方にかけては風も無い穏やかな好天気となる。身体の調子か時候の加減か二三日来お酒のほしき事常ならず。あてにした話が外れて失望すると気が遠くなる様なり。手の平に冷汗がにじみ出る。子供の時から我儘の為に人を困らせ自分も困つたがお酒をほしがる気持は我儘よりもつと深刻な様なり。しかし自分の思ふ通りに事が運ばぬと不安になると云ふ所は子供の時からの同じ我儘に違ひない。我儘を制すると云ふつもりは今は毛頭なく、これ程ほしがる物がどんなにしても手に入らぬと云ふ世間を甚だ怪《け》しからんと考へる。昨日からの井上の話にてこひは頻りに奔走してゐるけれど結局夕方になつて又聞きに行つたら矢張り今日も駄目である。あてにはならぬ話の様なり。明日こそはきつとどんなにしてでも手に入れて来るとこひが請合ふ。さう云はれてもどこでどうすればお酒を見つけられるか考へて見ても甚だ心許なき話なり。夜引続きて去年の日記の整理をした。

二月六日　水　四夜

晴天にて午後より季節風烈しく吹く。こひは烈風の中を酒探しに行つた。こひの話に近所の羽根の所にて先日一升四百円なら有ると云つたけれど余り高いから相手にならなかつたとの事なれば、もうこんなに乾きたる上は詮方《せんかた》なし、四百円でいいからそれを買ふときめた。初めに四谷の鈴伝とかへ行つて見たさうだがそこは駄目だつたので右の羽根へ行つて聞くと二三日前に既に他へ廻したとの事であつたから飯田橋へ出ておでん屋へ行つて分けて貰つた。売りたがらないので脳貧血だと云つて売つて貰つた由。二合七十円也。そのお酒を入れた薬罐を持つて帰つて来た。実に難有い。早速熱燗にして飲んだが余りうまくてどこへ這入つたかわからなかつた。午後雑誌新風の記者来、原稿の依頼也。ことわる。いつぞや矢張り原稿の依頼に来た相手を好い加減にことわつておいたところが二月二日発行の自由新聞と云ふのに三段に亙つたその時の記事あり。うつかり相手になつてゐると後で知らぬ間に何か書き立てられてゐる事あり。別に用心する事もないが油断のならぬ事也。風は夜に入りてますます烈しくなり落ちつかず。先日来に引続きて去年の日記の整理をするつもりであつたが風の音で気疲れがしたから止めて寝る。風を恐れるのは昔からにてコノ丘ニ宵宵ノハヤテ春ヲ待ツも矢張り風がこはかつたのである。祖母が物おそれをする癖があつて特に風がきらひであつたからその所為なる可し。

〔欄外〕清酒二合牛込見附オデン屋より

二月七日　木　五夜

朝から曇りにて午頃固い氷雨の音がした。大した事はなからうと思つてゐる内に雪の本降りとなり午後中にて辺りがすつかり真白に降り積もつた。夕方は上がつたらし。こひが人に聞かれたと云ふ世間話から家ではこの頃一ヶ月どの位かかつてゐるかと云ふ事に興味を持つて一寸心覚えから計算して見た。十一月二十日に中村の二千円以来八十日足らずにて八千六百円かかつてゐる。但しなほ千円に少し足りない位は今手許にあるが大体一日百円、一ヶ月三千円の平均也。夜去年の日記の整理。

二月八日　金　六夜

朝の内は雲があつたが次第に散りて午頃からは風の無い穏やかな好天気となり既に春らしく暖かし。昨日の雪も大体解けたり。こなひだ新潮社へ行つた折約束してくれた後のお酒五合と印税の前借五百円とをいつ迄待つてゐても届けてくれない。お金もう貰つておいた方がよくお酒は一日一日待ち切れない程なり。丘の橋増刷五千の検印を昨日こひが捺してしまつたからそれは郵便で送つてもいいが、序《ついで》に届けかたがたお天気が良いから何日振りかの運動のつもりで外を歩く事にして午後おそく出かけた。市ヶ谷駅の前で蜜柑を売つてゐた。買ひ度いと思つたけれど止めた。郵船へ行かなくなつてから外へ出ないので道ばたの物を買ふ折もなく大分馴れて平気になつてゐたが暫らく遠のくと又気軽に買ひにくい。恥しいと云ふ程ではないが億劫である。払方町へ出る坂を登りかけてふと一昨日こひがお酒を買つて来た牛込見附のおでん屋へ廻つて、今日は三合許《ばか》り買つて帰る為に容れ物の罎を持つて来ればよかつたと思つた。二足三足歩く内にそれよりも飲んで帰らうかと考へたり又まあよさうと思ひ返したりした。歩いてゐる内に段段帰りに寄る事にしようと云ふ気持が勝つて来た。北町の停留場の傍の本屋の表に戦災地域表示の東京の地図の広告が貼りつけてあつた。通り過ぎた後で買はうと思つたが引き返すのは面倒である。帰りにしようと思つた。帰りにその本屋へ寄るとすると牛込見附へ出るには肴町から神楽坂を降りた方がいいから道順がへんになる。しかし地図は買ひ度い。どちらともきまらない内に新潮社へ著いた。俊夫さんは帰つた後だつたので検印を渡しことづけをして帰つた。帰りは矢張り本屋の方へ寄る道、つまり真直ぐに家へ帰る道に足が向いてゐたが、その本屋で地図を買つた後又気が変はり北町の停留場で電車を待つてゐる人人の行列の後に起つた。飯田橋へ出るつもりである。しかし飯田橋から牛込見附へ引き返して行くのは道順ではない。反対側の停留場の傍で蜜柑を売つてゐるのが目について電車に乗る事は思ひ止まり、そちらへ行つて蜜柑を買つた。小さな一山が十円にて二十円買つた。この頃はこひが買つて来るのでもいつでも二十円である。地図と蜜柑を持つて歩いて帰りかけたが払方町の坂の上で起ち止まつて又考へ出した。右へ行つてさつき来た道を帰らうか、左の新見附の坂へ下りて牛込見附へ寄らうか、中中きまらない内にきまらないなりに新見附の方の坂を歩き出して結局そのおでん屋で飲んで来る事になつた。日ざしが暖かく背中に日のぬくもりを感じる位である。到頭春になつたと思つた。飯田橋駅の外のそのおでん屋へ行き、おでんは十五円と五円と二タ色書き出してあるので五円のを誂へ、お酒を三本立て続けに立ち飲みした。腹に沁みる様であつた。五円のおでんと云ふのは小さな馬鈴薯の切れが二ツとこんにやく一切れ、薩摩揚の如き少し魚のにほひのする物一切れの四ッ也。お酒は一本三十五円にて〆て百十円にてうまかつた。好い気持になり歩いて帰る。小屋に帰つて小屋の外にしやがんで火を起こしてゐるこひにその話をしてゐたら中川さん来。明日の午に御飯を待つてゐるから来いとの御案内なり。度度のお招きではあり行く事にきめて約束した。四谷の停留場迄一緒に行つて送つてから帰つて小屋に上がつた。そんなに酔つてはゐないが少し酒の気あり。この気持が甚だ珍らしい程こなひだ内は酒の縁がない。

〔欄外〕清酒三合　飯田橋駅外牛込見附ノ小屋掛ケオデン屋ニテ立飲

二月九日　土　七夜

朝は雲あり一日晴曇相半す。今日はお午に中川さんの家によばれてゐる。お午に行くにはこの頃の日常の時間では大分努力しなければならない。朝いつもより早目に起きた。こなひだ内は暫らく何人も来なかつたが、今日の様な時間の六づかしい日に人がやつて来たら困ると思ふ。忽《たちま》ち未だ寝床を片附けぬ内に中村が来た。頼んでおいたお米を背負つてゐる。困るけれど困つて計りはゐられない。寝床を上げて小屋の中を片附け終る迄、重たい荷物を背負つた儘で庭に待つて貰つてから上に通す。お米は五升也。代金を今度は貸して貰ふ事にした。おでん屋のべんがら屋は立ち消えの由にてその代りに平山と共同して出版を始める由也。その仕事として御馳走に関する編纂本を出したいと云ふ相談を持つて来た。承諾を与へ、合羽坂当時につけ始めた御馳走帖を貸与す。中村に今日は出掛ける約束のある事を告げ早目に帰らして、すぐに遅れた丈取り戻す勢で支度をした。どうせ最初に考へてゐた時間には出られないが出来る限り遅れぬつもりで急いでゐると、未だ上厠《じょうし》せぬ前に今度は大井来、万事休すと思ふ。大井は頼んでおいたピース二ヶと葱一貫目を持つて来てくれた。通した上で出かける約束のある事を話して早く帰つて貰つたが、もうどうにもならぬと思つた。全く運の悪い事で、やつて来た相手にもこちらにも待つてゐる中川さんにもみんな不都合である。頭の痛くなる様な気がした。従前の様に電話で遅くなるからと云ふ挨拶をしておく事も出来ない。やつと支度が済んで出かけたら午後一時四十分であつた。塩町乗換で市電ばかりで行つたが電車の都合は甚だ良く、それで途中大分機嫌がなほつた。中川さんは待ち兼ねて電車の停留所の方へ迎へに出て見たりした由なり。御膳にて御馳走になりお酒銚子に一本とキスキーを大分沢山飲んだ。好い気持に酔ひて中川さんの画に賛をしたり色紙に色色書き散らした。検印用にする印顆《いんか》「福如雲」を貰つて来た。お土産に味醂を入れた罎と紙包あり。それを抱へて夕未だ明かるい内に帰る。帰りてお土産の包を開けて見るに金平糖と澱粉米一袋と海苔佃煮二罎なり。みんな難有いが特にこの頃金平糖は誠に珍味なり。餉台《ちやぶだい》の前にくつろぎ今朝新潮社から届けてくれたお酒の燗をさして、さて始めようと言ふ所へ村山来。今度はもう邪魔ではない。実に運の好いところへ来たもの也。早速上がらして一献をすゝめる。村山は会社の配給の鮭を一尾持つて来てくれた、百三十円也。村山を相手に暫らく振りにお酒をけちけちしないで飲み、今朝持つて来た丈五合みんな片づけた。

村山が食事をして帰つた後、ぢつと坐つてゐると顔が冷たくなる様な、額が濡れた様ないやな気持がした。悪酔をしたと気がつき鏡を見るに真青也。今飲んだお酒で誘ひ出したに違ひないが、お酒の酔でなくヰスキーの飲み過ぎの所為なる事はつきり解る。暫らくぢつとしてゐる内に落ちつき嘔吐する程の事にもならず間もなくなほつた。

〔欄外〕新潮社の使の女の子来先日頼んでおいた五百円と稿料のお酒の残り五合と持参す。

清酒五合新潮社ヨリ　清酒二合弱中川サンノ家ニテ飲ム　ヰスキー大分（ヰスキートシテハ）右同　味醂二合弱中川サンより

二月十日　日　八夜

雲あれども晴也。朝の内は寒かつたが午過大分柔らぐ。午後机の前に坐つてゐる内に暫らく振りで結滞を感じた。午後中続き夕方に及ぶ。大した事は無いが矢張り昨日のヰスキー飲み過ぎの所為なる可し。夕近くこひ飯田橋の市場へ買物に行つた序に又例のおでん屋にてお酒を買つて来て貰ふ。三合買つて来る様に云つたが二合しか売つてくれなかつた由也。それを熱燗にて今夜も亦一献す。昼間からの結滞はこれでなほるかと思つたが利き目無し。食後微酔のあるところにて暫らく振りに脈をみた。凡《およ》そ八十許り、待つ内に十二三抜けるらし。いつ迄も結滞するので大した事は無いと思ひながら矢張り憂鬱なり。早目に寝る。

〔欄外〕清酒二合牛込見附ノオデン屋より

二月十一日　月　九夜

昨日の結滞は夜に入りてなほ続き漸く十時頃就褥前にをさまつた。今日は何事もなし。全くキスキーの余殃也。お酒麦酒以外の酒は余り飲まぬ様に心掛け度し。暫らく振りの結滞であつたが今日になつて思ひ出しても憂鬱である。朝来半曇。ひる前どこからか君ヶ代の合唱に続いて雲ニ聳ユルの唱歌の声が聞こえて来た。ラヂオでは無い。近所のどこの学校なのか解らぬけれど風に乗つて切れ切れに伝はる旋律に感慨なき能はず。一昨夜から昨日一日鼻風邪にて鼻がうるさくて困つたが今日は最早峠を越した様なれども、なほなほり切らず。午後こひ飯田橋の方へ買物に行つた折又昨日のおでん屋の酒を買つて来る様に命じ、今日は三合買ふ様に云つておいたが肝心のおでん屋が休んでゐた由にて万事休す。中川さんから貰つて来た味醂の残りを舐めてあきらめる。夕と夜、去年の日記整理。

二月十二日　火　十夜

朝の内は雲があつたが午過風出で晴れとなる。寒さうで寒からず。ひる前まだ小屋を片づけぬ内に中村来。九日記載の編纂本の件に就き既に御膳日記の御馳走メモを原稿用紙四十枚に清書して来た。午後こひ市ヶ谷へ買物に行き先づ蜜柑を買ひて一先づ小屋に帰る。次に四谷駅の前へ行つて見ると云ひて出かけたと思つたらすぐに引き返して町内の魚屋文野に門の外の屏際にて会ひお酒一升手に入れる事にしたとの話也。二百五十円也と話してゐる所へ文野本人顔を出す。代金を渡しておいてこひは四谷駅へ出かけ鰯の丸干を買つて帰りて間も無く文野再来し清酒一升持つて来てくれた。代金の外《ほか》に御礼を二十円与へたから二百七十円也。実に難有い。夕一献す。夜は風の音喧し。

〔欄外〕清酒一升町内魚屋文野より

二月十三日　水　十一夜

朝から快晴にてひる前迄は風があつたが午後は風もをさまり日は暖かく夕方迄空に一点の雲影もなし。誠に勿体無い様な春日和なり。夜九時十三度。朝まだ寝てゐる内に武田薬品会社の箕山来。こひは裏の後架《こうか》へ行つてゐた所にて甚だ困る。講演の日取りにつきこちらから葉書をやつたのに就いての打合せに来たのだが、未だ九時にもならぬ時刻にこんな小屋へ訪ねて来るとは馬鹿なり。午後久し振りに表へ出て散髪に行き会社へ寄りて夕早い内に帰る。千江来てゐた。昨年の十一月末以来也。夕飯を食べて帰る。夕武田薬品の使来。箕山十錠入五ヶメタボリン百錠入五ヶを届けてくれた。今朝こひが困つて風邪気味で未だ休んでゐると挨拶した為なる可し。午後留守中に平野止夫と雑誌自由の記者と来りし由。

二月十四日　木　十二夜

晴。白い雲時時空を流る。今日は風稍《やや》あれども南にて暖かく、夕方十九度也。この儘春にはならぬかも知れないが暗い冬は既に大分うしろに遠のいた感じなり。昨日から土手の木に囀る小鳥の声頻りに耳につく。午後政経春秋の記者来、原稿の依頼なり、ことわる。若者なれども口跡うるさく少少癪にさはつたから叱りつけてやつた。扶桑書房と云ふ初めての本屋の来書の件に就き午後法政大学へ行きて附属商業学校の校長になつてゐる中川秀秋に会ふ。中川はもとの拓南社なり。序に野上、太田、多田に会ひ、野上氏と市ヶ谷駅迄同道して帰る。夕、大橋の様子を見に行つてくれたち江来、御飯を食べて帰る。大橋は無事なりし也。一昨日の酒今夕までにて無し。食事中馬鹿にあつくなり額に汗をかいた。後胸に結滞を覚えどきんどきんする様であつた。間もなくなほつた。後で気がついて見ると小さな丸干の鰯を頭から丸ごと食べたので腹わたの為に又結滞を起こしたのであつた。

二月十五日　金　十三夜

今日も春らしき好天気なり。宵は雲出でたれども一日中晴れ渡りて風なく夕方の温度十六度也。一寸火を入れるとすぐに二十度近くになる。楽楽と小屋に落ちつき手紙葉書を書いたら一日暮れた。夜去年の日記の整理。今日はお酒の気無し。

二月十六日　土　十四夜

昨夜中に雨の音を聞き始めそれからずつと降り続いて午後は一寸小やみしたが又降り出し、夜に及びてやまず。しかし寒くはない。夜九時半十二度也。朝まだ床の上に坐つて一服してゐるところへ宮城の奥さん来。衛君の新婦を伴ひたり。昨年暮の結婚にて来たのは今日が初めて也。麦酒二本持参す。生麦酒の詰めかへなれどもこなひだ内から麦酒が飲み度くて堪らなかつたところなれば忽《たちま》ちその場で一本飲んでしまつた。暫らく話して二人が帰つた後又もう一本をあけて、これ亦すぐに飲み終れり。実にうまかつた。午後雨中を中村来。手紙にてお金の調達を頼んでおいた件なり。九日欄記載の「御馳走帖」の印税内金として三千円持参す。手紙には今度会つたら二千円頼まうと思つてゐたのだが差し当りの用には千円でもいいと書いておいたのに頼んだより多くして来てくれた。これで又暫らくお金の心配なし、実に難有い事と思ふ。九日欄記入のお米代二百七十五円返した。夕雑誌自由の記者来、二十三日に留守中に来て又来りしなり、原稿の件なり、ことわる。夜去年の日記整理少少。

二月十七日　日　十五夜

昨夜の雨は夜の内に上がつて今日は朝から快晴なり。早朝は四度弱にて又もとの寒さに後戻りするかと思つたが午頃からそれ程でもなく矢つ張り暖かい。夕方は雲出づ。今朝の新聞に預金払出制限新円発行等の発表あり。戦後は面白い事許り続き退屈する暇なし。夕暗くなつてからおこうさんの息子の順ちやんが麦酒二本と生麦酒を立《リットル》罎に約半分、多分一立なるべし、持つて来てくれた。今日は朝早くこひが十二日欄の文野の所に行きてお酒を頼んだのに田舎へ行つたとかにて埒あかず失望してゐた所なり。実に難有い。これから飲む。

〔欄外〕麦酒二本生麦酒一リツトル弱オコウサンより

二月十八日　月　十六夜

昨夜の麦酒は一どきに飲んでしまつた。暫らく振りに少し麦酒の酔を覚えたり。今日は朝から好天気にて風稍寒けれども午まへ迄は穏やかであつたが、午後風俄起り一しきり荒れた。先日来「俄かに天狗風」と云ふ昔まだ父の若かつた頃にはやつた歌を思ひ出す事頻りなり。父がお酒に酔ふと歌つたり踊る様な恰好をするのを見た記憶がある。大阪城の馬場に合羽を干してゐたところへ俄風到り合羽が中空へ舞ひ上がつたのを歌へる也。夕方から又風強くなり宵は寒し。ひる前お天気が好いから昨夜書いておいた京都の中島宛の葉書を四谷駅のポスト迄出しに行きその足でもとの焼跡の前へも行つて見た。朝、放送局の教養部員来。朝の時間に講演の放送をしてくれと云ふ。ことわる。宮城衛来、昨夜見ておいた宮城の原稿を渡した。夕午後時事新報の記者小副川来。預金封鎖等による世間の混乱に就いてのインターギユー也。一言で勘弁せよとことわりて、随分人を苦しめた今迄のお金が使へなくなるのは好い気味だと話してやつた。夜去年の日記整理。

二月十九日　火　十七夜

昨夜は夜通し寒風吹きすさみて小屋を取り巻く物音の為おちおち眠られなかつた。今朝は風をさまり寒けれど穏やかな晴天なり。十七日の新聞に出た預金封鎖、新円発行等の措置により世間は大分混雑してゐるらしい。うちには関係無き事と考へたが新聞の色色の記事を読んでゐるうちに、どうかするといつ迄も預金を封鎖せられた儘で過ぎては困ると云ふ様な漠然とした不安感が起こる。世間の気持に誘はれるのである。しかし考へて見ると自分に取つてはそんな事は全く意味がない。封鎖の限度迄の預金が無いからである。先日中お金が五六百円しかなくなり、大分心細く思つてゐたところへ、暮の内の予告にてお正月用に配給してくれる筈であつたお酒一升と麦酒二本が未だその儘になつてゐたのが、そろそろ配給を始めるらしい気配であつて、よその地区では既に麦酒二本とお酒は予告の半分にて五合配給したとか、麹町ではお酒は五合になり麦酒が三本だとか云ふ噂を聞いた。待ち兼ねた事にてそれは難有いが、今度配給になつたら譲つて貰ふと云ふ約束がこの近所にて五軒ある。主としてお酒の方の話であつて、麦酒はどうなるか確かでないが、お酒一升二百五十円見当の話合がついてゐる。一升宛《づつ》とすれば勿論噂の如く五合の配給になつても、うちにあるお金だけでは足りない。又約束してくれた五軒が五軒その場になつて約束通り譲つてくれるか否かもわからないが、しかしさう云ふ話になつてゐるのだから譲つてくれても不思議ではないのだから、矢つ張りその払ひに足りるお金の用意は持つてゐなければならない。急に心配になつて手紙で中村に頼んだ。お酒の為の用意だけではなく外にもいる事があるに違ひないから、今度会つた時相談の上頼むとすれば二千円頼むつもりであつたが、今の差し当りの用には千円でもいいと云つてやつた。十六日に中村が来て二千円よりもう一千ましておきましたと云つて三千円届けてくれた。そのお金と前の残りとで三千何百円か有るけれど、これからまだ旧いお金が使へる期間中にどんどん無くなるであらう。右のお酒の配給があればなほ更である。一人頭百円宛新円に取り換へると云ふので二百円、世帯主三百円、家族一人百円宛引き出せると云ふので四百円、〆て六百円、戦災者一人に就き千円宛出せるから二千円、総計二千六百円は自由に使ふ事が出来、又それ以上に預け残りとなる金は殆《ほと》んど無ささうである。預金の封鎖がどんなに長期に亙らうともなんにも困る事はない。風馬牛である。難有いと思ふのは中村の計らひであつて、若し右の三千円が無かつたら、使つてもいいと云はれても使ふ金が無かつた。先づ使へる限度迄はどうにかお金があり、それ以上それから以後の事はどうなるのか知らないが、多分どうにかなるであらう。それで自分の事としては今度の世間の混雑は面白い計りである。中村は十六日と云ふ瀬戸際に三千円持つて来てくれて、後で困らなかつたかと云ふ事を心配した。先方の事情はよく解らないが、その場がそれで済むものなら新円になつてからの印税の内を三千円丈先に旧円ですましておいて却つて後の遣り繰りに余裕が出来たとも考へられる様である。さうしてその三千円はこちらでは殆んど封鎖に引つかからないのだから双方に好都合であつた様に思はれる。夜去年の日記整理。

二月二十日　水　十八夜

朝より上天気にて風無く又余り寒からず特に午後遅くから夕方にかけては申し分無き春先の美しい空になつた。夜、風少し出づ。十時半前びつくりする程の地震ありたり。この頃小さい地震が多過ぎる様に思はれる。夜去年の日記整理少少。

二月二十一日　木　十九夜

朝明かるくなつてから風が吹き始めて終日やまず。例により小屋の外でする支度が出来なかつた。又温度も下がつて寒し。夕五時半九度。いつかのおこうさんの持つて来た炭がもう今日一ぱいの寿命なる由、寒い日が続けば又難渋する。今月はお酒の運が好くない様なり。麦酒は少少乍《なが》ら先日二日続いたけれどお酒は文野の一升、新潮社の五合の外は半端ばかり也。二三日来毎日いらいらしてゐる。夕方、去年の日記の整理終る。これからは文藝春秋社との約束の日記帖出版の仕事にかかり、その原稿を書き溜める事にする。日記帖から写しながら推敲するのだから相当の手間はかかると思ふ。暗くなつてから、ち江麦酒五本持参す。帰り物騒につき泊まらせる。これより麦酒を飲む。今日は足りないと云ふ事なかる可し。

〔欄外〕麦酒五本　一本三十五円ニ一割　交換所ノ手数料トカニテ〆テ百九十二

円五十銭トノ事也　二百円渡ス　ち江持参

二月二十二日　金　二十夜

晴天なれども朝から風強く一日中吹き止まず、次第に烈しくなり夜に入りても静まらず、温度下がり夕方は四度なり。午、毎日新聞記者来、原稿の依頼なり、ことわる。午後光文社持丸来。午後中村のべんから書房の御馳走帖の編纂に取りかかつた。御馳走帖と云ふはなほ仮りの名前也。夜は余り寒いからなんにもせず早寝す。昨夜の麦酒は一どきに五本飲んでしまつた。四本位で酔つた事もあるが昨日は左程でもなく今朝起きて見ても何の跡方もなし。飲んだも飲まぬも同じ様なり。今日もう一晩麦酒かお酒か続けばいいと思つたが、さうは参らず。

二月二十三日　土　二十一夜

今日も朝九時前頃から風が吹き始めて一日止まず。今日でもう三日顔が洗へぬなり。午後から夜にかけて昨日の続きの御馳走帖の目次を作る。全輯以後の分全部終れり。明日は全輯本を母屋の松木の玄関の戸棚から出して来て調べるつもりなり。一月末におなかをこはして難渋したが、その後はずつと身体の調子よく夜もよく寝られ脚もはれてゐない。好調子が余り長く続くので不思議な様なり。

二月二十四日　日　二十二夜

朝から一日曇りにて時時薄日の射す時もあつたが夜は寝る前に雨の音がしたり止んだりした。夜十時半十三度也。先日来麦酒はあつてよかつたがお酒を待つ事頻りなるに中中好き便り無し。今月はお酒の運はよくない様である。先日中からこひが行つて頼んでゐる魚屋の文野が今日の夕方には届けるかそれでなくとも御挨拶はすると云つたと云ふに何の音沙汰もなし。夕方から夜にかけて御馳走帖の編纂を終る。目次の順序も大体出来た。

二月二十五日　月　二十三夜

昨夜は寝る前から本降りになりて今朝迄降り続いたが朝早く上がり一日中早春の好天気なり。午後二十一度に昇る。夕方は風一しきりひどく吹いた。午、三笠書房の広瀬来、既に竹内の手紙にて承知せる漱石読本改題漱石物語の上梓の件也。午後おこうさんが来たがお酒でなく炭を持つて来た。炭も無くなつたところにて難有いがお酒には失望せり。或は明日持つて来るかも知れず。炭ももう一俵頼んだ。先日来の文野へは今日もこひが行つて見たが駄目だつた。夕村山来、麦酒一本持つて来てくれた。一本なりと雖《いへど》もこんな時なれば実にうまかつた。村山の手から貰つたその場で飲んだ。去年の今日は空襲にて近所の鉛版屋へ二百五十瓩の不発爆弾が落ちた日なり。
〔欄外〕麦酒一本村山より

二月二十六日　火　二十四夜

大体晴れなれども時時曇る、風無く暖かな春日和なり。今日は二二六の当日なり。その日は雪であつた事に思ひ比べると今年は余程暖かい。夜九時半十七度。午後暫らく振りにて外出す。会社のそばの床屋へ行きて散髪し、帰りに会社へ寄り村山に会ひ又永沢とも話す。和田さんもそこを通りかかりて話しの仲間に入れり。村山と東京駅迄歩いて帰る。前前から買ひ度いと思つてゐた煙管を日本橋交叉点の近くの道ばたで買つた。三十円也、真鍮ののべ也。出かける前におこうさんが来たが炭はもう一俵背負つて来たけれど、あてにしたお酒は手に入らざりし由也。落胆何ものにかたとへん。昨日の話にて四百円なら有るけれど余り高過ぎるからとこひに相談しこひがそれでもいいからと云つてゐるところから話しの中に割り込み是非頼むと念を押しておいたのだが、どうもお酒の縁が無いらしい。或は新円の出る前だから隠してゐるのかも知れない。空襲以来安否を案じてゐた風船画伯谷中おひる頃やつて来た。電車賃として百円進呈せり。時事新報の連載を書く様だつたら挿絵を頼まうかと考へてゐる。この頃は人の事は笑へないが、その風態たるや、全く本ものの乞食なり。母屋の人人胆を潰したる事なる可し。

二月二十七日　水　二十五夜

朝はお天気であつたが次第に雲を増して午後遅くは時時雨の音がした。夜に入りてしとしとと降り続ける。上がり口に脱ぎすてた下駄も余り濡れぬ程にてお誂へ通りの春雨なり。朝早くち江来、又炭を二俵買つた。先日の分と合はせて四俵なり、〆て六百円也。お酒の為に用意した金がそつちへ流れた。今日もこひがお酒を探したけれど町内の羽根にて明日は何とかなりさうな話なれども予め喜ぶ事は出来ない。昨夜も亦大手饅頭の夢を見た。一生の内に大手饅頭の夢を何十遍見るのだらう。昔の一ッ二厘のはこの位で、五厘のは大きくてこの位でと話してゐる相手は大手饅頭の店のをばさんである。前にふかし立てのほかほかの大手饅頭が列べてあつたが、食べたかどうかは目が覚めた後で考へて見たけれど判然しない。

二月二十八日　木　二十六夜

昨日の雨は夜が更けるに従ひて風を伴なひ、後は風ばかりとなつて大分がたがた云つた。今朝は綺麗に晴れてゐた。夕方は少し雲出づ。午後扶桑書房の月野佐野来。手紙にて打合はせて来たる也。初めての出版の件也。今日漸く町内の羽根にてこひお酒一升入手し来る。三百五十円也。今月は実にお酒運が悪かつた。これから一献す。羽根では内田さん一本でよろしいかと云つた由にてまだ有るらしいからもう一本でも二本でも買つておき度いが先日中三千円持つてお酒を探した間はどこにも無く今日さう云ふ話を聞いた時にはもうお金が無い。来月に入つて新円に取り換へる四百円がやつと残つてゐる丈なり。明日になればまだもつとへる可し。

〔欄外〕清酒一升町内羽根より　但一月八日欄ノ羽根ノ甥ニテ別口也

三月

大学ノート（立ケイ四帖綴）一冊

三月一日　金　二十七夜

昨夜はまた雨となり今朝早くは雪が混じつて降つたが積もる程の事はなし。午頃《ひる》上がつて曇つた儘夕方となり又ぱらぱらと雨の音がする。昨夜は暫らく振りのお酒にて又非常に気がついて見たら七合余りも飲んでゐた。こんな事は珍らしい。しかし左程酔つ払つたと云ふ程でなく、ただうまくて好い気持であつた。午後新世紀編輯の浜田二度来、原稿の依頼也、ことわる。二度目には原稿用紙百枚綴と封筒に入れた千円持参せり。お金は返して重ねてことわつた。午後村山のべんがらの原稿二枚半書いた。「迎賓館」昨日欄記載の羽根のもう一本のお酒を今日買つた。旧円を封鎖預金するなど面倒にてそんな事は家風でない様なり。

〔欄外〕清酒一升　右同

三月二日　土　二十八夜

曇、昨日羽根の二本目のお酒を三百三十円で買つた残り半端の旧円を合はせて八十五円あり。金鳥香の蚊遣を五函約束してある中の一函をこなひだ買つて来た。残りの四函四十円を買ひ、あとは道ばたで蜜柑や鰯でも買つて片附けようと考へてゐたが、昨日からこひ少し風邪気味なれば成る可く近い所で用事をすませようと考へなほして羽根の所にて又バタを一斤買つた。同じ口のバタをもう十斤位舐める可し。七十五円だから十円残つた。外《ほか》には無いから新円切替に対する処置もいらず簡単である。午後神鞭《こうむち》名義の通帳の事にて丸ビルの北海道拓殖銀行へ行つた。一昨年来その通帳に払ひ込んで借金を返してゐる也。銀行にて聞き取扱につき納得せり。十円の残金にて蜜柑いくつか又は南京豆でも買はうと思つたが、今日は道ばたの露店商が殆《ほと》んどゐない。東京駅から呉服橋迄歩いて行つて見たけれど何も売つてゐなかつた。それなら速達用の四十銭の切手を二十五枚買つてもいいと考へたが、丁度その時呉服橋近くの道端で庖丁を十円で売つてゐるのが目についたから、こひの土産に買つてそれで旧円なるものをみんな使ひ果たせり。丸ビルの北海道拓殖の並びの郵便局の前に長蛇の列をつくつてゐるのを見て驚いたが、村山に原稿の事で電報を打つ為中央郵便局へ這入つて見たらぎつしり人がつまつてゐる。さう云へば西側の出入口の外にも行列が食《は》み出《だ》してゐたが、みんな旧円を今日中に預けようとする亡者達也。ただの二三十円手許に残つても捨てる気にはならなかつたであらうと思ふから昨日お酒を買つて、今日はそんな目に会はずにすみよかつたと思ふ。明日から新らしいお金の世の中になると云ふのも何となく面白し。

三月三日　日　二十九夜

新暦の雛祭なれどもそんな気配もなし。昨夜より雨降り始めいつの間にか雪になつた。今朝は一面の銀世界なり。雪が柔らかいと見えて下の方から解けてゐるが夕方になつてもまだ残つてゐる。一日中細雨降り続いた。例の通り小屋からは一足も出られない。ちゑ昨日から泊まつてゐる。この頃又頻りにやつて来る也。風気味のこひの手伝ひをしてゐる。臨時財産調査会等の記事にて新聞に目を通す丈でも大変な仕事なり。一昨日のお酒まだ有り。小屋のトタン屋根に椎の木の枝から落ちる雪の音を聞きながら一献す。

三月四日　月　三十夜

朝の内はまだ小雨にて後に霧の如き雨となり次第にやんだ。午後より霽《は》れて美しき空の春日和となれり。午後遅く武田薬品の箕山来、九日の講演の打合せなり。話してゐる内に夕方となりまだゐる所へ村山来、べんがらの原稿「迎賓館」を渡す。そこへ大橋来、村山が起つ迄門の外にて待つて貰ふ。大橋は終《つひ》に郵船が休職となりたる由、十月十五日

に晩飯を食べた、お酒の残り一本足らず有り大橋には猪口に三ばいにて飲み終れり。の怪我以来ずつと欠勤してゐるので会社の首尾を心配してゐたところ也。お粥にて一緒

三月五日　火　一夜

時時曇るけれども大体晴れにて風無き春日和也。午後中村来、お米四升持つて来てくれた、まだ後に三升ある由、一升五十五円也。今日の分借りておいた。一緒に出て四谷見附にて別かれ市電にて神田淡路町の三笠書房仮営業所へ行く、伊豆伊東から出て来てゐる竹内道之助君に会ふ為也。飯田町へ行つてゐるとの事にて又市電にてそちらへ廻りて会ふ。十何年振りなる可し。漱石読本改め漱石物語の件、印税前借の件、百鬼園随筆再刻の件等打ち合はせて省線電車にて帰る。時候が急に暖かい所為もあると思はれるけれど長い間寒さにかまけて余り外へ出なかつたのとこの頃少しふとりかけたのとで道を歩くと呼吸がはずみ疲れて結滞を感ず、もとの様になつてはならぬ故少し心掛く可し。

三月六日　水　二夜

一日曇りにて時時細雨降りかけては止む。朝三笠書房より漱石物語の印税の内三千円を小為替にて届けてくれた。ヒル前週刊朝日の岩井弘安来、原稿の依頼也、ことわる。午後三千円の小為替の内大井に与ふる分九百九十円小為替の都合にて半端な数字也、大

橋に米代として払ふ可き三百円を取りのけた千七百円を持つて省線電車にて丸ビルの北海道拓殖銀行へ封鎖預金にするつもりで行つたが申告してない小為替では駄目だとの事にてことわられた。さう云はれて見ればその通りなり、但し一件五十円未満の為替は申告不要也。市電にて淡路町の三笠書房へ寄る。竹内は伊東へ帰つた後であつたが五十円未満の為替二千百余円請取つて帰る。持つてゐた千七百十円を返し残りは明日取りに来てくれる筈なり。小川町の停留所の前にて晒飴四本十円と酒の粕百匁十円とを買つて市電にて帰る。夜は右の計算と九州に行つてゐる神鞭に通帳を返すにつき手紙を書いたのとで草臥《くたび》れた。今日の手紙は先月二十七日に書いた手紙の続き也。昨夜は近頃に珍らしくよく寝られなかつた、二時頃から三時過ぎ迄目がさめて眠れなかつた。

三月七日　木　三夜

半晴半曇、ヒル前から夜にかけて西北の風段段強くなり又寒くなつた。寒さよりも風の音が八釜敷《やかましく》気持落ちつかず。午後出かけて今日も亦《また》丸ビルの北海道拓殖銀行へ行つた。昨日三笠書房から更めて受取つた五十円未満の為替二千百余円の内大井に五百円取りのけておくつもりであつたが差し当つて千円渡す事とし又大橋に三百円取りのけてその残り八百余円を封鎖預金にした。今日は滞り無く済んだ。その中から三月分の生活費四百円を引き出し初めて新らしい十円札と百円札を受取つた。それから散髪に行き会社へ寄りて東京駅から帰る。東京駅の前で蜜柑を買つた、六ッ十円也。ち江来てゐた今日は泊まらず暗くなりかけて帰つた。

三月八日　金　四夜

昨日の風は昨夜中吹きすさみて今朝に及び益ひどくなつた。午頃の風力はこの冬から春先へかけて吹いた風の中で一番烈しかつた様なり。午後中吹き続けて止まず、夜に入りてもなほ吹き荒れてゐる、既に一昼夜半風の音ばかり聞く也。今年の冬は去年にくらべて温かく又大体お天気が良かつたから去年の様に暗くなかつたけれど風は今年の方がひどかつた。小屋暮らしにて風のつらい事を沁み沁み味はひたり。昨夜は風の音の為にろくろく眠られず今日は朝から顔を洗ふ事はもとより後架《こうか》にも行かれなかつたが昨日も上厠《じょうし》度度風玉に襲はれて中途で切り上げた様な事になつたから今日いつ迄も行かずにゐる内に頭痛くふらふらする如き心地となり夜提燈をともして寒風吹きすさむ中に上厠せり。昨夜は宵の口から外の金盥に厚氷張り今朝の小屋の寒暖計は零度であつた。午後栗村来、麦酒三本持つて来てくれた。その場ですぐ飲んだ。三本目の時、大井来、一二杯薦めたり。栗村の妻木村和一郎の妹和佐子が亡くなつてから初めて来たので最初の一杯と第二杯とにて心の中に和佐子の冥福を祈りて乾杯せり。大井が来てから間も無く栗村帰る。大井は三笠書房の印税の内を分与する為に呼びたるなり。小為替にて千円渡した、漱石物語上巻と中巻とは三分の一、下巻は半分与へるつもり也。大井は夕食して夜帰る。

三月九日　土　五夜

昨日の風は今朝に至りて未だやまず。昨夜もよく寝られなかつた。ひる前迄吹き荒れたり。午後漸く風勢おとろふ。午後武田製薬会社の箕山自動車にて迎へに来、三十分程待たせて出かける。「漱石雑話」の題にて講演す。速記の役を引受けてくれた村山と一緒に帰りて一献す。お酒は武田製薬のお土産也。講演の後にてキスキー一杯余り飲みたり。夜三笠書房広瀬小為替八百余円持つて来てくれた。

〔欄外〕清酒一升武田製薬より

三月十日　日　六夜

昨夜はお土産に貰つて帰つた月桂冠生詰の一升罎を七合余飲んでしまつた。村山のお相手ありたりと雖《いへど》も村山は大してお手伝ひにもならず、せいぜい二合位も飲みたるならんか、その後にて記した昨日の日記を今日見るに別に字も乱れて居らず書いた事の筋も通りてゐる様也。熟睡して今朝目醒めて見れば雪花散りて次第に雪の本降りとなる。天気予報に天気は下り坂と出てゐたがその通り也。夕方迄に大分積もりかけたけれど余り寒くないので片ッ端からとけてゐる様である。夜に入りて昇り坂となりたる如し。炭も未だ豊富にあり、昨夜の酒の残りもあり、小屋にとぢ込められても今日はやれる也。

三月十一日　月　七夜

朝から綺麗に晴れ渡つてゐたがまだ早い内から又風が吹き始めて一日中吹き荒れた。夜はをさまる。午後丸ビルの北海道拓殖銀行へ行きて一昨日三笠書房から受取つた小為替の内三月三日以前の振出しにて封鎖預金にしなければならぬ分百四十二円五十銭を預け、それから京橋の明治産業に中川さんを訪ねた。郵船の解傭手当千二百七十円の内大蔵省の指示によりて定期預金にした六百七十円を中川さんに預けて貰つたその證書の申告手続をする為也。往復省線電車にて明かるい内に帰つて来た。

三月十二日　火　八夜

朝から一日曇りにてしんしんと冷え込み寒中に逆戻りの時候なれども風が吹かぬから凌ぎ易し、夜に入りて雪となる。午後出かけて九日に三笠書房から請取つた五十円未満三月三日以後振出しの封鎖並に申告不要の小為替を預ける為一口坂の三菱銀行番町支店へ行つたが封鎖の要ありとか無いかも知れぬとか曖昧な事を云ひて埒あかず。銀行へ行く前に真向うの郵便局をのぞいて見たが窓口に五六人たまつてゐたので面倒だからその儘銀行へ持つて行つたのであつて銀行で取扱がわからぬなら郵便局でお金にしてからにしても可なりと考へ又郵便局へ行つた。窓口にて取扱上の問題はないが、ただ今日は現金が無いから明日来てくれと云ふ。三笠書房にて請取つた中から封鎖の分を北海道拓殖へ昨日預けた残り七百二十五円のお金が郵便局に無き也。既に昨日近所の四谷見附の火ノ見の傍の三等局へこひが払戻しに行つてお金が無いから明日の十一時頃迄に用意しておく故もう一度来てくれと云はれて、今日又その時刻に行つたら矢つ張り未だお金が無いと云はれたる也。仕方が無いからもう一度銀行に寄りて明日また来ると云ひ置きて、歩いて新潮社へ行く。丘の橋五千部の増刷分の定価が初めは三円五十銭とか四円とか云つてゐたのが六円となり、その清算は受けてすんだと思つてゐたら広告で見ると十円になつてゐるのでその差額を計算して貰ふ様話した。明日封鎖小切手をくれる筈也。俊夫さん頻りに新潮に小説をくれと云ふ。この前の時もそんな事を云つた、確約はしないが先方ではさうきめた様な事を云へり。歩いて帰る。漱石物語の件にて今日三笠書房へ行つた筈の大井が来てゐないかと思つて帰つたが来てゐなかつたので上に上がらず、その足ですぐに麻布広尾の中川さんの許へ葉書にて知らしてくれた麦酒一本貰ひに行つた。又ドロツプス少少と紅茶を貰つて来た。往復市電なり。こなひだ内幾度も御飯の後になつて無暗に麦酒が飲み度いと思つた事あり、今日はどうせ一本なれば食前には我慢して後で飲んで見ようと思ひその通りに試て見た。小屋の外にさらさらと雪の降る音を聞き乍《なが》ら咽喉を通る味を味はふ亦可ならずとせず。明日もまた新潮社や一口坂の銀行や新潮社の小切手を預けに北海道拓殖へ行かなければならぬ。錬金術なりとは云ひ条この頃毎日の俗用にて少少面倒なり。雪がやまなければ或はやんでも余り積もつてゐれば出られざる可し。

三月十三日　水　九夜

昨夜の雪は夜通し降り積もつて今日も朝の内は雨混りの細雪が散る様に降つてゐたが次第にやみて明かるくなり、雲が薄くなつて午後には綺麗な青空になつた。日ざし暖かく風も無し。積もつた雪は午後早い内に解けてしまつた。先日来の小為替今日漸く火ノ見の傍の郵便局にて請取れた。午後こひが持ち帰るのを待ちてすぐに出かけて一口坂の三菱銀行番町支店へ行き自由預金として七百五十三円預けた、筆初めを七五三の縁起にしたる也。それから歩いて新潮社へ行き昨日預けておいた定期預金證書二通こひ名義の二百円と中川さんに返す分六百七十円の申告手続を今日持参した米穀通帳にて下の帝国銀行ですませて貰つた。又昨日話しておいた丘の橋増刷の印税の追加二千円から税金を引き去つた千七百十二円の封鎖小切手を受取つた。昨日もそんな話があつたが結局新潮の原稿として三月号の灰塵の続稿を約束する様な事になつた。新潮の編輯長になつた河盛氏に初めて会つた。先日来の俗用今日は大体すみたる様なり。暖かい道を歩いて帰る。

留守に右の新潮の原稿依頼の件にて同社の小林が来たりし由。

三月十四日　木　十夜
今日は朝から一日暖かな春日和なり。午後中かかつて手紙葉書六通認《したた》めたり。午過宮城の数江さん宮城の原稿を持つて来、麦酒一本くれた。午後こひを丸ビルの北海道拓殖銀行へやり昨日新潮社から請取つた封鎖小切手を預けた、その場ですぐに現金引出しを計らつてくれた由にて罹災證明書により戦災者一人一千円〆て二千円を引出して帰つた。又帰りに中川さんへ寄る様に云つておいた通り京橋の明治産業へ行きて中川さんに帝国銀行の六百七十円の定期預金證書を返して来た由、先日来の用事大分すみたり。夕飯に先日武田薬品から貰つて来た月桂冠生詰がほんの少し残つてゐたのを飲み終つた、小さなコップに一杯あつた、それと宮城の麦酒を飲んだ。
〔欄外〕麦酒一本宮城より

三月十五日　金　十一夜
雲あれども晴なり、風あれども左迄《さまで》強からず。午後遅くより段段快晴となる。夜は風稍《やや》強し。ひる前は配給の麺麭《パン》ですませておいて午過より出かけて、歩いて四谷二丁目の三和銀行に行き昨日こひが請取つて来た中の七百五十三円を自由預金として預けた。それから市電にて、市電は今日より四十銭也、一口坂へ廻り三菱銀行番町支店に千円預けた、歩いて二七の通を通つて帰る、帰り著く迄頭の上をB29が一機何度も旋廻せり。帰つて見たら中村が待つてゐた。三月五日欄記入のお米の残り三升持つて来てくれた、前分と合はせて七升三百八十五円也の内今百円だけ返した、全部を新円で払はなくてもいいと云つてくれるけれどそれでは済まぬ様でもある、この次又返すつもり也。留守にいつぞや来た新世紀来りし由原稿の件也。中村が帰つた後で朝来初めての御飯にした。配給の麦酒二本飲む。その後で居睡りをした。御飯が遅くなつたので夕食は夜になりて配給の饂飩《うどん》にてすませた。先日来の銀行通ひも今日にて愈《いよいよ》お仕舞也、後はこひに引渡す事にする。

三月十六日　土　十二夜

晴なれども随分寒し。朝新世紀来、昨日も留守に来た原稿の依頼也、ことわる。午過、村山貞子さん来、この小屋には初めて也、お酒五合持つて来てくれた、甚だ難有し、その他村山に頼んでおいた算盤、検印用の朱肉、カラ及び先日の武田薬品の話の筆記を清書したのを持つて来てくれた。大学の独逸《ドイツ》文学会の瀧崎来、雑誌の原稿の依頼なり、ことわる。貞子さんが帰つた直後今度は村山来、村山は上がらずに帰つたが昆布とおぼろこぶをくれ、小麦粉二貫目と鯨の冷凍肉を届けてくれた。小麦粉は一貫目百五十円也、右にて〆て三百十円の内今日百十円渡しておいた、来週初めにあとの二百円を会社へ持つて行く事にした。おひるにも貞子さんのゐる所ですぐに一本試たが合成酒なりと雖も中中やれる。晩はもつと落ちついて一献せんとす。明日は久吉の祥月命日なり、もう十年経つたがふと思ひ出して小屋の机の前の独り居に思はず涙ぐみたり。こひは配給の鮭の鑵詰を開けて貰ひに土手の壕のお婆さんの所へ行つた後なり。病床の傍に日夜ゐてやつたわけではないのに丁度臨終の際は傍に居てよかつたと思ふ。一昨日の夕方から少し頭いたし、なほつたかと思ふと又痛くなる、今日は朝ゆつくり寝たので良ささうなり。

〔欄外〕合成酒五合村山より

三月十七日　日　十三夜

久吉の祥月命日也。午後煤と埃で薄汚くなつてゐる水晶の仏様をこひがアルコールにて綺麗にみがき立て、その前に馬鈴薯のゆでたのを供へた。朝から雨をまじへた雪にて所所白くなつたが降り積もると云ふ程でもなし、午後次第に明かるくなりて降りやみ、もう上がつたかと思ふと暗くなつてから又はらはらと雨の音がした。夜は本当にやんだ様である。今月から今後凡《およ》そ一ヶ年に亙つて原稿を送る約束をした岡山の合同新聞社発行の月刊雑誌「をかやま」の第一回の原稿の事が四五日来気になつてゐたが、今日午後心覚えの下書きを書き始めた。午後こひ母屋の浅間の傭男井上から麦酒一本入手し来る、三十円也。お蔭で今日も亦一本なりと雖も途切れずにすんだ。一本はうまい、二本はつらい様である、二本目あたりから本当の味が出だすからである。そこでお仕舞になるのはつらい、三本からが本当に飲んだ様な気がする也。

〔欄外〕麦酒一本母屋の浅間の井上より

三月十八日　月　十四夜　彼岸ノ入

昨日の宵は雨の音もせず、土手の向うを走る省線電車の音も雨上がりの響きがしたから、外はもうお天気になつてゐるものと思つたが、遅く外に出たこひが絹糸の様な雨が降つてゐると云つた。夜の春雨となり音を立てずに降り続いてゐた様である。今日も朝から一日小雨降りて薄寒し。ひる前は小麦粉とお酒と煙草の配給にてこひが出かけた為小屋の中の片附けが遅くなり未だその儘に寝床も上げてないところへ大井来、大井の帰つた後遅い御飯に一本傾けたり。青磁社石坂来、「戻り道」増刷の用件なり、一たん帰りて又再来す、今度は上に上がらせたり。米軍司令部の検閲にて三ヶ所に文句ありたる由にてその所を直してやつた。つまらぬ箇所計りなり。雑誌自由の編輯者来、いつかも来た原稿の依頼なり、ことわる。大井は或はお酒五合手に入るかも知れぬと云つたので幸ひ今日は家にも配給の五合あり、帰つて持つて来れば一升になるから一献しようと云ひて夕方迄再来するを待つたが手に入らなかつたか終《つひ》に来たらず。

〔欄外〕合成酒五合配給

三月十九日　火　十五夜

昨日の雨は夜に入りても降り続き次第にひどくなりて夜通し音を立てて眠りを妨げた、しかし夕方より降つてゐる儘で温かくなり雨の中にていよいよ春が来たと思つた。今日は朝は未だ細雨が残つてゐたが間もなく霽れ暖かい上天気となつた。午を過ぎて又雲出で、時時小雨ぱらつき夜に入りては亜鉛屋根を叩く雨滴の音が繁くなつた。午過こひが預金を下げに一口坂の三菱銀行へ行つた留守に米川文子さん来。文子さんがまだゐる内に蕨のまことちやんお母さんと来、昨秋田舎から帰つて杉並の方にゐる事は知つてゐたがこの小屋に来たのは初めて也。お母さんは半蔵門の近くの女学校へ姉のまりこさんの事で行くと云ひて坊やを置いて行つた、その内にこひ帰る、又お母さんが今度はまりこさんを連れて帰つて来た。入れ違ひに出かけて会社へ行き、村山に十六日の小麦粉の代の残り二百円を渡し、散髪に行きて、未だ明かるい内に帰つて来てから蕨三人は帰つて行つた。夕飯の時など焜炉《こんろ》の火の為に小屋の中が熱過ぎて窓をあけ風を入れた程の温かさ也、二十一度也。

三月二十日　水　十六夜

今日も朝から雨にて小屋の前の支度は出来ず、午頃からやみたる様にて夕方は薄日も射したれど又暗くなりて雨声を聞けり、一日中お天気悪かつた。夜は風の音荒し。午後岡山合同新聞の月刊岡山の原稿を書き始めようとしたところへ平野力来りて、ゆつくり話して帰る。改造社天野来、五月号の原稿の依頼也、ことわる。こひ浅間の井上よりお酒五合入手し来る、七十円也、うちの配給のお酒は今朝小さなコップに半杯ばかりにて無くなりたる所也、顧れば先日来お酒の運悪からず殆《ほと》んど毎日続いてゐる。

〔欄外〕合成酒五合母屋ノ浅間ノ井上より

三月二十一日　木　十七夜　中日也

晴なれども時時雲流れて通り雨あり、稍寒きお中日也。午後より夕方にかけて岡山の合同新聞社の月刊をかやまの為に原稿を書いた。去る十七日初めの方を少少書きかけておいたので書き終るを得たり、四枚半。「古里を思ふ　一、京橋の霜」。今夕も昨日の残りの合成酒二本ありたり、うまからずと雖もまずからず。

三月二十二日　金　十八夜

稍底冷えの気味なれども一日中上天気にて申し分無き彼岸日和也。こひ町会の中里より麦酒三本百円にて入手し来る。一ロ坂の銀行へ預金を下げに行き又郵便局にて神鞭氏宛の小為替入書留速達、岡山の新聞社宛原稿の書留速達、原稿の事につきウナ電報二本受取つたので送つたと云ふ通知の電報を打つ等の用事にひる前こひを行かせた帰りの収穫也。午一本、夕二本飲んだ。次の用事は差し当り新潮の原稿とべんがらの原稿なり。をかやまは今日送つた計りだから後一月はかまはぬのに、例に依り順序を逆にする方書きよいらしいので、午後はをかやまの第二回を書きかけて四枚半出来たり。

〔欄外〕麦酒三本町会ノ中里より

三月二十三日　土　十九夜

朝から一日雨也。こひ難渋す。夜は雨勢特に強し。終日小屋にゐて昨日書きかけたをかやまの第二回の原稿を午後と夜にて書き終つた、「浩養軒」八枚也。一回分として少し長過ぎるから岡山へ打合はしたる上にて送る事にする。午、肩がつまる様な気がしてこひに揉んで貰つたが何度も欠伸が出たり少し調子がへんな様でもあり、気の所為の様でもある。二十日の合成酒が小さなコップに半分許《ばか》り残つてゐたのを今朝飲み終りたり。

三月二十四日　日　二十夜

雨は霽れたれども朝来風甚だ強し。一日中止みこなく吹き荒れて心落ちつかず、夕暮れは一層ひどくなり風玉にて小屋が少しずれたかと思つた。夜に入りてもなほ止まず、加之《しかのみならず》朝から停電にて、夜は蠟燭也。隙間風頻りに吹き込み焰が絶へずちらちらする、少し寒けれどそれ程でも無きが取り柄也。朝の風の為に顔も洗へぬので、こひが布団を上げ小屋の中を掃除する間外に出た序《ついで》に、昨日書いておいた岡山合同新聞社のをかやま宛の速達葉書を出しに火ノ見の下の郵便局迄行つた。日曜日が休みであつた事は知つてゐたけれど為替等の取扱ひは別として速達などは午前中受附ける様になつてゐるものと思つたが、行つて見たら矢つ張り休みだつたので、風の中を番町小学校の前の通へ廻り煙草屋の前の行列に加はつてピース一ケを買つて帰つた。午、村山来、定期券を買つてやると云ふので百円託しておきたり。午後毎日新聞の高原来、何年振りかなり、写真部の副部長小林を同伴し来る。ゆつくり話して、帰りに写真をとつた。何にするのか解らないが余り名前を出さぬ様頼みおきたり。

三月二十五日　月　二十一夜

昨日の風は夜通し止まず、夜明け近く迄吹き荒れたり、明かるくなる少し前から静かになつたらし、未だ外の暗い内に氷雨のトタン屋根を敲《たた》く音を聞いたが、朝になつて見るとお天気であつた。午頃迄は雪が残つてゐたけれど次第に晴れた。午後は漸く本格の春日和となる。午、新潮社の使原稿を取りに来た、未だ也。午後ち江来。午後出かけて新潮社へ行く。俊夫さんは留守にて四男の哲夫さんと初めて挨拶し、文藝春秋社に託してある日記帖出版の件に就き先方より色色話しあり。文藝春秋社は先日の解散発表の後、又雑誌は発刊する事になつた様なれども単行の出版はどうなるか解らぬとは思ふ、しかし哲夫君より夏目伸六さんに交渉すると云ふのは待つて貰ふ事にした、それでは伸六さんにも文藝春秋社にも相済まぬ様なり。近日中に伸六さんに会つて先方の意向を聴き万事それに従ふ事にする。市電にて淡路町へ廻り三笠書房へ寄りて広瀬に会ひ、先日竹内君に会つた時承諾してくれた印税前借五千円の内残りの二千円を貰ふ様竹内君に話しておいてくれと頼んで来た。明日火曜日には伊東から上京する筈なので予めその事を申し出ておかうと思つて行つたのだが、明日は竹内君は来らず、こちらから広瀬が伊東へ行く由につき、その伝言を頼みたり。帰りは小川町の停留場で市電を待つたが中中来ないから、お茶の水から省線電車にて帰る。午と夕と二度共御飯の時に麦酒一本宛《づつ》あり、墺のお婆さんの菅野から四本百二十円にて入手する事になつた前半の二本也。今日も昨日から続いて停電なり、夜は蠟燭にてち江の買つて来た三本二十円也では未だ足らず。昨日今日のお金の事を一寸心覚す可し。昨日は村山に定期代の内百円、町内の羽根にて雪印バタ一斤百五十円の中昨日はこひの手持ち無かりし為百円置いて来た、ピース一ヶ買ひたる後午後になりて又こひも一ヶ入手し〆て十四円。今日は右の麦酒百二十円の外売りに来た炭を一俵買ひて九十円、ち江が頼まれた物を色色買つて来た代金七十六円、今日出かけた途次、南京豆一袋十円、こひの櫛二ヶ八円の買物をしたので大体昨日と今日とにて五百円也、まだ羽根のバタ代五十円残つてゐるし、代用醬油も四十五円にて一升買ふと云つてゐるから、それ丈でもなほ百円はいるなり。昨日三和銀行より四百円おろし明日は又一口坂の三菱支店から五百円下げる。所謂新円生活にてちと荒つぽい様なり。

〔欄外〕麦酒二本壕ノ菅野より

三月二十六日　火　二十二夜

朝の内は少し冷え込んだけれど午頃から暖かくなり一日快晴の上天気也。午後新潮社へ行く、俊夫氏に会ひ封鎖小切手にて二千円出して貰ふ様話した。近い内に出る新潮文庫の印税を前借するつもりで話したところが「丘の橋」が十円になつて、こなひだ追加の印税を請取つた計りなのに又値上げになる由にてその方で私の要求は出来るとの事也。大橋と中村に渡す様に封鎖小切手を分けて書いて貰ふ事にした。先日約束した新潮の原稿料としてのお酒一升の内五合用意ありとの事にて貰つて帰る、後は脱稿の上にて受取る筈なり、又今回はお酒は一升迄としてその上はお金でいいと云ふ事にした、哲夫君にも会つて帰る。壕の菅野の四本の後半二本今日入手す。麦酒ありてお酒あり、ただ御馳走が無く、昨日ち江が買つて来た黒鯛の切身二片の内の一ッがあるだけ也、しかしそれでも不足なし、これより一献す。今日も停電にて夜は蠟燭なり。

〔欄外〕合成酒五合新潮社　麦酒二本壕ノ菅野

三月二十七日　水　二十三夜

昨夜は麦酒二本とお酒一本にてよした。今日は朝から申し分なき春日和なり、美しき空に雲の影もなし。午、大井来。午後市電にて神田橋の近くの神龍学校内の麴町税務署へ行き封鎖預金を下げる為の著述業の證明書を貰つて来た。まだ初めての扱ひの由にて六づかしい様な話であつたがこちらの云ふ事がよく解り書いてくれた。帰りに小川町の近くだから三笠書房へ一寸寄つた、先日頼んでおいた封鎖小切手の件なり。近日中に届けてくれる由也。市電にて帰る。夕飯前には昨日の新潮社の合成酒ありて一献す、まだ停電にて蠟燭をともす、電気が消えてもだれか直してくれと云ひに行かぬから、いつ迄もその儘なる由。暗くなればどの家もみんな早く寝てしまふ。毎晩十二時前後迄蠟燭をともしてゐるのはうち丈なり。

三月二十八日　木　二十四夜

雲あれども時時薄日射し天気は持つかと思つたが午後出かける頃から通り雨あり、霽れてまた降る。しかし本降りにならず。午まへ中村来、平凡社から出す編纂本立腹帖の清記原稿を全部持参す、原稿用紙にて凡そ三百枚あり、大変な労であつたと思ふなり、又お米三升持つて来てくれた、これ亦難有し、先月の代金も未だ払ひ残り也、今日百円渡したり。午後新潮社の使来、先日頼んで置いた小切手三枚届けてくれた、内一枚は中村に炭代として渡す約二百円にて一枚は大橋の為の約八百円也。各額面に半端がついてゐる、新潮の原稿料と云ふ事にて分類所得税を差し引いた額が二百円なり、八百円なりに近い様にした為なり。ち江来夕方近く小宮さんの招待にて新橋際のトンカツと云ふ料亭へ出かける。市電で行き尾張町から歩いた。同席は文部省の秘書なり。小宮さんの次男の金吾さんが小田原から来ると云ふ話であつたが到頭《たうとう》来なかつた。暫らく振りに腹綿を洗ふ程飲んだ。八本あけた中の七本を一人で飲んだ様である。トンカツと云ふはただ店の名前にて出たのはみんな魚料理の御馳走であつた。好い心持になり小宮さんと神田駅まで同車して省線電車にて帰る。闇夜だから提燈を持つて行つたが四谷駅から小屋迄の途中は覚えてゐない程の機嫌であつた。帰りて夕食す。留守に中川さんが岡山出の小阪と云ふ兄妹を連れて来りし由、又、村山も来りし由、頼んで置いた六ヶ月の定期券、会社の配給の味噌、土居からことづかつたお茶等を届けてくれた。
〔欄外〕麦酒七本小宮サンニヨバレテ飲ム

三月二十九日　金　二十五夜
夜通し南の風吹き荒れて小屋をゆすぶり麦酒を沢山飲んだ好い酔心地にて眠つてゐるところを無理に起こされた、その後は中中寝つかれず。午後中村来、昨日新潮社から届けて来た小切手を渡した。一緒に出て東京駅迄同車し、中村は「立腹帖」の事にて平凡社へ行く由にて分かれ、北海道拓殖銀行へ行きて一昨二十七日に税務署から貰つて来た証明書にて封鎖預金の中から文士としての月額五百円を下ろして来た。夕飯に麦酒二本あり、昨日の様に沢山飲んだ翌くる日は、特にほしい処にて甚だ可なり。壕の菅野より一本三十円にてこひ入手し来れる也。
〔欄外〕麦酒二本壕ノ菅野より

三月三十日　土　二十六夜
朝から穏やかな春日和なり。午後新潮社へ行く。約束の原稿を月曜一日に取りに来る事になつてゐるのを延ばす為也。更めて六日に取りに来る事にした。留守に扶桑書房の月野来りし由。「大貧帳」再刊に就きては未だもとの版元拓南社の中川との話がすんでゐないのに新円五百円を置いて行つた、早過ぎるけれども請取る可きものであり又さうならなければ困る金なのだから荒立てて返すなどせずに預かり置くつもり也。又この頃の手許の工合にては預かつて置いても若し返す必要ある時はいつでも返せるから余り問題にするにも及ばじと考へた。朝日新聞の朝日評論岡崎来りし由、新潮社から帰りて間もなく一昨日留守に中川さんと来た小阪来、詩集の自費出版の件にて相談を受く、今度青磁社へ話してやるつもり也。ち江来、夕飯に先日の新潮社の合成酒の残り一本ありてそれでお仕舞となる。文藝春秋社より来書あり、日記帖出版に就き出版届に印をくれとの事なり、会社解散の新聞報道であつたが新らしく出なほして事業を継続する由なり、それならば何の問題も無く三月二十五日欄記載の新潮社の哲夫さんの話は成り立たぬ事となつた、その内会つて右の由話して置くつもりなり。

三月三十一日　日　二十七夜

朝の内は暖かく穏やかな上天気であつたが午頃より風吹き始め、午後は非常な荒れ方にて日の色変はり風の日の常の茶色でなく青く見えて気味悪し、去年の秋は長雨に苦しみその後の冬からこの春にかけては風にさいなまるる事頻り也。ち江来、甚だ頻来す、今日は麦酒四本、米軍のクラフトチーズの鑵一箇、乾魚等持つて来てくれた、麦酒は一本三十五円の交換所の品にて一割の手数料を加算し三十八円五十銭也、チーズは五十円也。風の為一日中後架にも行かれず暗くなつてからやつと行つた。麦酒は午二本飲み夕二本飲んだ。

〔欄外〕麦酒四本ち江より

四月

四月一日　月　二十八夜

上天気也、午《ひる》まへ朝日評論の岡崎来、一昨日留守に来りしなり、原稿の依頼なり、ことわる。午後文藝春秋社へ行く、日記帖出版の件なり。佐々木茂索さんに会つた、新らしい文藝春秋の社長になる由也。出版会へ届けるに就き本の名をきめる必要ありとの事にて五番町又は番町の空はどうだらうと相談し、席に出版部の池島も在りて一先づ「番町の空」と云ふ事にした。しかし或は又変へるかも知れない。車谷にもあひ日外《いつぞや》約束してくれた瀬戸物の大根下ろしを貰つて帰る。往復共市電なり。行きは日比谷より歩き、帰りは虎ノ門から乗つた。留守に夏目伸六さん来りもう一度来ると云つたとの事にて待つてゐたら再来す。文藝春秋社をやめた事、夏目家の考へにて岩波からではなく漱石全集を出す事になつたとの話をさつき文藝春秋で佐々木氏から聞いたが伸六さんの用件はその新らしい漱石全集の背中の字を書けとの事なり。他にその人ある可しと考へ辞退したり分別をかしたりしたが、結局書いてくれとの事也、序《ついで》に三笠書房の今度の漱石物語に就き十年前上梓の折に許可は得てあるのだが更めてまた諒解を求め重ねて許可を得たり。今日も壕の菅野より麦酒二本入荷あり、同じく一本三十円也。午一本夕一本飲んだ。夜、ち江来、麦酒三本持参す、同じく一本三十円也、なほ後に二本ありとの事にてその代金も渡した。先日来麦酒運甚だ好く難有し、幸ひお金の都合もつくから戦争中又終戦後もあんなにほしがつてゐた渇を医するに躊躇せず、しかし麦酒計りの為でもないがつい先日北拓から下げて来た著述業の五百円と扶桑書房が持つて来た五百円と未だその外《ほか》にもいくらかは有つたに違ひないが、少くとも千円はあつと云ふ間に無くなつて仕舞つた。胸がすく様なり。

〔欄外〕麦酒二本壕ノ菅野　麦酒三本ち江より

四月二日　火　二十九夜

朝の内は穏やかな上天気であつたが午過又風吹き出で午後中吹き荒れた。夜に入りても静まらず。午後こひを丸ビルの北海道拓殖銀行にやり著述業の五百円と今月から月額二百円に減額せられた生活費と〆て七百円下げて来た。夕方近く夏目伸六さん外に一人を伴ひて来、昨日一寸話した先日の武田薬品会社の講演の筆記を夏目家が今度全集を出させる桜菊書院の月刊雑誌小説と読物にくれとの話なり。昨日もそんな話であつたが至急にと云ふ更めての依頼なり。昨日のち江の麦酒三本の内一本を午後に二本を夕飯に飲んだ。風の為何事も手につかず。

四月三日　水　一夜　神武天皇祭

午まへ晴、午後薄曇。朝ち江来、麦酒二本持参す。一昨日既に代金を渡しておいた分也、その他南京豆二袋、巻煙草など持参せり、先日来煙草の配給は刻計りにて巻莨《まきたばこ》に不自由し、ち江が来た時巻いてくれたり巻いて来たりしたの計り吸つてゐる也。新潮の原稿気にかかり乍《なが》ら未だ手をつけず、夕方前大井お酒一升さげて来、暫らく振りに一献す、燗徳利に一本残りて外に麦酒二本飲んだ。

〔欄外〕麦酒二本ち江　清酒一升大井持参

四月四日　木　二夜

朝の内は雨、後雨脚絹糸の様になりて上がる。午後次第に霽《は》れて夕方近くは雨上がりの何とも云はれぬ好天気なり。夜は又風出づ。夕、町内の羽根にて開店せる千柳と云ふ小屋へ行きて麦酒を飲む。何本でも飲ませるのかと思つたらお一人二本限りなどと戦争中から聞きあきた挨拶也、八十円払つて帰りて昨日のお酒の残り一本を片附けた。

〔欄外〕麦酒二本町内ノ千柳ニテ飲ム

四月五日　金　三夜

晴、夕方近く曇る。午後こひを新潮社にやり約束の原稿を延期させた。九日迄なり。午後三笠書房の広瀬来、漱石物語第一巻の印税五千円の内三千円は既に請取済にてその残額二千円を千三百円と七百円との二枚の小切手にして持つて来てくれたが、大井に与ふ可き七百円の方の宛名を大井としてないから、それでは役に立たず持つて帰らした、更めて大井の請求書によりて書き直して貰ふ様に話した。今日は配給の麦酒二本あり、又母屋の浅間の使用人井上より二本、壕の菅野より二本、各三十円宛《づつ》にて譲り受けたり。午一本飲み、夕これから十分に飲まうと思つてゐる処へ母屋の書生より桜花の小枝を貰ふ、お花見の一献となり、四本飲んだ。夜ち江来、お酒四合持参す。清酒なれども少し濁りかけてゐる、なほ後に五合ありとの事にてそれも買ふ様に云つて代金を渡した。各一升二百円の割也。時に北海道拓殖から下げて来た七百円既に無し、一日欄に記した千円を加へれば〆て千七百円也、明日は一口坂の三菱支店から又五百円下げるつもり也。

〔欄外〕麦酒二本配給　麦酒二本浅間ノ井上　麦酒二本壕ノ菅野　清酒四合ち江より

四月六日　土　四夜

ひる前は絹糸の様な雨が降つたりやんだり、午後から本降りとなる、夜もやまず。午後、先日伸六さんの連れて来た桜菊書院の寺沢来。午後こひ一口坂の三菱番町支店へ行きて五百円下ろして来た、昨日のお酒を午一本、夕は二本と麦酒の残り一本飲んだ。夜夏目漱石全集の題字を書いて見た。まだ明日書くつもり也。

四月七日　日　五夜

朝来風稍《やや》強し。新潮の原稿未だ書けず、甚だ気にかかる。前前からさう思ひながらつい約束してしまふのだが今後は日限のある仕事の約束は一切しない様にしようと思ふ也。三月二十八日以降の日記がたまつてゐたのを両三日来紙片のメモによりて書いてゐたが大体すみたり。午後大橋来、一ヶ月振りなり。その間郵便のたよりもせずこちらから心配ばかりしてゐた。先月初めち江に届けさせた小為替の三百円も会社の休職の俸給なりと独合点してゐた由なり。甚だ怪《け》しからん話なりと苦言し今後二三ヶ月分の生活費として新潮社から出しておいて貰つた八百余円の封鎖小切手を渡し幸ひち江が持参したお酒五合に昨日の残り一本を加へて約六合と同じくち江の持参せる麦酒二本にて一献す。お酒は既に代すみ。麦酒は一本三十円也。ち江はその他南京豆二袋二十円、干鰯十円、鯵干物十円、独活七円五十銭等持参せり。夜昨日に続き夏目漱石全集の題字を書いた。

〔欄外〕清酒五合麦酒二本ち江より

四月八日　月　六夜

今日は新暦の卯月八日なり。甘茶がないから樟脳の這入つたアルコールにてこひが水晶仏を拭いた。朝から天晴れ風無く、お花見日和なり。朝、陸運協力会の河合来原稿の依頼なり、ことわる。新潮の原稿は明日迄の約束なれども未だ出来ないから午後こひを再び新潮社へ行かせる。十一日迄延ばして来た。午後新潮の原稿を書き始めたがなほ半枚に足らず。ち江来配給のお酒五合持参す、まだ後に別の五合ある由なり。又麦酒十一本あり、その中の二本を持つて来たとの事なれば一本三十円にてその分の代金三百三十円を渡したり。お酒はあとに有る人の分九十円との事なればち江の分も同じ値段で買つてやるとして各百円宛とし〆て二百円は明日やる事にして内五十円丈渡しておいた。抽斗のお金が足らぬ也。夕方に近く伸六さん桜菊書院の上田を伴なひ来る。今度の夏目漱石全集の校正に村山を推挙す。伸六さんも同道の上田さんもよろこび、その話はきまりたり。もともとそれは考へてゐた処へ村山からその希望を申出で来り、今日伸六さんの方との話もすみて好都合也。麦酒やお酒の代が足りなくなつたから、武田製薬の講演筆記に手を入れて渡す約束の謝礼を先に届けて貰ふ様伸六さんに頼みたり。明日五百円持つて来る筈なり。昨夜と一昨夜と書いた全集の題字を渡した。一昨夜の分よりは昨日の方がよかつたらし。その中の一番良いと思ふのにしるしをつけて渡した。夕お酒三本、麦酒二本飲む。少し酔心地となれり。さてこの頃の麦酒運お酒運甚だ良し。少少お金が追つつかない位になつた。一月前の三月八日から今日迄の計算をして見た。麦酒三十七本、外に小宮さんによばれたのと町内羽根の千柳で飲んだのと九本、お酒は五升四合也。

四月九日　火　七夜

晴、午頃は可なり暖かつたが夕方は少し冷え込む。風稍強し。午後桜菊書院の寺沢、昨日伸六さんに頼んでおいた五百円を届けてくれた。今日も新潮の原稿書けず甚だ困る也。夕、ち江来、昨日の十一本の麦酒の内今日は四本持参せり、又昨日の話のお酒五合と外に白米三升持参せり。お酒の代は五合各九十円なれども〆て一升二百円とし内昨日五十円渡した残り百五十円とお米一升六十五円にて三升二百円渡したり。なほ後にお酒一升ある由なり。その分は明後日払ふ事とす。他に玉子三ケ、七味唐辛子、鶉豆《うづらまめ》の煮たの等を買つて来た。（こんな事は面倒だからこれからはもう書かじとぞ思ふ）。これより一献せんとす、麦酒あり、お酒あり、今日は麦酒にしようかと思ふ。何でも十分あつて難有いが、新潮の原稿が気がかりにて稍やけ酒の気味なり。

〔欄外〕清酒五合麦酒四本ち江より

四月十日　水　八夜

朝来曇り也。外へ出て見ないけれど花曇りなる可し。ひる前ち江来、麦酒四本持参せり。八日記載の十一本の残りにて本来五本ある筈なれども一本は先方で無くなつたとの事なり。続いておこうさん来、お酒一升五合持参す。一升の方は配給の一級酒との事にて三百円と云つたと云ふからことわつた。この頃の値段としては甚だ高過ぎる上にお金の都合もつかず。お酒麦酒に追つ掛けられる様な事になつた。五合の方はおこうさんの配給にて合成酒なれども百円で買つた。今日は選挙で銀行が休みなればその百円も間に合はず、こひが松木さんから借りて来た。三和銀行に三百五十三円あり。明日下ろして来てち江のお酒一升の代と右の百円とを返す事にする。それで三和銀行にも三菱支店にも預金は無し。昨日の桜菊書院の五百円、その前の扶桑書房の五百円等さう云ふお金は一度銀行へ入れてから出して使ふ事にすれば出納簿の代りの心覚えともなるからさうしたいと考へてゐたけれどお金が忙がしくなつてそんな暇がなかつた。一ヶ月以来麦酒お酒の渇をいやしたが未だ足りると云ふ事はない。しかしその為にお金を惜しまず使つて来て少少間に合はなくなつた。引つかかりになつてゐる口は別として新らしく手をひろげる事は暫らく差し控へようかと思ふなり。昨夜は麦酒四本飲みたり。今日の午飯に八日のお酒の残り一本足らずあつたのを飲んだ。午飯はち江も一緒にたべてゐる処へおこうさん加はり、狭い所で四人が会食した。午過、毎日新聞柴田来、原稿の依頼なり、ことわる。二三日来煙草が切れて困つた。昨日こひが以前よく闇の煙草を買つて来た婆さんの許から朝日一袋十五円で買つて来た。朝日は暫らく振りにて珍らしかつたが昨日今日吸つて見ると余り途切れてゐた為か勝手を忘れた様にて何となく味遠し。

〔欄外〕麦酒四本ち江　合成酒五合おこうさんより

五月二十七日記　今ニ始マツタ事デハナイガ時時日記ガタマツテ困ル　今度モ凡ソ五十日許リタマツタ　コレカラ少シ宛紙片ノメモニヨツテ書キ記ス

四月十一日　木　八夜

曇時時小雨。朝村山来、原稿延期の事にて新潮社へ行つてくれた帰りの復命なり。午、合成酒一本足らず飲む。午後新潮の原稿を書く。午後こひ三和銀行へ行き三百五十円下ろして松木さんへ百円返す。もとの那珂書店古迫の紹介にて藝林閣橋本来。原稿の依頼なり、ことわる。夜も続稿二十三枚にて終る「新方丈記」二時寝る。昨日お酒の事を記して方方へ口をかけたと云ふのは二月十日附のメモに次の如くあり。○おこうさん○羽根○鏑木○勝俣○井上○菅野○中置○市ケ谷の八百屋○飯田屋○魚屋交野○ちえ　その紙片に三千円ぐらゐ使つた説明としてとの記入あれどもそれは何月何日頃の計算なるか今定かならず、又この頃は麦酒お酒がよく手に入るに拘らず麦酒を飲む時罎の最後の一たれ迄滴らす様なお行儀の悪い癖がついてゐてなほらぬ事をその紙片に心覚してゐる。

四月十二日　金　九夜

朝細雨後霽れて好晴となる。朝、読書新聞来、原稿の依頼なり、ことわる。新方丈記は昨夜も一度なほし今日午頃より又なほす。新潮の使来、なほし終る迄待たせる間その辺を歩いて来させる。原稿を渡しこひ同道して新潮社へ行つた。原稿料を請取る為なり。総額四百六十円にて新潮の原稿料はやすい事は承知してゐたがさう思つたよりなほやすく、その中から税金を引き去りて残りの半分を新円でくれたから甚だ軽少なり。その代り三月二十六日の合成酒五合は原稿料がやすいからと云ふのでくれた由也。夜、ち江来、麦酒二本の他に南京豆十円、佃煮、韮〆て十円それにこなひだの三十円を合はせて〆て八十円渡す。こひ近所のやみ婆さんより麦酒二本入手し来る。夜は春月なり。

〔欄外〕麦酒二本ち江　麦酒二本ヤミ婆さんより

四月十三日　土　十夜

朝細雨、間もなく霽れる。好天気申し分なし。午後散髪に出かける。先日中新潮の原稿が片附かぬ為外に出なかつた間に桜の盛りを過ぎたが、なほ花は梢に残れり。電車は相不変こむ。人ごみに揉まれると発疹窒扶斯《チフス》こはし。昨日は近所の土手沿ひの市ヶ谷駅へ出る一寸手前のバラックに二人の患者出でたる由。新聞によれば十一日には板橋区の八百人を筆頭に下谷王子世田ヶ谷目黒の各区に新患者続出し、累計四千二百六十八人とあり。しかし空襲よりはこはくない。音がしないだけでもいい。東京駅から兜町へ歩いて行く途中、日本橋の交叉点の近く迄来たら、遠方の空にサイレンの音が響いた。以前だつたら引き返すか早くどこかに行き著くかを考へなければならない。よそ事に聞き流す事が出来て難有いと思ふ。床屋の傍まで来たら今度はすぐ近くで又サイレンが鳴つた。もとの様だつたら全く胆を潰すところだと考へた。今日は土曜日にて会社はこの頃半休になつたから寄らず。帰りに呉服橋の近くの道ばたにて磁石と南京豆を買つた。磁石は三円五十銭也。

留守に三笠書房の広瀬来りし由、大井に渡す本と小切手を持つて来た。村山来て待つてゐた。この頃はお酒が十分過ぎて余つてゐる。三ヶ所にて三升の約束分あり。四月十日におこうさんが持つて来たのは返した様な始末なり。もう少し前だつたらどんな無理をしてもそんな事はしなかつた。なほ別にち江の口に三升の約束あり、往来ですれ違ふ人の手許を見てお酒の様だと思ふと振り返る様な気になつたが、この頃は確かにお酒の罎をさげてゐるとわかつても格別気にならない。去年の秋以来頸を長くして待ち兼ねた簡易住宅は到頭《たうとう》冬ぢゆうものにならず、やつと今頃になつて未完成の儘でよければ入れてやらうかと区役所から云つて来たが、今更もうそんな所へ這入る気にもなれず、十五日期限の由なれども申し込まない事にした。夕、麦酒三本飲む。夜、武田製薬でした講演の筆記漱石雑話をなほしたが捗らず、漸く三分ノ一也。
七月七日記　四月十日欄ノ末尾ニ記入セル五月二十七日ノ覚ノ後少シモ捗ラズニ日ガタツタ出来ル丈追ツ掛ケテ見ントス

四月十四日　日　十一夜
薄曇りにて風あり。朝ちえ来、先日のお酒一升と新たに麦酒一本、葱十円持つて来た。四十円の借り也。午後美野来。
（以下メモノ記入断片的ニテ稍不確カ也）大井来、お酒一升持参す。夕大井と飲む。お酒約一升と麦酒一本飲んだ風あり。明治文学刊行会より夏目漱石全集の責任監修者になつてくれとの話あり。夏目家の為とあらば何事もことわる筋なし、引き受ける。（ナホソノ項ニ「原稿」ノ心覚エアレドモ何ノ事カワカラズ）
〔欄外〕清酒一升大井より

四月十五日　月　十二夜
一日中稍底冷えの気味にて風弱く日ざし暖かく申し分なき落花日和なり。午後、一昨日に続きて講演筆記をなほす。夕方迄に一通りすむ。夕、前前から考へてゐた母屋のバロン松木の招待、夫人も呼ぶ。後で講演筆記をもう一度読み返してすみ。

四月十六日　火　十三夜

晴、時時薄曇、風稍強し。午まへ神戸の則武の使来、正月元旦に則武に頼んでやつた冬外套の件也。午、栗村来、麦酒二本持つて来てくれた、その場で飲む。京都の中島を見舞つてくれた復命なり。午後桜菊書院上田来、講演筆記の原稿を渡す。夕近く村山来、玉葱、塩にしん等持参す。

〔欄外〕麦酒二本栗村より

四月十七日　水　十四夜

未明より降り出して終日雨也。顔を洗へず後架《こうか》にも困つたが秋雨の時の様ではない。濡れ乍《なが》ら趣あるは春雨の徳か。一日無為。夕こなひだの大井の罎詰のお酒二合余のみてお仕舞となる。夜べんがら原稿の下書を書いて済み。

四月十八日　木　十五夜

昨日の雨は夜に入つてから音がしなくなつた。今日は朝から快晴にて雨上がりの春日和なりと思つてゐる内に間もなく風荒れ始め、ひどい風力にて小屋をゆすぶり又まはりの椎の木の幹がどんどん小屋にぶつかり坐つてゐられず。ひる前後はこひと小屋の外に出て風のかげに起つてゐた。午過、伸六さん来、講演原稿の件なり。午後、則武の使川島十六日記載の冬外套を持つて来てくれた。夕方六時漸く風をさまる。その後はそよともせず丸でうその様なり。空襲の終つた後ほどほつとする。夕べんがら原稿「木の葉便所」三枚原稿用紙に書き終る。今日はこの頃に珍らしくお酒無し。夜又少し風出づ。平野力来。

四月十九日　金　十六夜

風無く上天気也。朝、国民食糧聯盟文化部内藤美雄来、原稿の依頼也ことわる。午まへ三笠書房広瀬来。午後ち江来。午後新潮社へ行く。俊夫氏に話して六百円借りた。但し借りたのか請取つたのか向うの計算にてわからぬ。又哲夫君に会ひ日記帳出版に就きての文藝春秋社の件、新潮社から今夏小さな単行本を出す件新方丈記と云ふ名にするつもり也。六十一の還暦を記念しその前年より著手して全集を出す件哲夫君より話ありて承諾す。時期を還暦にしようと云ふのはこちらから云ひ出したる事也。河盛にも会ふ。夕、村山来、一献す。麦酒四本お酒二本飲む。先日来もつと飲んだ事はあるが酔心地は今夜が一等也。今日の入荷、麦酒四本羽根より百二十円也。麦酒二本六十円、清酒一升二百五十円、この二口は多分ち江からなる可し、メモに記入なく明かならず。

〔欄外〕麦酒四本羽根　麦酒二本　清酒一升

四月二十日　土　十七夜

穏やかな晴。夕近く薄曇り。午後中央公論社出版局佐藤来、童話出版の件なり、ことわる。午お酒一本、夕お酒二本半、麦酒一本のむ。

四月二十一日　日　十八夜

曇後晴。午後は少し風吹く。三笠書房の漱石物語の序文を書いた。午麦酒一本、夕お酒二本飲んだ。今日のお膳日誌メモに書きとめてあるから写す。○山午旁オシタシ○ワカメ○フキ佃煮○コブ佃煮○生葱ノ酢味噌○ツケ菜の漬物○オロシダイコ○コウナゴ酢○生味噌○梅干○スキトン

四月二十二日　月　十九夜

晴あつし、午過二十七度F八十度也。朝中村来、御馳走帖の原稿の写し全部出来てゐた。午後大井来、ち江来。夕麦酒一本お酒三本にて無し。勝俣より清酒一本入手す二十五円也。

〔欄外〕清酒一本勝俣より

四月二十三日　火　二十夜

晴後曇、微雨ありたれども又上がる。朝三笠書房広瀬来、序文渡す。お金の事頼む。午後北海道拓殖へ月初めの小切手と別に一枚入れた。兜町へ行き散髪。会社へ寄る。帰りに市電にて三笠書房へ寄つたが今朝広瀬が引受けた様な話だつたお金の件駄目也。市電にて帰る。留守にち江来、麦酒六本持参す。約束の十三本の内也未払。こひ誕生日也。麦酒三本飲む。

〔欄外〕麦酒六本ち江より

四月二十四日　水　二十一夜

晴、時時曇る。朝から又風強し。こなひだの二十七米の時に劣らぬ様也。小屋の中は砂埃が降りぐらぐらして何も手につかず。焼酎四合配給。午一口飲む、薄くてうまからず。夕麦酒三本焼酎一ぱい飲む。

〔欄外〕焼酎四合配給

四月二十五日　木　二十二夜

昨夜十時頃から降り出した雨が夜通し抜け降りに降り今日も一日降り続きて夕方漸く

やむ。朝中村来、お米二升持つて来てくれた、一升六十五円也借。午も夕も焼酎をなめる。

四月二十六日　金　二十三夜

夜明け迄降り続いた雨朝になりて漸く上がつたが午頃から又降る。朝、鱒書房来、毎日新聞来、原稿の件也ことわる。午後中村来、昨日頼んでおいた差し当たりのお金を百円工面して持つて来てくれた。午夕焼酎なめる。

四月二十七日　土　二十四夜

晴、風弱く穏やかな雨上がりの好天気也。朝ち江来、麦酒七本お米一升持参す、借也。午麦酒一本飲む。午中村来、御馳走帖の印税の内千五百円持つて来てくれた。昨日の百円と四百八十円と返した〔メモニ記入ナケレトモ多分オ米代ナル可シ〕午後、新夕刊新聞社笠原来、漱石先生と岩波との関係に就き話してくれと云ふ、ことわる。午後大井来、百円と百五十円と返した〔メモニ記入ナケレトモ百五十円ハ四月十四日ノオ酒ノ代ナル可シ五十円ハ前ヲ繰ツテ見ナケレバワカラヌ〕夕麦酒三本飲む。夜、御馳走帖の序書き始む、日記帖からの抄掇也。

〔欄外〕麦酒七本ち江より

四月二十八日　日　二十五夜
晴。午後、薄曇。夜、雨。午後、政経春秋の女記者来、原稿の依頼也、ことわる。午後大井麦酒二本買つて来てくれた。一本二十円也（昨日欄括弧内ノ五十円ハコノ為ニ託シタルヲ金カモ知レナイ）御馳走帖の序続ける。夜べんがらの原稿「夏の小袖」三枚書きて終る。午麦酒一本、夕麦酒二本飲んだ。
〔欄外〕麦酒二本大井より

四月二十九日　月　二十六夜
晴、時時強き風吹き過ぎる。今日は淋しい天長節なり。午後ち江来、麦酒代三百九十円、米代六十五円、胡麻十円払ひ牛肉鑵詰代五十円渡しなほ別に百円麦酒を探させる為に渡しておいた。午後昨日の「夏の小袖」推敲、御馳走帖の序文。夕方迄にて終る、七枚也。午麦酒一本、夕一本飲む。

四月三十日　火　二十七夜
昨夜は二十二度、今朝は十二度也。薄寒く天気良し、午新潮社の使来、戦後増刷の「丘の橋」三冊届けて来た。原版の定価は一円七十銭なのに今度は十五円である。装釘等の出来栄えは今の目で見れば良い方かも知れないが、昔の売店に玩具や絵本と一緒に列んでゐた一冊五六十銭の水戸黄門の廻国記や宇都宮釣天井の講談社本と大差なし。最も貧弱に感ずるのは本の手ざはりである。午後、築地本願寺へ岩波茂雄氏の告別式に行き電車を降りたところで暫らく振りに出隆《いでたかし》に会ひ、又、中川秀秋に会つた。中川は拓南社の大貧帳を扶桑書房から出させる事、紙型も焼けてゐないから話し合ひの上で譲る事を承諾してゐたのに道ばたで会つた話では扶桑書房が中中話しに来ないから一聯社とか云ふ新らしい本屋から出させる事にした、その方が事が早く運び、先生の所へ印税も早く上げられるからなどと無茶な事を云ふので呆れて困つたけれど、もうさうなつたものなら仕方が無いから中川の云ふ事を聞いた丈にて別かれた。本願寺への往復、四谷見附から市電にて余りこみもせず、すぐに帰れた。夕村山来、べんがらの原稿「夏の小袖」を渡した。借りを払ふ。メモに依れば四月十三日のワカメ二十三円、コウナゴ十五円、今日の防臭剤三本一円にて〆て四十一円也。夜、宮城の原稿二篇なほす。今日は近頃に珍らしく麦酒もお酒も無い。午と夕焼酎をなめたり。養徳社より電報為替にて千円送り来れり。

五月

五月一日　水　二十八夜
曇時時小雨、風強く荒れ模様なり。午後、新生編輯記者来、原稿の依頼なり、ことわる。焼酎はなほ残りありて時時なめてゐるが麦酒お酒は途切れたり、又寒い時から春先にかけてマーガリンと雪印バタ十封《ポンド》以上一貫何百目かを続けてたべたがそれも切れた。道ばたの鰯は売るのが八釜敷《やかましく》なつてへつた上に時候の加減で食膳に適せず為に一時大分ふとつたのが又少少痩せ加減なり。今日は牛肉百匁四十円、玉子三ヶ十円五十銭にてこひ買ひ来れり。夕こひ町内羽根よりお酒三合買つて来てくれたが人の話や新聞の記事にてメチールアルコホルがこはく飲まず。どこかの薬屋で調べて貰つてからにしようと思ふ。一合三十五円也。
〔欄外〕お酒三合町内羽根より

五月二日　木　一夜

昨夜は夜通し風荒れたり。今日は朝の内は曇、時時小雨にて午頃《ひる》から青空が出たが風はやまず。今年は風許《ばか》り吹いてゐる也。それが一気になるのは小屋住みの所為か。霽《は》れて暑し、午下二十六度強なり。午後驟雨あり。四月十日以来あさひ十ケ許り吸ひたり。昨日買ひにやつたらもう無いとの事なり。初めはそれ程に思はなかつたが続けて吸つてゐる内に昔の味戻りてこれでもう無いとなると又暫らくは口淋しかる可し。午後中村来。御馳走帖の序文の原稿を写した。もう少し書き足して桜菊書院の小説と読物の原稿にする為中村に渡した丈を写して来て貰ふ様頼んだ。コバルト社鱒書房の辻岡来、先方の申出通り「頬白先生と百鬼園先生」を出させる事にしようと思ふ。その事を話し確たる事は新潮社へ行つて来てからの返事にする事にした。夕焼酎少少。夜岡山のお祭鮨のメモを四枚書いた。御馳走帖の原稿也。

〔欄外〕焼酎四合菅野より

五月三日　金　二夜

曇、夕方から晴、風無く穏やかなり。午ち江来。午後扶桑書房月野と主人清水嘉蔵来。四月三十日欄記載の大貧帳取り止めの件を話し、その代りに小説集を編纂して出す事に話きまる。午後こひを新宿二幸へやり五月一日のお酒三合の検査をして貰はうと思つたが、二幸にてはこの頃はもう扱はぬ由。既に先日麴町四丁目のいつも行く薬屋に頼んだが自分の所では出来ないから二幸へ行けと教はりたる也。夕は焼酎にて我慢す。但馬の鈴木健太郎の母はなさん死去の知らせ健太郎より来る。

五月四日　土　三夜

晴、後薄曇。午前こひを丸ビル北海道拓殖銀行へやり封鎖七百円下ろす。午後、大井薪をきりに来てくれた。五十円返す（メモニ記入ナク何ノ金カワカラヌ）ち江来大豆油を持参す二百三十円也。こなひだ百円渡してあり、その残額及び鰯南京豆二袋葱〆て百七十円渡した。お駄賃はいつも別なり、今日はこひが二十円やつた。大井を置いて新潮社へ行く。哲夫君に会ふ。河盛も同席す。コバルト社鱒書房の頰白先生と百鬼園先生の件は月曜日に返事をくれる由也、又今夏新方丈記出版の件を約束せり。帰りて羽根の千柳へ麦酒を飲みに行つたが無し。焼酎にてすます。

五月五日　日　四夜

端午の節句なり、何の風情も趣もなし。朝こひが町内の畳屋から入手して来た麦酒二本がせめてもの祝儀也。一本二十五円也。曇時時雨。夕方より本降りとなる。午、鄭審一さん来、暫らく振り也。御飯がそれでおくれて午後おそくなつた。右の麦酒二本のむ。夕飯からお米たらずお粥なり。夜御馳走帖の原稿お祭鮨の具のメモを書いた。

〔欄外〕麦酒二本町内畳屋より

五月六日　月　五夜

曇、午頃から雲切れる。午前フタバ社岡崎と云ふ女来、出版の件也。もう一度来る様に云ひて帰らせる。午後京橋の中川さんを訪ふ。いつか来た岡山の小阪の件なり。則武の息子に会つた。カステラ玉子麺麭《パン》を貰つて帰る。留守に新潮社の使来りて頰白先生と百鬼園先生をコバルト社鱒書房から出す件を承諾したと伝へたる由。大橋来、お米約五升持つて来てくれた。大橋と羽根の千柳へ行き麦酒五本飲み外《ほか》に一本持つて帰つた。お金は明日こひが払ひに行く。午後今日は麦酒が有ると羽根から迎へに来たから行つた。

〔欄外〕羽根千柳ニテ大橋ト二人ニテ麦酒五本ト一本

五月七日　火　六夜

晴、歩くと少し暑い位の温度にて申し分無き上天気なり。この頃が一年中の一番好い時候なる可し。午後市電にて内幸町のコバルト社鱒書房へ行く、初めて也。頰白先生と百鬼園先生の件に就き新潮社の返事を伝へたり。印税の内新円二千円請取る。本の名前を「頬白先生と百鬼園先生」と云ふのは少し長すぎるから、ただ頬白先生と云ふ事にしたいと先方の申し出を尤もなりと思つたから即座に承知した。市電にて京橋の明治産業に中川さんを訪ねたが不在につき、こなひだ出来て来た増刷の丘の橋をおいて帰る。又、南山寿、船の夢を貰ひたき旨のメモを置いて来た。コバルト社鱒書房を出て新橋に出る間に、玉露と新茶各五十匁買つた、〆て六十五円也。留守に伸六さん来りし由。夕、運輸省の交通新聞の女記者二名来、原稿の件なり、ことわる。夕、岡山の小阪の妹裕子来、岡山のサヨリと竹ノ子をくれた。サヨリは特にうまかつた。夕又羽根の千柳へ行き麦酒二本飲み一本持ち帰つて飲んだ。今夜より蚊遣線香を使ひ始む。

〔欄外〕羽根ノ千柳ニテ麦酒二本ト一本持チ帰リテノム

五月八日　水　七夜

朝、小雨。曇、午後明かるくなる。昨日の竹ノ子の包みをこひが包みかへたら畳の上を蟻が這つた。岡山の蟻なる可し。竹ノ子は門田の竹ノ子か。午後伸六さん来。御馳走帖の序文にもう少し書き足したものを小説と読物の原稿にして渡す事を約す。夕方から夜にかけて御馳走帖のお膳日誌の仮名遣ひをなほしたが未だ終らず。焼酎三合通称六番町のやみ婆さんより入手す三合三十円也。夕焼酎をなめる。

〔欄外〕焼酎三合ヤミ婆より

五月九日　木　八夜

午後大井来。中村来、お米三升持つて来てくれた、百九十五円払ふ。今日は大井と大学の辰野さんを訪ねる約束があるので中村をおいて出かける。研究室へ行つて見たら時間割が変つてゐて辰野在らず、その儘帰る。往復市電なり。市ケ谷にて大井と別かれて帰る。夕村山来、夕食して帰る。焼酎なめる。

五月十日　金　九夜

朝から雨、午頃上がつたから出かけて散髪と郵船へ行つて見ようと思つてゐると又霧雨となり、午後は本降りとなつたのでやめた。終日御馳走帖附録のお膳日誌整理、大分捗つたけれど未だ残りあり。夕焼酎少少。

五月十一日　土　十夜

曇後晴、午頃から暑くなる。午後の最高温度二十五度也、午まへ八雲書店藝術編輯荻埜外一名来、原稿の依頼也、ことわる。清酒鑵詰一升さげて来てゐたので困つたけれど請取つた。午後上厠《じょうし》中に文化新聞来、原稿の依頼也、こひにことわらせる。夕大井来右の八雲書店の酒が来たからひる前至急電報を打ちて呼び寄せたるなり。一献す、一升みんな飲んでしまつた。

五月十二日　日　十一夜

晴曇半す。夜降り出す。午中村来、お米二升と餅米一升持つて来てくれた。百三十円と七十五円也。ずつとゐて夕食す。麦酒二本飲む。御馳走帖のお膳日記のなほし済みたり、中村に渡す。麦酒二本羽根より入手せり八十円也。

〔欄外〕麦酒二本羽根より

五月十三日　月　十二夜

夜来の雨午頃上がる。午過村山来、郵船の提燈をくれた、又御馳走帖の附録にする記事所載の東炎の合本を貸してくれた。コレア出版会社来、原稿の依頼なりことわる。夕、町内千柳の羽根へ麦酒飲みに行く、仕舞ひ頃門内の藤田の倅にも飲ませ〆て五本也。持つて行つたお金或は足りないかと思つたから払はずに帰る。明日こひに持つて行かせる。養徳社より二千円の小切手来、午後こひに四谷の三和銀行へ持つて行かせる。

〔欄外〕麦酒五本千柳ニテ藤田ノ倅ト

五月十四日　火　十三夜

雨上がりの上天気也。朝の内は稍《やや》寒し。夜はまた雨の音。朝こひを一ロ坂の三菱銀行へやり前の郵便局にて神鞭《こうむち》氏へ三百円送らせる。以後は銀行や郵便局の使の事は記すまい。帰りに羽根に昨夕の払ひをさせたり。午後、兜町へ行き散髪。会社へ寄り和田さんに増刷の丘の橋を進上す。村山とお茶ノ水迄同車にて帰る。村山は漱石全集の校正に市ヶ谷の大日本印刷へ行くなり。夕、麦酒もお酒も無し。お金あり身体の調子よく天気もよかつたけれど又羽根へ出かけるのは近所だからうるさからうと考へてやめた。

五月十五日　水　十四夜

夜中雨降りつづきて朝は小雨の後上がる。一日曇。夕方晴れる。午過宮城の数江さん麦酒二本持つて来てくれた。宮城の原稿を持つて来た。ち江来。麦酒一本、夕三本飲む。羽根より二本買つて来た八十円也。

〔欄外〕麦酒二本宮城　麦酒二本羽根より

五月十六日　木　十五夜

朝から稍温度低き程度のすがすがしき上天気也。一年中の最もよき一日なる可し。夕六時二十三度半也。こひを中川さんへやり先日頼んでおいた南山寿と船の夢を貰つて来た。船の夢は村山が会社へ寄贈したのを持つて来てくれたから更めて御返却申す可し。夕、村山来。今日はこんな好い時候の上天気なるにお酒も麦酒もあらざる也。

五月十七日　金　十六夜

初め曇後天気良くなる。霽《は》れ際の雲の切れ工合は夏空の朝曇りなり。午後は稍暑し。夕また曇る。四五日来喘息の気味にて毎夜就眠後三時間許りすると苦しくなりて目がさめる。初めの内は我慢してゐたが二三夜前から喘息煙草を吸ひ出した。一本にて必ずをさまる也。昨夜は不思議にその発作なく、ずつと眠りて五時少し前に目がさめた。寝たのは十二時過ぎであつたから大分寝不足なれども大井と午まへに大学の辰野氏を訪ねる約束ありて丁度好い工合だから起きてしまつた。朝大井来。麦酒二本買つて来てくれた。五十円払ふ。一緒に出て本郷へ行き研究室にて辰野氏の講義の終るのを待ちて会ふ。何年振りか也。大博士やせてゐる。帰りに独逸《ドイツ》文学研究室にて木村君に会ひ、哲学研究室にて出《いで》に会ふ。市電万世橋にて大井に別かれて新潮社へ廻り哲夫君に会ふ。全集に就きての件也。歩いて帰る。大井はいつぞやこひが町内羽根から買つて来た酒三合のメチールアルコホル検査の為有楽町駅の前の東京都衛生試験所まで行つてくれたる也。新潮社より帰りたるところにて大井と門前で会つた。検査の件は有耶無耶《うやむや》になつたが先づ大丈夫だらうと云ふ事にした。大井その酒一合許り冷やにて飲み、ふかし麺麭《パン》を食べて帰る。留守に中村と伸六さん来りし由。夕麦酒二本飲む。
〔欄外〕麦酒二本大井より　エフエドリン始六月二十五日参照

五月十八日　土　十七夜

昨夜より降り出して朝まだやまず、午まへ上がるかと思つたが午後又本降りとなる。午後、中村、平山来、御馳走帖の用事也。そこへ大井来、麦酒二本持参す、五十円也。客三人にて小屋一ぱいとなり、こひは雨中に食み出《はだ》して壕のお婆さんの所へ行つた。夕、宮城衛、およめさんと来。上がらず、宮城の原稿を持つて帰つた。夕麦酒二本飲む。喘息は昨夜はまた悪かつた。起きなほつて喘息煙草を吸ひ坐つた儘で居睡りをした。

〔欄外〕麦酒二本大井より

五月十九日　日　十八夜

朝来晴れなれども風強く面白からず。夕方近くなりて漸く吹き止む。昨夜は喘息大分悪し、今日はその為身体ぼつと暖かき様にてだるく困つた事也。一日だれも不来、くつろいだ。先日中残してあつたお酒一本飲み終る。

五月二十日　月　十九夜

晴、午頃より風稍強し。昨夜も喘息が苦しかつた。午過新潮社の佐野来。伸六さん来。大井来、大井のお父さんが持つてゐた葉書二千枚譲り受けた、百円也。昔の儘の大きさの葉書なり、今の葉書は判が小さくて使ひにくし。夕、村山来。今日は麦酒もお酒もなし。夕から夜へかけて五月八日伸六さんに約束した「小説と読物」の原稿の続きを書いた。日記の推敲なり「餓鬼道日記」

五月二十一日　火　二十夜

薄曇。午まへ大井来、大学に行き辰野氏より南山寿を貰つて来る様頼んでおいたその帰途なり。南山寿は昨夕の村山の話により古本が手に入りさうだからその上は辰野氏にも中川さんにも更めて返却する事が出来る。右の様に考へてゐたところが夕方村山来りて古本だと思つたのは貸本だつた由にて又その事は駄目になつた。昨夜も喘息苦し、今朝も発作で起きてしまつた。喘息煙草の残り五本しかなし。無くなつたらどうしようかと案じる。今日も大井は大学の帰りに蓬萊町の喘息煙草本舗の焼け跡に行つて立退先を尋ねてくれたがわからなかつた。村山に養徳社宛の検印の件に就きての電報を明日日本橋郵便局から打つて貰ふ様に託した。電文に曰く「検印ノ代印承認セズ私印偽造ナリソノ分ノ頒布サシトメル」今日も麦酒なくて困る。こひ方方を探してくれるが無し。夕方になりてやつと一本手に入れて来た。きゆつと飲む。この頃この屋敷に仕事に来てゐる植木屋がどこかから入手してくれたるなり。午後と夜、餓鬼道日記の続稿終る、十五枚。御馳走帖の序文に代へて抄摋した日記に更に書き加へたる也。夜ち江来。

〔欄外〕麦酒一本植木屋より

五月二十二日　水　二十一夜

晴、時時薄曇。すがすがしき初夏の好日和也。午、時事新報女記者桜井来、宮城の原稿の件なり、それは引き受けたがこちらの原稿の依頼はことわる。午後中村来、炭一俵かついで来てくれた。代は既に二俵分すみ也。栗村来、京都にてまた中島を見舞つてくれた由、今度は容態あまり良くないらしく中島本人も夏は越しにくいと云つた由、又、お龍さんが私は一度京都まで来られないだらうかと栗村に尋ねた由、この頃の道中の難渋や旅先の食事等の事は別にしても喘息が起こつてゐる最中にて京都まで出かける事は考へられず。容態甚だ気がかり也、又、憂鬱なり。植木屋が今日も麦酒一本持つて来てくれた、午に飲んで実にうまかつた。晩は無し。喘息昨夜も苦しかつた。

〔欄外〕麦酒一本植木屋より

五月二十三日　木　二十二夜

朝から雲ありて時時日がさした、午頃から暗くなり遠雷轟く。ぱらぱら雨の後明かるくなる。午、麦酒一本飲む。今朝も植木屋が持つて来てくれたる也。二十五円也。昨夜は喘息大いによし。昨日の午後からそんな気がしてゐた。午の麦酒のおかげの様に思はれる。午後、郵船と散髪に出かけようとしてゐるところへ大井来、麦酒三本持つて来てくれた。同じく一本二十五円也。大井をのこして出かける。会社にて村山に会ひ武田薬品からエフエドリンを買ふ件その他色色用事を頼み散髪に行く。丁度すんだところへ村山会社が引けた帰り途を同道する為床屋へ迎へに来てくれた。一緒に東京駅迄歩きお茶ノ水迄同車す。四谷駅に降りたら大雨にてこれでは外に出られぬと思つてゐる内に大雷となる。空襲とはまた違つてこはい。空襲は直接に生命の危険を感じて恐ろしいのだが、雷も結局は生命の危険を感ずる恐怖であるには相違ないけれど、その恐怖は潜在的であり自然現象に対する恐ろしさ天変地異の恐ろしさは空襲では感じない無気味なところがある。やみてから帰る。留守に伸六さんの使来りて「餓鬼道日記」の原稿を持つて行つた。又、平山来りて二十日欄記入の古本の南山寿を結局手に入れて持つて来てくれた。これで中川さんにも辰野氏にも返す事が出来る。夕、麦酒三本飲む。

〔欄外〕麦酒一本植木屋　麦酒三本大井より

五月二十四日　金　二十三夜

曇り時時日ざしあり薄寒し。午後コバルト社鱒書房辻岡来。午後新潮社へ行く。哲夫君に会ひ全集の編纂体裁に就き話した。帰りに市ヶ谷秀英舎の大日本印刷に寄る。伸六さんを訪ねたがゐなかつたけれど間もなく来。夕帰りて羽根の千柳へ行き麦酒三本飲み一本持ち帰る。今夜は去年の前夜にて羽根の娘の横浜に於ける焼死を思ひ出し、二十六日にはまだ生きてゐて焼け出され、こひが通りかかるのを呼び止めておむすびをやると云つてくれた事などの聯想から酔が廻りかけてゐたので危く涙が落ちさうになり、あわてて一本さげて帰つて来た。ち江麦酒三本持参す、一本二十八円也、これはあしたの分とす。

〔欄外〕（羽根ノ千柳ニテ麦酒三本ト一本）麦酒三本ち江より

五月二十五日　土　二十四夜

去年の今夜也。朝から一日中雨降り続く。雨中五人来た。午まへ桜菊書院より餓鬼道日記の稿料を届けてくれた、七百五十円の内より税金を引きて六百四十五円也。午、文藝春秋新社の田川来、初めて也。約束した「番町の空」の原稿の催促也。午後政治経済春秋記者来、原稿の依頼也、ことわる。村山来、上がりて話す。平山三郎来、御馳走帖、立腹帖の題簽の件也、未だ出来てゐないから月曜を約す。午後、立腹帖の序文を書いた。午麦酒一本、夕二本飲んだ。

五月二十六日　日　二十五夜

夜来の雨は午頃まで降り続き後上がりて夕方はすがすがしき初夏の風わたる。温度稍低く二十一度也。今日は麦酒無し。夕方羽根の千柳へ飲みに行かうと思つてゐたらこひが今日は無いと聞いて来たので失望す。養徳社から昨日「私の先生」十部送つて来た。読むともなしに見てゐると「素琴先生」の中の運座の条に峠の篝屋で開いたと書いてゐるのが気になつた。篝屋でなく林屋なり。篝屋の方が有名なので峠と云つたら篝屋へ聯想がつながつたものと思はれる。夜ち江来、麦酒三本持参す、二本は二十八円宛《づつ》、一本は二十七円也。御馳走帖と立腹帖の題簽をすまして一本飲む。

〔欄外〕麦酒三本ち江より

五月二十七日　月　二十六夜

晴、次第に快晴となる。椎の花がトタン屋根に落ちる音雨の如し。一日二日良くなつてゐた喘息が昨夜は又苦しかつた。夜中二度起きた。こなひだ内は発作で苦しくなつたが昨日からは稍常態的になつた様である。午麦酒一本飲む。午後大井来、辰野氏に返却する南山寿を持つて行つて貰ふ様頼みおきたり。午後遅く中村来、御馳走帖のお祭鮨の原稿を平凡社の雑誌小天地に載せると云つてゐたが、その稿料百八十円持つて来てくれた。それとは別に二三月来お金に少少困りかけたから錬金を頼みおきたり。夕麦酒一本飲む。夜四月十日以来たまつてゐた日記をつけ始める。今日は十一日迄しか書けなかつた。

五月二十八日　火　二十七夜

昨夜エフエドリン一錠のむ。効き目あり。曇午後小雨、後上がる。薄寒し。午後中村来。こなひだ内の財閥の景気なくお金に困つたから昨日頼んでおいたら御馳走帖の印税の中より五百円持つて来てくれた。午お酒一本許り。夕お酒二本飲んだ。まだお箸をおかぬ内中川さん来、下ノ関までの旅行より帰りて途中広島近くの五日市の会社の工場から薬味保命酒を鑵に入れたのをお土産に持つて来てくれた。船の夢、南山寿を返し、私の先生を進呈す。ち江来お酒五合、麦酒一本と刻莨一袋持参す。お酒百円、麦酒二十八円、刻莨二十五円也、又、こひ勝俣より清酒一升二百二十円にて入手せり。

〔欄外〕清酒一升勝俣　清酒五合麦酒一本ち江より（保命酒一鑵中川サンより）

五月二十九日　水　二十八夜

晴。誕生日也。昨夜もエフエドリン一錠のみて寝る。中途で目をさます事もなく朝まで熟眠するを得たり。朝、昨夜の中川さんの保命酒を飲んだ。午後、たまつた日記を書きかけたが捗らず。新潮社の使、新方丈記の原稿と校正刷を持つて来た。雑誌の上でパラグラフを変へてゐたから哲夫君にあんな事をしては困ると話しておいた為なり。伸六さん来。夕、中村、平山来。誕生日の祝宴に招待したる也。麦酒二本持つて来てくれた。中村は余り行けず平山相手に飲む。麦酒三本お酒一升以上なり。酔ひたり。その間に唐助来、昨秋以来初めて也、上に上げず帰らせる、庭でこひの炊事してゐる傍にて一ぱい飲んで行きたり。中村は平凡社の「立腹帖」の印税の内五百円持つて来てくれた。

〔欄外〕麦酒二本中村より

五月三十日　木　二十九夜

晴、稍暑く初夏らしき日和也。午後、ち江来。夕、すけ来。夕食して平井駅とかへ出かける。麦酒四本飲む。夕京都の中島の死んだ知らせの電報来る。今日は麦酒の配給あり、二本。外にち江持参一本二十八円也。門内井上より一本二十五円也、植木屋より一本三十円也。

〔欄外〕麦酒二本配給　麦酒一本ち江　麦酒一本井上　麦酒一本植木屋より

五月三十一日　金　三十夜

朝から全くの無風にて曇、梅雨空の如し。午麦酒一本飲む。宮城の数江さん原稿持つて来、麦酒一本くれた。持参の弁当を食べて行つた。午後大井来。夕すけ来、夕食す。麦酒五本飲む。すけ麦酒一本持参せる外に壕の萱野より二本五十円也。中置より二本、これは六月一日の分と合はせて三本百円也。

〔欄外〕麦酒一本宮城　麦酒二本中置　麦酒二本萱野　麦酒一本すけより

六月

六月一日　土　一夜

稍《やや》風ありて朝から一日晴。今日は新潮社へ行くつもりにて朝早く起きて支度も早くすませた。ひる前こひを丸ビルの北海道拓殖銀行へ六月分の七百円下ろしにやる。それが暇取りて折角の早起き役に立たず。午後出かける支度をしようとしてゐるところへ村山来。村山が帰つた後に雑誌自由の記者来、原稿の依頼なり、ことわる。いよいよ出かけるところへ俳句新聞記者来、インタギウなりと云ふ。村山が紹介してよこしたる也、ことわつたが新潮社へ行く道道ついて来て北町まで離れず、癪にさはつて甚だ不愉快也。新潮社は午後臨時のお休みの由にてだれも居らず。帰りに一ロ坂の麴町郵便局へ廻り京都中島苑の電報その他速達二通出して帰る。夕、麦酒二本飲む。本日の麦酒入荷は門内井上より一本三十円也、六番町のやみ婆さんより二本五十円也、町内中置より一本これは昨日欄記載の通り昨日の二本と合はせて三本百円也。

〔欄外〕麦酒一本門内井上　麦酒二本ヤミ婆サン　麦酒一本中置より

六月二日　日　二夜
曇、時時日ざしあり。午《ひる》、小林博士の奥さんが様子を見に来てくれる、お通しする事も出来なかつたが誠に難有し。午後、中村来、お金の工面に困つてゐたところにて相談をかける。御馳走帖にて又五百円こしらへてくれる事になり内三百円中村が立てかへて置いて行つた。これにて京都の中島に香典三百円送らうと思つてゐる為替を明朝組む事が出来る。明三日が中島の告別式なり。あと二百円の内百三十円は今日中村が持つて来てくれたお米二升分の代なり、月初よりお金につまりたるは銀行の封鎖から下ろした七百円は千柳でない方の羽根に頼んだお米の代金にあてるからである。午麦酒一本。夕、こなひだのお酒の残り一本と麦酒一本飲む。夜宮城の原稿なほし。今日は麦酒の入荷なし。

六月三日　月　三夜
無風の曇天、時時薄日さす。午後、新潮社へ行く。帰りに大日本印刷の漱石全集校正室に寄つたが伸六さんはゐなかつた。留守に時事新報女記者来りて宮城の原稿を持つて行つた由。今日は麦酒もお酒も無し。

六月四日　火　四夜

昨夜より雨降り続いてやまず。午まへ新潮社の使来。今日もう一度こちらから行く筈であつたのを延ばしに来たる也。午後、共益商社編輯部二人来、原稿の依頼也、ことわる。午後、べんがらの原稿を書く。夕、村山その原稿を取りに来たが未だ也。奉書の封筒を一包みくれた。これで三度目也。今迄何年か使つた名入りの封筒が無くなりかけたので頼みたる也。夕、こひ町内羽根より麦酒四本入手し来る。一本三十円也。夕三本飲む。食後また続稿。

〔欄外〕麦酒四本羽根より

六月五日　水　五夜

曇、午頃小雨、午後驟雨、後霽《は》れる。昨夜は喘息苦しく寝しなと夜中とエフエドリン二錠のんだ。午後、大井来。三笠書房広瀬来。三人にて漱石物語の相談をした。印税の内五百円持参せり。その内大井に百七十円渡す。広瀬去りたる後大井残る。配給のお酒を飲んで行けとすすめた。こひ別に五合土手沿ひのどこかで入手し来る、七十五円也。夕中村来、こなひだの五百円の中の残り七十円持つて来てくれた。中村は去る。大井と一献す。宴中すけ来、同じく飲む。喘息苦し。今日はお酒の所為と思はる、一時間位にて治まる。後で続稿二枚書いて〆て七枚にて終る「奉幣使」。
〔欄外〕合成酒五合配給　同五合土手ノドコカより

六月六日　木　六夜

晴、午頃より一時曇、遠雷、小驟雨あり。昨夜は夜中喘息苦しく朝また発作にて目をさまし一しきり苦しみたり。午後「奉幣使」をなほす。大井来、麦酒一本その他。こひが昨日頼みたる皿茶椀等くれた。大井と一緒に出て四谷駅にて分かれ郵船へ行き村山に奉幣使の原稿渡す。散髪。お茶ノ水迄村山と同車にて帰る。夕麦酒二本飲む。食事中また苦しくなり、苦しさは昨夜程ではないが持続する事長く十二時前やつと稍らくになつた。今年の発作には酒又は麦酒も悪いかも知れない。注意す可し。苦しいのでがつかりする。エフエドリン午後出掛けに一錠、宵の発作時に二錠、三十分おいて又二錠、就寝前二錠、朝一錠。羽根の麦酒は一本四十円也。
〔欄外〕麦酒一本大井　麦酒二本羽根より

六月七日　金　七夜

晴、暑し。昨夜はらくになつてからぐつたりした儘で時間を過ごし就寝したのは二時也。いつもの様に片づけをする元気無く机を片寄せてその上に諸品を置き狭い隙間をこしらへて布団を敷いて寝た。今日は一日身体だるし。午後ち江来、麦酒二本持参す、一本三十円也。午麦酒一本飲む。夕は昨夜の発作が或は麦酒が誘発したかも知れないので用心の為飲まず。夜、をかやまの第三稿を書く。

〔欄外〕麦酒二本ち江より

六月八日　土　八夜

晴、あつし、午後二十七度強也。夕方近く風あり。昨夜は十一時半就寝す。間もなく喘息苦しくなりて目さめ発作続き三時頃迄寝られず。こひ起こして背中をさすつて貰つた。エフエドリン就寝前一錠、発作中二錠、朝起きても起きしなはまだ苦しかつた。午後、新潮社へ行かうと思ひ、台湾服の上衣は前から著てゐたが、ズボンを今日初めて出して穿き、出かけようとしたところへ使の若者来り今日はみんなゐないから月曜か火曜にしてくれと云つたのでその儘やめる。大井来、麦酒一本くれた。一昨日のも今日のもくれると云ふから貰ふ。栗村来、京都へ行つた序《ついで》に三度中島の見舞に行かせたが三度目は二十八日なり、急変との事にて翌二十九日の朝も行つたと京都からよこした葉書に書いてゐたが、今日聞けば中島は二十九日の夕刻六時四十五分永眠せる事を未だ知らざりし也。伸六さん来。喘息昼間の内は何ともなし。朝植木屋麦酒三本持つて来た、一本三十円也、百円やる。昨夕は麦酒を飲まなかつたが苦しかつた。今日は夕方一本飲んで見た。夜をかやま第三稿の続稿。
〔欄外〕麦酒一本大井　麦酒三本植木屋より

六月九日　日　九夜

曇、朝から風強く夜も止まず。午後大橋来、先月以来也。朱肉、目白の餌、番茶等くれた。又こひの著物を頼んでおいたら帯と著物を持つて来てくれたが著物はこひに適せざる由也。大橋の家のをばさんの物にて代りにお小遣として五十円上げる事にしたが今日はお金無くこの次に渡す事にした。午麦酒一本、夕麦酒一本飲む。夜をかやまの続稿半枚許《ばか》り。昨夜は十二時就寝、エフエドリン二錠飲んだ。一時半発作にて起きる、又二錠のむ。余りひどくはないが中中をさまらず三時半漸く寝る。一月か或はもつと前からの郵送し来れる雑誌類及び原稿の依頼と思はれる手紙は封を切らずその儘重ねてくつてある、夜半のつれづれにそれをほどいて二三読んだ。

六月十日　月　十夜

薄曇、終日風強く心地悪し。午後新潮社へ行くつもりでゐると午頃又使来り部長の哲夫君旅行につき一両日のばしてくれと云つて来た。度度の使にて既に一週間のびのびになりお金の件らちあかず困る。先月二十日に五百円持参する筈の扶桑書房来らず。今月上旬に二千円か二千五百円か送つて来る筈の養徳社もまだなり。七日に二千円持参する約束のコバルト社鱒書房も音沙汰無く、新潮社で間に合はせようとしてゐたのが段段におくれるのでもう手許にお金が無い。午後三笠書房の使来、封鎖小切手六百二十円と三百十円と持参す。三百十円は大井に与へる分也。夕方近くなりてコバルト社鱒書房の辻岡来。二千円の約束なれども千円持つて来た。これで差し当りの用は弁ず可し。夕中村、平山来。町内羽根より麦酒二本入手す、一本三十円也。夕麦酒二本飲む。喘息にさはり無し。夜をかやま続稿終る「後楽園」八枚。昨夜は十二時半就床、エフエドリン一錠、眠りかけたら腹部に不快感あり。よく解らぬけれど何となく気分わるく一時間以上寝つかれなかつた。午前四時発作にて起きた。エフエドリン一錠。余りひどくはないが横にはなれず雑誌を読みて二時間起きてゐた。朝六時エフエドリンを一錠飲みて更めて寝る。

〔欄外〕麦酒二本町内羽根より

六月十一日　火　十一夜

夜中に風をさまりて好晴なり。午後ち江来。昨日の原稿を読み返して岡山へ発送す。中村来、お米三升持つて来てくれた。今晩残りの御飯があるだけにて明日から穀断ちになるところであつた。一升六十五円也。代金を払つた。すけ来、色色亜米利加《アメリカ》の闇品を持つて来た、九十五円買つた。夕食して行く。夕食前に平野力来、暫らく話して帰る。

町内中置より麦酒二本入手す、一本三十円也。夕すけと麦酒三本飲む。食後喘息大分悪し。昨夜は十二時四十分エフエドリン一錠のみて一時就寝す。三時半起きる、エフエドリン一錠、余り苦しくはないが寝る事は出来ず。らくになりてから四時半寝る。

〔欄外〕麦酒二本中置より

六月十二日　水　十二夜

半晴半曇、風無く暑し。夜九時二十五度也。午後主婦之友社の三瀬来、先年飛行協会の関係にての顔見知り也。朝寝てゐる内に一度来て又出なほしたる也。対談会の件なれども相手もきかずにことわる。後で水原秋桜子との対談を願ふつもりであつたと云つた。無為。午麦酒一本、夕麦酒一本飲みてもう麦酒は無くなつた。昨夜は夕食後から喘息よからず。十二時にエフエドリン一錠のみて寝ようと思つたが横になれぬからいつ迄も起きてゐた。一時半まだ少し苦しかつたけれど寝て見たら眠りついた。朝七時半迄一続きに眠れた。近頃珍らしき事也。それから又寝て十時過ぎて目をさました。

六月十三日　木　十三夜

晴、暑けれども昨日一昨日よりは風さわやかにして心地よし。夕五時二十七度なり。朝起きた時から胸の中軽く喘息の工合良き様なり。午お酒小コップ二杯、麦酒は無き也。

午後婦人画報山田来、原稿の依頼なり、ことわる。こひ壕の菅野より一級酒五合百円にて入手し来る。夕村山来。夕、壕の一級酒と云ふ酒を飲みかけたが地酒にて不味にて飲めず。合成酒の残り二本飲む。喘息の工合よし。食事中に停電して寝る迄ともらず。昨夜は十一時四十五分エフエドリン一錠、十二時半就寝、四時半迄眠る、又エフエドリン一錠、余り苦しくはない。五時更めて寝て八時に起きた。

〔欄外〕清酒五合壕ノ菅野より

六月十四日　金　十四夜

晴、あつし、既に盛夏の如くなり、西日となりてすがすがしき風吹く。午後新潮社へ行つた。玄関前にて帰りかけた哲夫氏にあひ、みんな帰つた後なりとの事にて明日を約して引返す。こひ壕の菅野より合成酒二合三十円にて入手し来る。夕飲んでしまふ。昨夜は十一時半エフエドリン二錠のみて十二時半横になり六時迄眠つた。更めて七時から十一時迄眠つた。

〔欄外〕合成酒二合壕ノ菅野より

六月十五日　土　十五夜

薄曇、後晴、暑し。午まへ中島の娘珠子、妹をつれて来。中島の事、後の家の事等話して行つた。午後新潮社へ行く。近刊新方丈記の印税の内、千円請取る。この頃はいつも行きも帰りも歩く事にしてゐるが、昨日今日は暑かつた。夕ち江来、上がらずにすぐ帰つた。こひ夕勝俣より麦酒三本入手し来る、一本二十五円也。夕麦酒三本飲む、暫らく振り也。後で一服してゐる間に少し喘息が苦しくなつたが大した事なし。しかしまだ喘息気は残つてゐる事がわかる。昨夜は十二時半エフエドリン二錠のみ、同四十五分横になつたが寝られず、二時過ぎて眠りついた。今朝は八時に起きた。

〔欄外〕麦酒三本勝俣より

六月十六日　日　十六夜

朝晴後薄曇りとなりて次第に雲を増し夕方より雨。午後時事新報椎野来、上がらして話したが原稿の依頼はことわる。近所の藤村より配給の合成酒五合譲つて貰ふ約束あり、こひ取りに行つたら既に外《ほか》へ廻して駄目なり、こひ困りて一二軒歩いた挙げ句勝俣より日本盛一升二百五十円にて入手し来る。夕約三合飲む。昨夜は十二時十分エフエドリン二錠のみ三十分後就寝す。三時苦しくなりて起きエフエドリン二錠のむ、その後熟眠す。

〔欄外〕清酒日本盛一升勝俣より

六月十七日　月　十七夜

朝は夜来の雨なほ残れり後次第に上がりて曇のまま暮れる。午養徳社来信、私の先生の印税清算小切手封鎖分と自由払分と二種封入せり（コノ件六月二十日欄ヲ見ヨ）午後三笠書房の使、大井に渡す野分の春陽堂文庫本と原稿紙とを持参す。午後大井来、二級酒五合持つて来てくれた、八十五円也。先日届けて来た三笠書房の封鎖小切手三百十円を渡した。夕、もと讀賣新聞にゐた梶原景浩来、民報の原稿の依頼なり、それはことわつたが暫らく話して行つた。夕お酒三本飲む。昨夜は十時五十分エフエドリン二錠のみ十一時寝る。五時起きる迄一ねむり也。又六時半から十時半迄寝る。

〔欄外〕清酒五合　大井より

六月十八日　火　十八夜

晴、朝九時二十九度強なり。午後兜町へ散髪に行つたが今日は暑いので会社へ寄らずに帰つた。四谷駅にて涼んで帰る事去年の如し。夕麦酒を探がしたが無し。お酒は家に十分ある。日本盛二本飲む。喘息は大体良い様だが夕食後はなほ一しきり苦しい。昨夜は十二時十五分エフエドリン二錠のみ十二時半寝る。少し呼吸引つかかりてよく寝られず。一時過ぎて又起き二時更めて寝る、又起きて三時寝る、四時半又起きる、それから漸く寝続けたり。

六月十九日　水　十九夜

半晴半曇、時時通り雨降る。暑けれども風あり。午後養徳社の小切手を請取る為丸ノ内の三和銀行へ行かうとしてゐる所へ岡山の内田五朗初めて来。昔の出店の養子の子にて最近に巡査を拝命し、丸ノ内署に勤務して居る由なり。出なほして来る様に云つて帰らせる。それから出かけたが丸ノ内の三和銀行は焼けて呉服橋の際に移つてゐるとの事にてそちらへ廻つたけれど既に三時を過ぎたと見えて表が閉まつてゐて駄目也。帰つて見たら中村が待つてゐた。三和銀行の件、又養徳社へ半額返送する中の新円の分を小切手に組む事も頼んだ。御馳走帖の校正を持つて来た。全部組み上がり也。こひが頼んでおいた近所のお米の口一ッ実現し五升持つて来た、三百七十五円也。夕お酒二本半飲む。これで日本盛はすみ也。先日来麦酒が飲みたいのに未だ飲めない。昨夜は十二時十分エフエドリン二錠のみて寝て今朝八時半迄熟睡した。

六月二十日　木　二十夜

晴なれども雲多く風強し。午後一時半三十度。午過唐助来、百円与ふ。午後御馳走帖の校正刷に目を通した。夕近く中村来、校正刷に就き打合はせて渡す。養徳社の小切手を受取つて来てくれた。四千五百円也。但その中から養徳社に封鎖小切手五千六百十円に添へて返送する新円の小為替九百四十五円を組んで来てくれたから、受取高は三千五百五十五円也。中村のゐる内に村山来。帰る時は一緒に出て行つた。両「べんがら」也。麦酒が飲みたいのに未だ手に入らず。夕お酒飲む。今日から大井持参の口也。昨夜はよく寝られなかつたが喘息はよい様なり。養徳社の計算は次の通り也。私の先生の定価五円、三万部にて印税総額一万五千円、その半額封鎖計算七千五百円の中より税金引去千八百九十円にて残額は五千六百十円也。この小切手は去る十七日に来た、又新円計算七千五百円の内三千円は請取済、その残額四千五百円也も十七日に来た。右の内その半額を養徳社に返送する為五千六百十円の封鎖小切手に添へて九百四十五円の新円小為替を組みたる也。六月二十日附にて次の手紙を出した。「小切手二葉同封ノ六月十五日附御手紙ヲ拝披シマシタガ小生ハ五月二十二日電報ニテ申入レテ置キマシタ通リ小生ノ印判ヲ偽造シ小生ニ無断ニテ押捺セラレタ処置ハ決シテ承認致シマセヌ小生ノ検印数ハ一万五千デスカラソノ分ノ印税ハ戴キマシタガソレ以外ノ不正出版ノ印税ヲ請取ル筋ハアリマセヌ故同封ニテ御送附総額ノ内半分ヲ引キ去ツタ残額ヲ御返却致シマス序ヲ以ツテ申シテ置キマスガ貴社ノ無断刊行ノ分ニツキ疑ヘバイクラモ疑フ所ハアルカモ知レナイガソレハ別ノ話デアツテ小生ハ未ダソノ事ニ就イテハ考ヘテキマセン疑惑ノ如何トハ関係ナク小生ニ被害ノ有ル無シニ拘ラズ仕事ノ都合ナラバ他人ノ印判ヲ勝手ニ造リ無断デ捺シテモ構ハヌトノ判断セラレル貴社ノ道義ノ観念ヲ許容致シ兼ネルノデス五月二十四日附出版局御記名ノ御手紙ハ拝披シマシタガ見当違ヒノ御弁解ニテ事務ノ進捗ノ為ニハ此ノ如キ処置ヲ執ルモ亦《マタ》止ムヲ得ナカッタトセラレル御見解多クヲ談ラズト存候」　五月二十二日ノ電報　ケンインノダイインショウニンセズ」　シインギゾウナリ」　ソノブンノハンプサシトメル」ウチダ

六月二十一日　金　二十一夜　夏至

晴、朝から暑し、午後二時過二十三度也。今日は夏至なり。これから日が短かくなると思ふのは難有くない。夕近く中村来、御馳走帖の校正刷の件なり。夕お酒昨日の口二本飲む。今日は未だ麦酒飲めずいらいらする。喘息は大体良い様なり。一日に一二度呼吸のひつかかる事はあるが胸の中は苦しからず。

六月二十二日　土　二十二夜

晴、時時曇、暑し。午後二時三十二度強。午後ち江来、配給清酒二級五合持三百円にて買ふ。そこへ大井来、清酒五合持参す、この分は大井の云ふ所に従ひて八十円也、又今月末三笠書房から請取る筈の五百円の内よりその三分ノ一、百七十円を先渡ししておいた。夕近く村山来、夕もう一度村山来。新版漱石全集第一回配本をことづかつて来た。

夕お酒二本飲む。今日もまだ麦酒飲めず。
〔欄外〕清酒五合ち江　同五合大井より

六月二十三日　日　二十三夜
晴、暑し。漸く今日麦酒を入手せり。ここの屋敷跡へ薪をきりに来てゐる植木屋が昨日も引受けて失望させたが今日は高田馬場の近くにて一本五十五円なら四五本あると云つたとかにてそれを頼み、駄賃を三十円与へて一本約六十円也、五本みんなでも飲むつもりであつたが水道の水で冷やしたのでは生ぬるくて十分飲めなかつた、三本にてたんのうせり。それでも暫らく振りにて虫がをさまりたり。
〔欄外〕麦酒五本植木屋より

六月二十四日　月　二十四夜
曇、無風、午後遅くより晴となる。暑し。午後西日本新聞社三島正六来、もと新潮社にゐた青年也、暫らく話して帰る。原稿の依頼に来たのだがその方はことわりて登張竹風氏の事など聞いた。甥なる由也。午後中手紙ハガキ六通認《したた》めた。草臥《くたび》れたり。夕伸六さん来。夕お酒二本麦酒一本飲む。

六月二十五日　火　二十五夜

曇、稍涼し。通り雨あり、午後四時二十八度也。昨夜は十二時半に寝て今朝五時過ぎに起きた。その間一眠りなり。いつもにくらべると非常な寝不足なれども起きてしまつた。午まへ新潮社へ行く。べんがらに寄せた短章を新潮八月号にくれとの話ありて六篇まとめたり。原稿料はべんがらの為に村山に与へるつもり也。市電にて神保町に廻り岩波書店に布川角左衛門を訪ふ。中島の遺著再版の依頼の為なり。市電にて帰る。小屋に帰りてくつろいで見ればねむたし。夕お酒二本麦酒一本飲む。喘息いよいよ良いらしい。今夏の喘息発作にてエフエドリン二十錠入を三筒のみたり。昨夜一錠残つてゐたのをみて後をあける事もなくてすむならん。

〔欄外〕エフエドリン終五月十七日参照

六月二十六日　水　二十六夜

晴、昨日から涼気続く、朝七時二十三度、午後二時半二十七度、平年並なる由也。昨夜は早寝して九時半就床、すぐに寝入り、午前一時十五分、痰が咽喉に引つかかりて起きた。その後少し発作風に苦しく二時十五分更めて寝たが中中眠れなかつた。朝又早く起きて支度し、べんがら屋書房中村の為に世田ケ谷代田の安倍能成氏を訪ねた。文集出版の件なり。今朝東北地方へ旅立ちしたとの事にて近日中もう一度出なほして行くつもり也。午後大橋来。夕お酒三本飲む。

六月二十七日　木　二十七夜

晴、風すがすがしくさらりとした好天気也。午過の最高気温二十八度に達せず。昨夜は十一時に寝て今朝八時迄一続きに眠れた。午過文化新聞安田来、原稿の依頼なり、ことわる。こひが頼んでおいた町内畳屋より麦酒五本入手す、一本三十円也。午後すけ来。夕麦酒三本飲む。時候が良いのでますますやれる也。

〔欄外〕麦酒五本町内畳屋より

六月二十八日　金　二十八夜

晴、午後から薄曇。午後桜菊書院赤沢来。夕ち江来、麦酒二本持参す、一本四十五円也。ずつと前に持つて来たピーナッツバタ一鑵の代金三百五十円も払つた。その外にこひから百円与へしめたり。扶桑書房は約束通りに事を運ばずちつとも埒があかぬと思つてゐたら小説集の出版をことわる手紙をよこしたり。夕麦酒二本飲む。昨夜は十一時にねて一時半痰がつまりそれから一時間喘息の為横になれなかつた。未だ全快してゐないかも知れない。

〔欄外〕麦酒二本ち江より

六月二十九日　土　二十九夜

晴。午過十二時十五分出かけて再び下北沢駅から安倍能成さんを訪ねたが二十九日朝帰京の予定なりし処昨夜電報来り三十日の夜にのびた由也。もう一度行つて見ようと思ふ。それでも行き違ひになるなら手紙にすべし。行きがけから結滞あり。こなひだ内も一二度そんな事があつたが大して気にも止めなかつた。ところが今日は執拗にて帰つてもまだをさまらず。夕六時前、狭い畳の上に仰向けに寝てみたらをさまつた。その途端に熱気のある事に気づき検温す。七度四分なり。一昨日あたりから又唾をのみ込む時咽喉が痛かつた。こなひだ内の涼気の所為ならんか。いつぞや武田薬品から貰つたボンピリンキニンと云ふ薬を初めて服用した。行きがけの小田急電車の中にて昔の砲工学校当時の同僚小田切氏に会つた。帰つて見たら栗村が来てゐた。ち江来。夕お酒二本飲む。午後六時七度四分ボンピリンキニン二錠、七時七度五分、お酒二本の後七度二分。

〔編者註・以下日記帳空白　六月三十日より十月三十一日までメモから写しとつた〕

六月三十日　日　一夜

晴すがすがしき好天気也。昨夜は扁桃腺炎の為九時から寝た。午後九時七度ボンピリンキニン2夜中に又2、午前七時五度八分ポピキ2、十一時六度五分、午後一時半六度五分、三時半六度八分ポピキ1、六時半七度五分ボンピ2、七時六度八分、八時六度六分。昼麦酒一本のむ。

七月

七月一日　月　二夜

夜来の雨やまず午頃《ひる》より驟雨の様になりて時時やみ又大いに降り来る。蒸し暑くこなひだ内の好天気崩れたり。昨夜は九時半に就寝せり、ボピキ1、午前八時6・1、午下十二時6・8、結滞を感ず。ボピキ2、この薬は結滞に利くらし。二時半6・6又軽き結滞あり。三時ボピキ1、夕六時6・8、七時半6・8、九時6・3、夕村山来合成酒五合くれた、夕二本半のむ。合成酒五合村山より。

七月二日　火　三夜

晴、雲あり大分あつし。午後三たび下北沢駅から安倍能成さんを訪ふ。今日は帰つてゐて会つて頼んで来たが成否はなほ不明也。帰つて見たら大井来てゐた。るすに宮城の数江原稿を持つて来、又、新潮社の使八月号の原稿料を持参せり。今日から母屋の松木さんの冷蔵庫を使はして貰ふ、氷代二貫目にて一日六円也。夕合成酒二本麦酒一本今日は氷を通したり。昨夜十時半就寝前Ｂｐｑ1、今日午下十二時半出かける前に結滞の予防として1。収入覚原稿料村山に与ふる分380円也。

七月三日　水　四夜

朝から雨。午頃は梅雨の様であつたが夜に入りて時化降りとなる。一昨夜の夜半より昨夜も今夜も停電のままなり、仰願寺蠟燭にて座のまはりを照らす。午まへ養徳社の青山来。午下新潮社の使来、夕村山来。夕合成酒一本半。今朝は昨日の残りの御飯がほんの少しあつたがそれで後は無し、夕食は小麦粉計り也。

七月四日　木　五夜

晴後薄曇。べんがら原稿を書きかけた。先夜来停電で困つたが今夕やつとなほつてともる様になつた。午後お酒の配給あり、二級酒なる由、大分濁つてゐる。こひ壕のお婆さんから譲つて貰つた五合75円也。今日もお米粒は食べず、焼麺麭《パン》とするとん計り也、夕お酒1本、お酒進まず。清酒五合配給、同五合壕の菅野より。

七月五日　金　六夜
夜来の雨ひる前に上がりて曇りの儘暮れる。午後べんがらの原稿書き終る「蚊烟」四枚半。今日も御飯無し。夕村山来原稿を渡す、課長になりたる由にて祝盃す。夕はこひ手製の饂飩《うどん》也、村山とお酒約五合。原稿覚蚊烟四枚半。

七月六日　土　七夜
曇、午頃より暑くなる、夕近くなりて晴れ渡つた。午すけ来、浜松より帰れる也百円与ふ。午後中村来、村山来、昨日頼んだ北海道拓殖の封鎖預金を下げて来てくれた、例月の通り七百円也。夕お酒一本半。夜こひ六番町藤村より先日の配給の清酒五合75にて入手し来る。今日も御飯なし、羽根の話によれば一升九十円ならいつでも手に入るとの事なり、何だか癪にて買ふ気になれぬ。

七月七日　日　八夜
新の七夕なれども何事もなし。晴。午後大井来、麦酒二本持つて来てくれた、70払ふ。大井が五升買つた中から一升わけて貰ふ事にした、85也。午後こひ四谷見附のお米を頼んでおいた露店の八百やからもち米二升入手し来る、一升九十円との事也。夕方近くもとの三年坂の下にあつたお菓子やお酒五合持つて来てくれた、80払ふ。又、朝は植きや2本持つて来てくれた、後なほ一本さがして貰ふ事にして百円渡す。B2植きや、B2大井、お酒五合菓子や。夕冷蔵庫麦酒4本で冷やした。夕方「金の蛾」。午後四月半以来のたまつた日記の記入。

七月八日　月　九夜

朝から雨、時時小やみして降り続く。ひる前東京新聞平岩来、原稿ことわる。三笠書房の使来、大井の原稿三篇、草枕、坑夫、野分渡す。大井来、昨日頼んだお米一升持つて来てくれた。植木やB一本持つて来た、代金は昨日すみ。午後たまつた日記の記入。昨今と今朝はおこは、今夕は暫らく振りの御飯也。

七月九日　火　十夜

朝の内は雲が多かつたが次第に晴れて暑し。午後兜町へ散髪に行く、暑いから会社に寄らなかつた。留守に吉田信、キング編輯局の松井来りし由。壕の菅野にお酒五合預かりてありとの事にて75にて貰ふ事にする。無為。夕お酒約二本。

七月十日　水　十一夜

昨夜は蒸し暑くて寝つかれなかつた。今日は朝から午後迄曇りにて無風の暑さ堪へ難し。三十二度程度なれども湿気の為に暑苦し。午後遅く晴れて風稍《やや》動く。午後講談社キングの松井来、八月号の為に古川緑波と対談会をしてくれと云ふ、一議に及ばずことわる。その件にて昨日も留守に来りし也。夕中村来。夕お酒二本麦酒一本。B一本中村より。

七月十一日　木　十二夜

昨日夕方から咽喉が少し痛く余り暑いからだらうと思つた。夕食後扁桃腺がはれ上がつて非常に痛み話しをしても痛かつた。就寝後、午前二時七度二分ボンピリンキニン二錠のむ。今朝午前九時六度五分ボピキ一錠、十一時6・55、午後一時6・7ボピキ二錠、午後五時6・8ボ1錠。今日は朝の内に晴れ上りて暑し。午後一時半三十三度。午後大井来、漱石読本の追加原稿を持参す、今日の猫にて上巻中巻は全部すみ也。配給の一級酒五合買つて来てくれた、百円。少し熱気ある為か結滞す。夕村山来、買つて貰ふ様頼んでおいた月虎蚊取線香六函、金の火挟みの外に仰願寺蠟燭一箱、冷凍のカレヒなどを持つて来てくれた。夕、遠雷轟き夕立になりさうだつたが小雨にてやむ、後蒸し暑し。

夕お酒一本也。今日大井の持つて来た一級酒にてうまい酒なれども暑くて飲めぬ也。今家にお酒は約一升五合あり、なほその倍位は入手の約束あり。

七月十二日　金　十三夜

朝から晴、午後八時半既に三十度也。夕近く余り烈しくない雷鳴りて夕立来る。33から27に降りて涼しくなつた。午まへ宮ぎの数江さん来宮城の原稿の件也。夕、伸六さんの紹介にて高橋と云ふ学生来り市川のお寺で講演してくれと云つた、ことわる。夕、村山来、月虎蚊遣の残り三函とトアレットペーパー十巻持つて来てくれた、小さな巻にて一本七円也。今日は鱒書房が二千円持つて来ると予告の葉書をよこしてゐる当日なるに到頭《たうとう》不来。毎月上旬千円届けると云つてくれた新潮社は十日迄待つても持つて来てくれないから一昨日こひに手紙を持たして明日のお米を買ふ約束に間に合はしてくれと云つてやつたが昨日も今日も音沙汰なし。先月下旬に五百円届けると云つた三笠書房もその儘にて先日先方よりの手紙にいつ届く可きか知らしてくれと葉書を封入して都合を聞いて来たから大井の原稿が十日迄には出来る筈だから十一日に来いと云つてやつたのに昨日は広瀬終《つひ》に顔を見せず、今日も不来。かくの如くんば財閥たるもの甚だこまる也。明日は仕方がないから鱒書房へ行つて来ようかと思ふ。夕、お酒三本半。

昨夜は八時6・3、九時に結滞抑さへの為ボンピリンキニン一錠のんで早くねた。昨日は一日時時結滞ありて困つた。

七月十三日　土　十四夜

朝、鱒書房辻岡二千円持参す。昨日欄記載の通りお金が無くなり今日はお米五升麦五升持つて来させる約束があるからその用意もしなければならぬ故、暑いけれども仕方がないから鱒書房へ出かけようと考へてゐたところ也。小屋の外の切り株を椅子にして辻岡と話してゐるところへ新潮社の使千円持つて来、急にまた財閥の列に加はりたり。午後吉田信さん来、先日も留守に来て二度目也、放送局をやめる話をしたが又別に原稿の依頼の用件もあり、それはことわる。中川さん来、昨年末の六百七十円の定期預金の件につき既に満期なれどもそれを中川さんの口座に入れるには借用證書を添へる必要ありとの事にて一通認《したた》めた。中川さんのゐる内に大井来、小屋の外の切り株で待たせる、大井はお中元に麦酒一本くれた。又、配給の一級酒九合入手してくれた、この分二百円也。夕、四谷見附の露店の八百やからキング印の二三年前の品十五函こひに買つて来させた、百八十円也。二三日前一ッ買つて来たがよかつたから追加して買ひたる也。夕麦酒一本お酒約一合ひやにて飲む。

七月十四日　日　十五夜

晴、あつし。午後は矢張り三十四度也。昨日は一どきに人が大勢来たが今日は何人も不来。昨夜迄は餅米のおこはがあつたが今日からは又穀断ち也。

七月十五日　月　十六夜

晴、日中は三十四度近くにて暑けれどこの小屋は椎の木の葉蔭になつてゐる為一般より温度はいくらか低いらし、昨日も大体その位であつたが気象台の発表は三十五度何分とかにて今年最高なりし由也。朝三笠書房の使竹内の手紙を持つて来、大井の原稿猫その他解説を渡す。午後大橋来、お米二升小麦一升持つて来てくれた。夜に入りておこうさん来、配給の二級酒五合を持参す、75に買ひ別にお中元50を与へたり。夕お酒二合余り冷やと燗でのむ。

七月十六日　火　十七夜

晴、朝八時32°、午後二時半34°強。二ッ掛けてある上の方の寒暖計は少し敏感な様だが35°也、いつも下の方を記録す、昔、黒須に三ッ買つて貰つた寒暖計の一ッにて郵船にあつたから助かつてゐる、上の方のは焼け出されてから大橋が持つて来てくれたる也。夜十時半30度。から暑くては何も出来ず、又、しようとも考へない。午後は小屋の上り口に腰を掛けて雑誌を読む、気温は高くても少し風がある丈二三日前よりましである。夕、大井の持つて来てくれたお酒がうまいのでこの頃の暑さと夕凪にてお酒はまづいなれども今日も三合位飲む事を得たり。

七月十七日　水　十八夜

晴、暑し。昨日は気象台の発表にて三十五度五分なりし由、今日はそれよりいくらか低きか、小屋の寒暖計は三十四度也。朝寝床の上にて左の腕を蜂にさされた。一日無為。夕、お酒約三本、暑くても飲めば飲める也。

七月十八日　木　十九夜

晴、時時薄曇、二三日来よりは僅か乍《なが》ら涼し。正午32°弱也。朝、ち江来、数江来、どぶろくを持つて来てくれたがこの頃の時候にて飲めるか知ら。夕、冷酒に氷片を入れて二合余りのむ。

七月十九日　金　二十夜

晴、引続き暑いけれど日中32°位にてこなひだ内よりは稍らく也。午村山さだ子さんお中元に来て鯛一尾くれたり。暑さが続くので食欲が衰へたらしく御飯がおいしくない。暑くなつた初めの頃は御飯があつてこんな時に麺麭やするとんの計り食べるのだつたらつらいだらうと云つてゐたら、その内に御飯が途切れた。あてにした箱屋の田舎から買つて来るお米、中村の口、大橋の口、皆間に合はず、困つたが二三日前こひが四谷見附へもしや有るかも知れないと探しに行つた後に大橋お米二升押小麦一升持つて来てくれた、そこへこひは一升八十五円にて買つて帰つた、その翌日箱屋五升持参す。すつかりお米の心配なくなり従つてお膳の上に緊張なく、食べても食べなくてもいい様にていよいよ食慾衰へたり。夕、中村来、お米を一斗買つてくれた由にて内六升持参せり、後から村山来、中村のお米は今度は一升九十円との事にてそのお金に困る、村山話に乗り六百円貸してくれる事になり明日午前中に中村が郵船へ請取りに行く事にて一先づ解決し、あとの300は中村が御馳走帖にて分別してくれる由也。夕ち江来夕食す。

七月二十日　土　二十一夜

晴、32°稍凌ぎよし。新聞手紙一葉書二顔剃り摺り餌にて一日たつ。夕冷やした酒にな ほ氷片を入れて三合位飲んだ。午後こひ小林博士へお中元に行く。薄謝三百円を持参せり。なんにもしないのにと小林博士が云はれたから、何事もなく過ごしてゐるのが先生のお蔭だと申して居りますと挨拶したる由。

七月二十一日　日　二十二夜
晴なれども白雲多し。午後二時三十二度強、時時風わたる。午後と夜をかやまの第四稿を書いた、七枚、題未定。夕、冷たいお酒に氷片を入れて二合許《ばか》り。

七月二十二日　月　二十三夜
今日も白雲多くその切れ目から風吹き降りる。空の模様風の肌さはり初秋の如し。日中32°弱。午後昨日の原稿を読み返してなほす「麦」夕冷酒に氷片を入れて飲む、二合許りにてこなひだ内から有り過ぎる程有つたお酒終に無くなる。

七月二十三日　火　二十四夜
朝通り雨あり。空の半はきれいに晴れ半分は雲におほはれて風あれども暑し。午後二時32°強也。夕方近く風落ちて非常にあつくなる。温度はこなひだ内よりは低けれども目がまひさうなり。朝、暁社暁鐘の沖塩来、原稿の依頼なり、ことわる。午後大井子供を二人連れて来、麦酒一本入手して来てくれた、三十五円也。昨夕迄にてお酒が無くなつた処ではあり麦酒は久しぶりにて甚だ難有し、こひ午後京橋の中川さんへ行く。ビスケツトを貰つて帰る。

七月二十四日　水　二十五夜

晴。また暑くなつた。日中34°強也。少し風あれども夕方過ぎて夕凪となる。昨日も然り。岡山の晩の如く合羽坂当時の如く夜も寝られず。今日は芥川の河童忌也。去年の今日は薄寒い位であつた。今夜は天然自笑軒を思ひ出させる蒸し暑さ也。飼籠の上の水晶の仏様にこひ水と昨日中川さんから貰つて来たビスケットを供へたり。一昨夜限りにて永く続いたお酒も無くなり昨夜は麦酒があつたが今日はそれも無し。こなひだ宮城から持つて来てくれたどぶろくを一合許り飲んだ。

七月二十五日　木　二十六夜

曇、暑からず、日中大体28°にて29°になりかけたらすぐ又下がつた。夕六時26°、八時25°也。新潮社の新方丈記の追加原稿「仰願寺蠟燭」の心づもりに日記帖を調べたり。夕どぶろく一合許り飲む。これにて御仕舞。

七月二十六日　金　二十七夜

曇、朝の内通り雨あり。今日も涼し、朝23°、夕25°位なり。涼しいから午後兜町へ散髪に行き帰りに会社へ寄りて今度常務取締役となりて大阪支店から帰つた生駒氏に会つて来た。今日はお酒も麦酒もなし。折角時候が良いのにつまらぬ。

七月二十七日　土　二十八夜

白雲ありて晴。雲の陰より涼しき風吹き下りる。日中二八度強也。しかし外を出歩けば暑し。午後、霞ヶ関の商工省に星島を訪ねたが不在なれば大臣秘書官に会ひて中島の後の事を星島と相談しておいてくれる様頼んで来た。大井来、海苔の佃煮を買つて来てくれた。今日もお酒の気無し。夜たまつた日記の記入少少。

七月二十八日　日　二十九夜

今日も涼し、日中二十八度強也。午後と夜、たまつた日記帖の記入、少し捗る。今日も麦酒お酒無し。こなひだ内暑くて飲めない時にお酒が有り過ぎて濁るといけないから冷蔵庫に入れたり氷屋が来なくて氷が切れると心配したりした。夕方飲む時も暑くてお燗にする気がしないから氷片を入れて飲んだりしたが、この二三日涼しくなつてからお燗で飲める時候なのに、どこからも入手出来ず今日は午前やみ婆さんが六番町は麦酒の配給だと云つて空罎を取りに来たのでよろこんだが、後でこひが行つて見ると女世帯は甘い葡萄酒にてそれは今日の事ではないとかにて駄目だつた。大いに失望す。六番町には配給があつた様だから六番町の藤村へこひがききに行つたら明日返事するとの事にてこれも今日の間に合はず、空しくすず風わたる也。

七月二十九日　月　一夜

雲多く次第に曇りて今日も涼し。天気予報にては昨日から暑くなり今日も暑く三十度になるだらうとの事なれども正午漸く二十六度にて次第に下がり午後三時は25°也。朝、桜菊書院南沢雑誌小説と読物を持つて来てくれた。午ち江来。今日麦酒一本宛《づつ》の配給あり。麦酒の配給は今年はこれにてお仕舞とかの話あり、六番町の藤村より一本三十五円にて、又町内畳屋より三本百十円といつぞや配給の玉蜀黍《たうもろこし》にてこひ入手し来れり。ちなみにこの頃の配給の値段は一本三円なる也。〆て麦酒五本ありて今晩はやれる也。夕4本のむ。一本は冷蔵庫にて冷えてゐた、後は昔にやつた様に水さしに氷片を入れて通した。心配してゐた金矢より盛岡の発信にて手紙来る。支那の引揚民なり、家族一同も無事との事也。先日思へらく、中村が平凡社から二千円持つて来たら中村に千円やらう、又、コバルト社に先日三千円持つて来る様云つておいたからそれが来たら中川さんに千円、返すと云ふは礼を知らざるに似たれども兎に角封鎖でやつてゐる社長に持参す可し。ところが三笠書房は先月下旬の約束の五百円を未だに持つて来ないしコバルト社は休暇で田舎へ行くと云ふ辻岡の手紙で、さう云つてやつたのにもう立つた後の筈だが音沙汰なし、此の如くんば中川さんはもとより平凡社から二千円くれてもそれ丈では内九百円は中村の買つてくれた米代なれば千円やるわけには行かざる也。困つた事だが、その内何とかなると思ふにつけては何とかなつた暁には中川さんに持参せんとするは好い顔になりたいからであると云ふ事をよく考へ、暫らく後の事にして、出来れば千円、少なくとも五百円を金矢に与へんとす。引揚民の窮状想像するに余りあり。もし中川さんに相談したとしてもさうする方がいいと云はれるに違ひないと思ふ也。

七月三十日　火　二夜
曇、時時時化模様の通り雨あり朝からもやもやと暑くなりさうであつたが午後二時半27°強にて大した事はなし。朝、宮ぎの数江さん原稿を持つて来、まだ寝床にゐて会はず。午後中村来、御馳走帖の検印紙を持参す。夕麦酒一本のむ。
午後もとの三年坂下の駄菓子屋のをばさんがお酒五合持つて来てくれた、八十円払ふ、つんとした味にて近頃の素性のわからぬ酒は一一初めに心配する、メチールアルコホルの酒ではないかと思ふ也。

七月三十一日　水　三夜
朝の内時化の余波らしき通り雨あり。午まへから霽《は》れて暑し、午後二時半三十一度、何日振りかの真夏に帰る。午後中村来、先日の残りのお米四升と立腹帖の印税の内二千円持つて来てくれた、お米一斗代九百円払ふ。夕方近く小林博士来館せらる、話の序《ついで》に血圧を検して貰ふ。右175、左180也。七月二日より今日に至る間の氷代一貫目三円にて二貫目〆て六円と云ふは最初の内だけにてその後は八円となり、十二円、十五円となり〆て二百五十七円也。夕、冷酒に氷片を入れてほんの少少。

八月

八月一日　木　四夜

昨夜は蒸暑くて寝る気になれず電気を消し小屋の戸を開けて上がり口で団扇を使つてゐたら十二時過ぎてから夜空曇り涼しい風が吹き出して汗ばんだ身体がさらりとした、それから朝迄熟眠す。

今朝は雨なり、午《ひる》まへ上がる、午下29°、夕方から又通り雨しきりなり。桜菊書院の使来、全集第二回配本と村山に伝言して頼んでおいた用ずみの餓鬼道日記の原稿とを持つて来てくれた。全集の月報の原稿を頼まれたがもつと先の事にして今の話はことわる。今日は午頃B29三十機が空中分列式をすると新聞に出てゐたから心待ちに待つてゐたら午下やつて来た。機数は数へなかつたが非常な低空を過ぎ、どろどろと辺りが揺れる様であつた。午後市電にて内幸町幸ビルのコバルト社へ行く、錬金術なり。二千円請取り、なほ封鎖の方も近い中に二千円許《ばか》り計らつて貰ふ様に頼んでおいた。帰途商工省へ寄り星島大臣の秘書梅本を訪ふ。中島の後の件也。星島が直接に手紙を差上げると云つたと云ふので帰つたが、星島の手紙はあてにならず、又出かける可し。市電にて帰る。夕、先日来敬遠してゐたお酒のむ。二合足らず。村山来、上がらず、蠟燭を買つて来てくれた。金矢に千円やる事にして手紙を書いた。明日の朝為替にして出す。

八月二日　金　五夜

曇時時通り雨あり、日中の温度二十六度也。午後電報通信社世界文化の植村来、原稿の依頼なり、ことわる。夕お酒一本、涼しいのでお燗にして飲む。これで先日中初めは気味悪がり乍《なが》ら舐める様にして飲んでゐた三年坂下のもとのお菓子やのお酒五合お仕舞となる、明日からは何もなし。

八月三日　土　六夜

朝の内は曇、午頃から晴れて白き断雲浮かび涼風わたる。日中27°也。ひる前大井来、海苔の佃煮を買つて来てくれた。午後栗村、麦酒二本持つて来てくれた、今日は飲み物が何も無いのでこひに探して来いと云つてゐたところ也。大橋来、団扇、便箋、摺餌の筺、青梅の漬けたのなど持つて来てくれた、百円進呈せり。夕麦酒2本のむ。

八月四日　日　七夜

曇、午頃糠雨降りその後一時雲が切れたが又一帯に曇る。日中二六度。朝こひが羽根へ日曜の煙草を買ひに行つた時麦酒二本ありと聞いて帰つた。ああ云ふ店では一本七十円はするならんと思つたが後で行つて三本買つて来た、果して一本七十円也、この頃の値段としては不思議ならず、因に煙草はピース一ヶ十円にて十ヶ買ひたれば百円、前週の日曜にはコロナ一ヶ十五円にて五ヶ七十五円であつた。その他に先日やみ婆さんにて朝日一袋二十円を三ッ買つたのがまだ有る。ち江の巻いて来た手巻も沢山あり、刻莨《きざみたばこ》も十以上ある、煙草には困らぬなり。今日生れて初めて胡瓜の味噌汁を味はひたり、この頃胡瓜が沢山あるのでこひが入れて見ようと云つた、近所でもさうしてゐるがおいしいさうだと云ふので少少気味が悪い様であつたが食べて見たらうまかつた。冬瓜の味噌汁に似てゐる、昔初めて東京に出て来た時、下谷七軒町の最初の下宿で南瓜を味噌汁に入れたのを食はされて咽喉を通らぬ様な気がしたが、それから考へて見れば胡瓜の味噌汁は数等上等かも知れない。夕、麦酒３本のむ。夕、町会の中沖麦酒２本の事を知らせに来。夜、日記記入少少。

八月五日　月　八夜

曇、夕方晴れる。正午二十六度強、日中二七度、四時過28°強にのぼる。朝の内から軽き結滞あり。午後べんがら原稿五枚書き終る、金蛾。

結滞いつ迄もなほらず、午後四時ボンピリンキニン二錠のむ。利き目なし。到頭《たうとう》一日なほらない。いやな気持なれども以前の様な不安感なく、それで結滞中に原稿を書く事が出来た。夕方夕風と共に漸くなほる。昨日の夕方の中沖の麦酒の件は今朝こひが行つて貰つて来た。一本35の話合ひだつた由なれども40おいて来たと云つた、又、重湯を取るのにお米が無いと云ふ話だつたのでお米三合持つて行つて上げた。夕麦酒二本飲む。

八月六日　火　九夜

曇、午まへ通り雨、午、遠雷鳴る、蒸し暑し、三十度也、夕方近く雲切れたり。午後ち江来、御飯を食べて行く、こなひだ内来た時もいつも然り。帰つてもなんにも食べる物がないと云ふのでこひが小麦粉をやつた。青磁社来、戻り道の検印用紙を持つて来た、一万百也。印税は札幌の青磁社からお届けすると云へり、長崎からおこはが来る様な話なり。中村、平山来。平山を連れて来たのは鉄道の雑誌に原稿を書かせようとの為なり。大分前から中村に頼まれてゐるがいつもことわつて相手にならぬからである。今日も引受けはしなかつたが結局止むを得ざる可し。昨日の結滞は夕方迄にてをさまつたが今朝またそのきざしあり、用心して調子を取つて起こさずにすませたり。夜たまつた日記の記入少少。今日は麦酒もお酒も無し。

八月七日　水　十夜

朝は雲があつたけれど間も無く晴れ渡り暑けれども風あり、正午三〇度。ひる前、多田来、焼け出された時に一度来ただけにて甚だ御無沙汰なり、麦酒二本とワイシヤツ地とを持つて来てくれた。新潮社から出す新方丈記の追加原稿として日記帖より「仰願寺蠟燭」の一篇をまとめる要あり。今日漸く順序が立ち、書き始めようとした所へ夕近く村山来、べんがら原稿金蛾を渡す、又べんがら編輯用として葉書約五五〇枚与ふ。昨日は中村のべんがらや書房に四百枚与へたり。大井から前に二千枚買ひたる葉書也。夕麦酒二本飲む。夜たまつた日記帖の記入少少。

八月八日　木　十一夜

立秋也。大体曇にて暑し、日中三十一度也。午後「仰願寺蠟燭」の原稿書き始む。夜も書く。門内井上より麦酒二本入手す、こひと一本三十五円の話合ひなる由なれども八十円払はしたり。三年坂の菓子屋より蜂葡萄酒一本入手す。今日女世帯に配給ありたる也。七十円にて買ふ。中村、平山来。夕、麦酒二本飲む。夜、庭の隅にてこほろぎ鳴けり。今年は今夜が初めて也。

八月九日　金　十二夜

曇、午後から晴、暑し、日中三十二度。午まへ大井来、午後ち江来。午後仰願寺蠟燭の原稿を書く。夕、蜂葡萄酒に氷片を入れて飲む。

八月十日　土　十三夜

朝曇の後晴れ上がり暑し、日中三十一度。午まへ青磁社来、増刷戻り道の検印一万百を渡した。午後平山来、平凡社立腹帖の印税の内千五百円持つて来てくれた。内百円を平山に託し、十円五枚、五円五枚、五十銭五十枚にして近日中に谷中安規へ届けてくれる様に頼んだ。平山刻莨をくれた。夕近くこひを羽根へ麦酒をききにやつたが無し。女世帯の藤村より蜂葡萄酒一本入手し来る、七十円払ふ。夕蜂葡萄酒に氷片を入れて飲む。夜仰願寺蠟燭書き終る、九枚。

八月十一日　日　十四夜

朝曇り、早くより晴れ上がりて一日照りつけ暑けれども少し風あり。午後改造社天野大吉来、原稿の依頼也、二度目なる由なれどもことわる。一日かかって新方丈記の原稿を揃へて整理した、夕刻前に終る。麦酒もお酒もなし、葡萄酒に氷片を入れて飲む。

八月十二日　月　十五夜

朝曇りの雲は夜が明けると共に散つたと見えて六時にならぬ前からかんかん照りつけた。午三十一度、日中三十二度弱也。夕近く村山来、べんがらの原稿「蚊遣り」と「金蛾」を写して来てくれた、新方丈記に入れる為也。夕、蜂葡萄酒に氷片を入れて飲んで我慢する。麦酒お酒のあてなし。昨夜から鉦叩《かねたたき》が鳴いてゐる、今夜はえんまこほろぎを聞けり。

蚊遣線香の事

古キング	16
新キング	10
	5
中キング	3
資生堂	1
金鳥香	1
古金鳥香	(1 4
新金鳥香	10
月　虎	9
村　山	2
	62×10
古金鳥香	3
七月二十四日	
キング	5
八月十二日	

八月十三日　火　十六夜

晴なれども白雲稍《やや》多く風わたりて日中三十一度半の割りには凌ぎよし。先日来の蜂葡萄酒はほんの一雫残つてゐる丈で昼間の内に舐め終り夕食のお膳には今日はなんにも無し。夜たまつた日記の記入少少。満月澄みわたりて鏡の如し、旧暦の七月十五夜なり。

八月十四日　水　十七夜

昨日と同じ様な天気にて白い断雲あり、日中三十度を少し出たばかりなり、こなひだ内に比すれば余程らくにて夕方からは特に涼しい。朝、新潮社の使来、新方丈記の原稿を一纏めにして袋に入れて渡した。今日も晩にはなんにも飲み物なし。夜、文藝春秋に約束してゐる「番町の空」の原稿を書き始めた。

八月十五日　木　十八夜

晴、白雲の間より初秋の風吹き降りる。午下三十度に達せず。去年の今日から一年振り也。日記帖の十五日と十六日の間を一行あきにしたのは無意味でなかつたかも知れない。午過に唐助来、麦酒一本持つて来た、今日は唐助の誕生日也、然るところ某社へ某の口に乗りて就職したと云つたので怒心頭に発し即刻やめる様命じ、やめない内は来る可からずと申し渡した。午後中村来。夕麦酒一本のむ。今日は停電なり、昨日から始めた「番町の空」を続けるつもりでゐたら忽《たちま》ち邪魔が入りけり。

八月十六日　金　十九夜

晴、今日は暑し、日中32°弱、しかし四時前になると一筋二筋と数へられる様な涼しい風が吹いて来る。朝、光文社持丸来、お伽噺等の件につき依頼を受けたれどことわる。数江さん来、宮城の原稿也。午、大井来、三笠書房の帰り也、こちらからの申し出にて三百円貸した。大分前から屏の外の往来に色色の車の音が繁くなつて気にすれば八釜しいと思ふ位である。自動車はこの頃は亜米利加《アメリカ》が六割だと云ふ事であるけれどその他がたがたの小型荷物など何かしら日本の車も忙しくなつたらしい。一日中しんかんとしてゐた戦争中の表の気配をふと思ひ出した。お酒も麦酒もなし、つらい哉。夜、たまつた日記の記入少少。朝日新聞社から朝日グラフの記念品に貰つた銀ペンの万年筆を焼け出される前から使つてゐたが、この頃になつてペン先が引つかかり平仮名ののの字などは書けなくなつた。昨日革鞄の中から合羽坂以来の金ペンを取り出し今夜の日記記入から又使ひ始めた、甚だ工合よし、たまつた日記の五月二十三日からを今晩記入しそこから金ペン也。

八月十七日　土　二十夜

晴、暑し、日中三十二度弱。夜驟雨らしき雨降る。朝、大井来、配給のお酒を集めて一升にして持つて来てくれた、二級酒なる由、二百円払ふ。実に難有し。午、早速冷や二合許り飲んだ。午後旺文社宮城の原稿の件にて来、昨日数江の持つて来たのを既になほしてあつたから渡した。夕またお酒二本半飲んだ、体内にお酒の気戻り人心地あり。

八月十八日　日　二十一夜

雲あれども晴、暑し、日中三二度弱。朝ち江来、配給のお酒四合持参せり、一級酒なる由、百円与ふ、御飯をたべて帰つた。午後中村来、暑いのにいつぞやの炭が一俵残つてゐたのをかついで来てくれた。新潮社から毎月月初に千円宛《づつ》届けてくれる約束なのに今月も未だ持つて来ない、それでそのつなぎに錬金してくれる様中村に頼んでおいた。夕二合許り飲む。夕食前と夜にかけてをかやまの原稿十枚書いた、第五稿奈良茶と第六稿源吉様。

八月十九日　月　二十二夜

晴、日中三十一度止まりにて風もあるのに馬鹿に暑し。午前中村来、昨日の話にて御馳走帖の印税の内五百円持つて来てくれた。夕近く村山来、新方丈記の巻末につける著作目録に就いての相談也。引きとめて一緒に夕食す。暫く振りの一献也、少し酔ひたり。夕村山のところの小森沢と藍野と藍野の家族来、庭にて会ふ。

八月二十日　火　二十三夜

薄曇、暑し。日中三十二度。午過をかやまの原稿を読み返して発送す。午、岡山赤磐郡の鈴木秀夫の葉書にて健太郎八月十日午前五時に死去せる旨を知らせ来る。茫然たる気持也。身内段段にゐなくなる。午後、講談社来、宮城との対談会をしてくれとの話なり、ことわる。夕、冷酒にて三合許り飲んだ、これにて無し、夜たまつた日記少少。

八月二十一日　水　二十四夜

快晴、朝から暑し、正午32°、朝村山来、著作目録の件にて新潮社へ打合せに行つてくれた帰り也。ち江来、お酒一升一合持参す、二百二十円払ふ。午後大井来、お酒一升と海苔佃煮を持つて来てくれた、佃煮は貰ふ、お酒は二百円払ふ。然るところ、ち江のも大井のもどちらもうまい酒にて、〆て二升ありて甚だ難有いがお金が無くなつた。夕四合許り飲んだ。

八月二十二日　木　二十五夜

朝五時前寝てゐて非常に暑くなり起きなほつて団扇を使つた、温度は二十八度にていつもと大してちがはないと思はれるに汗がにじみ出た、身体の加減なるか、同時に少し喘息の気持あり。朝から青空あれども雲多し時時軽い通り雨降る。午後しきり遠雷鳴る。午まへ大井来、運輸省と三笠書房の帰り也。食事かかつたところにて冷やしたお酒を少しと思つて飲みかけてゐたから大井にもすすめ結局薬瓶一本分約三合許りあけてしまつた。午後中村平山から頼まれてゐる鉄道の雑誌「国鉄情報」の原稿を書き始めた。「藝」まだ三枚足らずなり。中村来、御馳走帖の印税の内二千円持つて来てくれた、その中より五百円を昨日岡山赤磐の鈴木秀夫に電報為替にて送る様中村に頼んだ、健の香奠のつもりにて遺族の用に足させんが為也。又、八十円のお米三升買つておいてくれたとの事にて二百四十円払ふ。「国鉄情報」の大井の翻訳の原稿料四百八十円を持つて来た、預かりおきて明日取りに来る様大井に電報を打つ事にした、その電報も明日打つてくれる様中村に話した。夕もお酒二合のんだ。

八月二十三日　金　二十六夜

昨夜から稍涼し、今朝は26°、日中三十一度弱。午後数江来、宮ぎの原稿二篇持つて来た。午後大井来、引き止めて一緒に夕食一献す、うまかつた、どの位飲んだかはつきりしないが大した量ではない、こなひだ以来の〆て二升一合が後に三合許り残つてゐる。

八月二十四日　土　二十七夜

曇、午まへ通り雨あり、午に近く雷鳴る、余り大きくはない、朝二十六度、日中二十九度止まりにて暑からず。夕方近くまた通り雨あり、雷鳴る。午前、小林晃なる学生、御指導を仰ぎたいと云つて初めて来、原稿二篇預かり又来週来る様に云ひて帰らせる。午後遅くサンデー毎日の松田ふみ子来、先年中央公論社にゐた時、八幡丸の披露航海に同船したる女記者なり、座談会の件也。ことわらうと思つたが出席者の中に小宮さんがゐるので若し小宮さんが出席するならと云ふ条件つきにて引き受けた。夕お酒約三合、これで後はなし。

八月二十五日　日　二十八夜

曇、時時雷鳴を伴なひて通り雨降る、一両日来の雷はいつも大した事はなく遠雷の程度也。夕方近く空晴れて風涼し過ぎ暫らく振りに襯衣《シャツ》を著る、日中二十八度、夕二十六度が切れかける。午後宮城の使にて喜代さんの弟来、米軍の麦酒一罐持つて来てくれた、半瓶位の大きさなれども昨夜にてお酒の切れた所なれば無きに勝る万万也、夕右の麦酒飲む。

八月二十六日　月　二十九夜

晴なれども雲動き矢張り通り雨あり、日中二十九度位にて朝夕は涼し。朝辰野氏の紹介にて雑誌紺青の夏目裕来、原稿の依頼なりことわる。午過出かけて兜町へ散髪に行つた。先月末散髪して以来余り暑いので外に出なかつたから頭がかぶさり気持が悪かつたが今日はさつぱりして自分の頭が半分位になつた様なり。しかし往復の道は矢張り暑かつた。未だ出歩くのは早過ぎるらし。今日はお酒も麦酒もなし。

八月二十七日　火　三十夜

晴、切れ雲あり、朝七時二十四度強、日中は三十度也。今日は配給の清酒あり、一級酒なり、途切れたところにて難有い。午後サンデー毎日の松田ふみ子来、先日の座談会の件なり、小宮さんも出席する由なれば出る事にした、但し二十八日は三十日に変更也。夕方、二十二日に書きかけた「藝」を続けたが今日もほんの少少也。夕こひ三年坂のお菓子やより配給のお酒四合入手し来る、92円也、一級酒にて一升二十三円なればその十倍の計算也。菊正宗なる由也。夕四合と冷酒コップ半杯のむ。

八月二十八日　水　一夜
晴、朝から暑し、日中三十二度強F九十度を少し上がつた程度也。朝ち江来、三年坂の菓子屋の母親の口からお酒六合持ち来る、一級酒の公定二十三円なれば大体その十倍と云ふ見当にて払ふ也。あつくて何も出来ぬ。夕約三合のむ。

八月二十九日　木　二夜
晴、暑し、日中三十二度弱、夕方近く薄雲の半曇となる。朝、新潮社小林来、新潮の小説の件也、もつと先の話にして帰らせる。午後美野来、こなひだ内から江戸川アパートにゐる也、夕食させる。夕五合以上飲んだ様である。夕、壕の菅野からお酒八合入手す、一合二十円の割也。夜寝る前、左の耳にハタテフ入り、出すのに困つたが、こひがピンセットで引張つたら生きた儘で飛び出した。

八月三十日　金　三夜
晴、午後から曇り又晴れる、暑し、日中三一度。今日は父の祥月命日也。朝からち江来、午後一たん去り再来。午後、サンデー毎日の座談会出席の為、先づ日日新聞社へ行き、序《ついで》に高原と綾井に会はうと思つたが高原休んでゐた。夕方より築地ひさ川にて座談会、出席者の顔ぶれは初めの話と違ひ、小宮さんの外《ほか》に青野季吉がゐたばかりなれども編輯の方から六人も来た、纏まりのつかぬうるさい計りの座談会であつた、お酒は少少、麦酒は一人で三本飲み、一本お土産に持つて帰つた。暑くて暑くて今年の夏中で一番暑い思ひをした。

八月三十一日　土　四夜

曇、午下二八度強にて午後はそれよりも下り昨夜に引きかへて涼しい。午後中村来、御馳走帖の印税の内2500持つて来てくれた。先週土曜日に来た小林晃来。美野来お小遣二百円与ふ。夕お酒飲む、約四合か。

九月

九月一日　日　五夜

晴、穏やかな二百十日也、日中暑く三十一度弱、夕方雷雨あり。雨も少なく大体遠雷の程度なれども大きいのが一ツ二ツ鳴つた。大地震以来二十三年目なる由、被服廠跡へは数年来行かぬ事にしてゐるが矢張りその日を思ひ出す。夕お酒飲む、約三合か。

九月二日　月　六夜

晴、朝は二十四度弱にて涼し過ぎる位也。日中二十九度。午後大井来。平山来、国鉄情報の原稿の件なり、明日に延ばして引きとめ夕一献す。甚だうまかつた、二人にて八合飲みたり。

九月三日　火　七夜

晴、午《ひる》二十八度、日中三十度也。朝町内の畳やより麦酒二本こひ入手し来る、一本四十円と別に十円也。午後、昨夜平山に約束した国鉄情報の原稿「藝」を続けて、終る、六枚すんだところへ平山来、麦酒一本とお酒二合持つて来てくれた。原稿渡す。こひは中川さんへ酢を持つて行つて麦酒一本貰つて来た。今日は〆て四本あり、やれる。夕四本、冷酒一合許《ばか》りのむ。

九月四日　水　八夜

曇、時時青空出る、蒸し暑し、午下三十度、あつし。午後べんがらの原稿「べんがら」四枚書いてすみ。夕、桜菊書院の上田外《ほか》一人来、夏目漱石賞の選者に加はつてくれとの事なり。難有くないけれど事の序なれば諾す。夕お酒一合半許り飲む、あとほんの少しなり。

九月五日　木　九夜

晴、日中二十九度弱、昨日よりは大分らく也。午後こひ中川さんへうちで出来た薩摩芋を持つて行つて上げた。手紙葉書を書いた丈で無為。夕お酒の残り五勺位、大分長く続いたが又切れた。夜、行水を遣ふ。昨夏以来初めて也。但し毎日身体をふいてゐるから洗ふ所は臍の下から股までの間なり。

九月六日　金　十夜

晴、午下二十九度、風吹き渡りからりとしてゐるけれども暑し。午後兜町へ散髪に行く、帰りに近所の郵船の分室に村山を訪ね、べんがらの原稿を渡して来た。留守に中村が来て待つてゐた。立腹帖の印税の清算をして来てくれた。今日の請取高新円二千円の小切手封鎖税引去額七千七百三十二円也、これで立腹帖の分はすみ也。献本十部持つて来てくれた。新円の小切手を請取り封鎖を北海道拓殖銀行に入れて貰ふ様頼んだ。今日は麦酒もお酒もなし。

九月七日　土　十一夜

晴、朝七時頃起きた時は二十一度に達せず涼し過ぎる位であつたが日中は暑かつた、しかし二十九度位なり。午後中村来、昨日の自由払小切手の二千円を受取つて来てくれた、又北海道拓殖の封鎖預金も入れてくれた。立腹帖献本十冊持参せり。小林晃来。夕方近く村山来。今日もお酒麦酒共になし、お金は有り余る程有るのに味気無や。

九月八日　日　十二夜

朝は昨日よりも暑かつたが矢張り二十九度止まり也。午後吉田信来。今日もまだお酒麦酒共に無し、夜たまつた日記書く、五月二十九日と三十日の二日分なり。

九月九日　月　十三夜

晴すがすがしき秋日和也。朝、新潮社の使来、小説を書けと云ふ件と出版部からの挨拶なりとて御来社を待つてゐると云つた、その内行くけれどすぐには行かないから用件はそちらから聯絡せよと云ひおきたり。午後、法政大学へ行きて多田に会ひ、満洲から引き上げて帰つた北村三郎の細君にお見舞として与へる様千円託したり。三郎は西伯利《シベリ》亜《ア》へ連れて行かれた由にて細君は幼児三人を連れ北村の許に頼つてゐる也。細君には会つた事もなく名前も知らず。法政へ行きがけの途中、鄭、奥脇に出会ふ、家へ来る途中なりし由なれども失礼して引き返さず。市ヶ谷駅迄一緒に行き歩廊にて別かる。省線電車にて飯田橋迄行き、法政大学へ行く途中、中川秀秋に会つた。いつぞやの大貧帳の件そのままになつてゐる也。その挨拶を聞いて別かれたり。今日も飲み物なんにも無し、困る。夜たまつた日記の記入少少。こひ二三日来風邪気味だと云つてゐたが今日出かけた後で自分で検温したら七・五ありたる由、帰りてボンピリンキニン2のます。夕方と夜六・七と六・六也。就寝前ボンピリン一錠。

九月十日　火　十四夜

朝から南風稍《やや》強く半曇にて暑し。正午三十度五分。午頃地面がぬれるかぬれぬか程度の通り雨ありてずつと涼しくなり、午後三時二十七度に下がる。午後たまつた日記の記入稍捗る。四五日お酒が途切れて甚だ淋しい。夕方近くこひをお酒探しに行かせた。勝俣にて麦酒三本入手す、実に難有い。一本五十円也。夕3のむ。

九月十一日　水　十五夜　名月

晴、すつかり秋らしくなつた、朝七時頃二十度也。朝、村山来、麦酒一本くれた。又、会社の配給の食用油、醤油を買ふ為に空罐を取りに寄つてくれたる也。朝飯にその一本飲む、甚だうまし。午後、大井来、立腹帖を与へなほその外の寄贈分にも署名した。私の先生の残りにも署名した、大学の辰野木村の分大井に託す。平山来、国鉄情報の原稿の件なり。大井と連れ立ちて帰る。その後、村山来、落花生油一升持つて来てくれた、二百円也。夕食には飲みものなし。

九月十二日　木　十六夜
秋晴、風さわやかなり、日中の最高温度二十七度五分、裸でゐれば稍涼し過ぎ襯衣《シャツ》を著てゐて何かすれば少し暑くなりて脱ぐ。申し分なき秋日和なり。然るに今日もお酒が無いので好い時候が無駄の様なり。夕方こひ勝俣や伊勢安へお酒を探しに行つたが駄目だつた。午後たまつた日記の記入。夕、米川正夫さん来、この小屋へは初めて也。穂高書房と云ふ新らしい本屋が三笠書房の旧版百鬼園日記帖を出さしてくれとの件なり、著作権法の上では問題はないが礼儀上三笠書房の承諾を得てから御返事をすると云ふ事にした。

九月十三日　金　十七夜
薄曇、午まへ二十四度、午後小雨あり。朝ち江来。午後、大井来、困つて居る事と思ひ頼まれたわけではないが三百円貸す。頼んであるお酒手に入らぬ由なり。大井のゐるところへ新潮社の佐藤俊夫氏来、小説の催促なり、又、新方丈記の事、全集の事を話して来た。俊夫さん去りたる後へ平山来、北海道拓殖銀行から八九両月分千四百円下ろして来てくれた。朝、谷中安規、九月九日朝永眠したる由の訃報を受く。今日も麦酒お酒共に無し、止んぬる哉。

九月十四日　土　十八夜

曇、午後通り雨あり、夕方から本降りとなる。午まへの二十六度強最高にて午後は温度下がる。申し分無き時候なるにお酒なし。毎日待ち兼ねて大分日が経つたから何をする気もせず身体がだるくなつた。神田が復興のお祭にてお酒はみんなそつちへ行つて仕舞ふと云ふ話也。昨夜は東の方の遠くから夜空に太鼓の音が響いてゐた、お祭の太鼓なる可し。去年にくらべて負けたなりにお目出度いと思へどもお酒をみんな持つて行つてしまふは戦争中の軍人と同断なり、憎みて余りあり。夜たまつた日記の記入。

九月十五日　日　十九夜

昨夜の雨は夜の中に上がりて今朝はすがすがしき秋日和也。午頃より温度上がり二十九度を越えたり。こひは薯の配給にて午まへから出かけた儘暇取りて帰らず、未だ食事前なる為空腹堪へ難し、一時過ぎて漸く帰り来る。そこへ満洲から引揚げた吉田庄三郎来、十何年振り也、先日南品川の本山荻舟氏方から葉書をよこしたので心待ちに待つてゐた、年は取つてゐるけれど元気也。今日も麦酒お酒共に無し、夕方が近くなるのが憂鬱なり。国鉄情報の原稿書かうと思ふけれど書き始める気がしない。夜たまつた日記の記入少少、頭重し、お酒が飲めぬからだらう。

九月十六日　月　二十夜
曇、朝から午頃迄二十四度、午後空晴れて日ざし暑し。朝からち江来、午までゐる。午後兜町へ散髪に行つた、往復共市電と省線にて何処へも寄らず。留守に放送局教養部の渡辺九郎来りし由、帰つてから平山来、暫らく話して行く。その後へ右の渡辺九郎再来、ラヂオにて宮城との対談を放送したいとの事なり、ことわる。今日も夕方の飲み物無し。夜たまつた日記の記入少少、六月十八日と十九日両日分。

九月十七日　火　二十一夜
晴、夜は曇る。朝ち江来、麦酒一本持参せり、六十円也。午後市電にて西神田の青磁社へ行く。大井の印税の事に口添へする為旧知の佐藤佐太郎に会はうと思つたが不在、又出なほす事にする。神保町へ昨日引越したと云ふ三笠書房へ廻り広瀬に会つた。先日米川正夫氏より話しありたる百鬼園日記帖の件の挨拶也。市電にて帰る。夕こひ頭がふらふらすると云ふ。夕、麦酒一本飲んだ、何日振りか也。

九月十八日　水　二十二夜
昨夜の夜中に雨が降り出したが今朝やみ、午頃迄曇りにて午後に又降り出し本降りとなる。日中二十六度午ち江来、午後中村来。夕方は豪雨也、雷鳴る。今日も酒なし。夜たまつた日記の記入少少。

九月十九日　木　二十三夜

昨日の雨上がりて朝は曇、午頃から青空出づ。午美野来、御飯をたべた、三百円与ふ。午後ち江来。午後美野再来麦酒一本持参す。夕近く平山来、お米を一升許り持つて来てくれた。これなかりせば今晩の御飯有らざる也。夕村山来、石鹼、鮭鑵詰、鰹塩幸、豆炒りの鍋、等を買つて来てくれた、〆百三十五円也。

九月二十日　金　二十四夜

雲あれども晴、二十六七度。しかし日ざしは暑く外から帰れば汗づく也。朝、平山の使にて運輸省の編輯員来り麦酒四本届けてくれた。実に何とも難有い、〆て二百二十円也。午後出かけて市電にて西神田の青磁社に行き佐藤佐太郎氏に会つた。大井の事也。水道橋に出で市電にて新潮社へ行く。哲夫君は不在にて俊夫専務に会つて来た。新方丈記と全集の話なり、月曜日に確答をもたらす由也。夕こひ四谷見附にて新米二升買つて来た、一升65円也、少し安くなつた。夕麦酒4本飲む。

九月二十一日　土　二十五夜

昨日と同じ様なお天気にて晴れて雲あり、温度も同様外の日ざしの暑き事も同断也。午後出かける。往復市電、初めに朝日新聞社に行き蕨弁三郎さんに会ふ。「王様の背中」を誠ちやんにやる為也、去年の七月二十四日まだ戦争中のメモに、「蕨誠ニ王様ノ背中の件」と記したがその本の包の紐に挟んだ儘残つてゐた。郵船にあつた為焼け残つた王様の背中を誠にやり度いと思つたのである。その内に誠は岐阜の在の疎開先から帰京したので、いつか朝日新聞のお父さんに託したいと考へてゐた。四月七日に本の扉に署名し、その日附も記してゐる、今日漸く持つて行つて渡した。又その序《ついで》に十月三日の諏訪《すは》根自子《ねじこ》の帰朝第一回演奏会の切符を明日朝日新聞で売り出すので二枚買つておいて貰ふ様頼んだ、一枚二十五円也。大井を誘つて同道するつもりなり。ヰスキー一本貰ふ。それから歩いて木挽町の宮城の稽古場へ行つた、途中、銀座の尾張町を横切り大変な人出で賑はつてゐるので驚いた。暫らく宮城と話して帰る。留守中に村山来りし由、醤油を持つて来てくれた。今日はお酒麦酒無し。ヰスキーは論外也。夜たまつた日記の記入、六月二十二日より二十七日まで。

九月二十二日　日　二十六夜

曇、日中二十四度に達せず。涼し過ぎて午後は窓や上り口の硝子戸を閉めた。朝、宮ぎ奥さん来、麦酒二本くれた。宮ぎの原稿を持参せり。午後宮城の原稿なほし。夕麦酒二本飲む。

九月二十三日　月　二十七夜

今年初の秋雨也。夜半から降り出した。朝の外の支度出来ず。朝十八度、午二十度。夜に入つて雨やむ。午後無為。今夕は麦酒もお酒も無し。夜、国鉄情報の原稿書き始む。第二稿なり。書き出したら一気にすんだ、六枚、題未定。

九月二十四日　火　二十八夜　中日

雨上がつたが朝から一日曇にて二十三度止まり也、夕方一時晴れた。今年は今日が秋分なり。朝ち江来。午後大井来、夜昨夜の原稿の読み返し、題は「夜の風」。

今晩もなんにも無し。夕食の仕舞頃煮立つたお湯をさした計りの急須をひつくり返して左のふくらつぱみにやけどをした。

九月二十五日　水　二十九夜

曇、朝の内は時時小雨ぱらつく。午頃薄日がさしたが後また暗くなる。午後温度上りて二十四度半なり。朝、創造社中出博来、原稿の依頼也ことわる。午美野来、麦酒一本持参す。支那料理屋にて八十円と云ふ、百円与ふ。午後、一昨日の原稿をもう一度読みなほして題を「夜道」に改めた。夕近く平山来、原稿を渡した。原稿料先月分と右の分と四百八十円宛《づつ》〆て九百六十円持参せり、今日少し頭痛し。夕麦酒一本飲む。

九月二十六日　木　一夜

秋晴、日中二十六度。朝、平山来、お米一升と御馳走帖の印税の内二千円とを持つて来てくれた。お米は近日中矢張り中村平山の手にて買へる事になつてゐる内の内借りにて平山の家のを持つて来てくれたらしい。午、大井来、一緒に午飯を食べた。夕大井再来、月桂冠一升さげたり、二十日振りにてお酒が飲める。今日のは大井のプレゼントなり。夕大井と一献す。大井と二人にて約八合也。

九月二十七日　金　二夜

曇、午まへ少し蒸し暑いと思つたら南風稍強く吹き始めたり。今月五日以来お酒が無く毎晩飲み度い飲み度いと思つたが昨夜の大井の月桂冠が皮切りにて今日はこちらの配給あり、又さうなれば幾口も入手するあてがある、これから当分不自由せざる可し、ところが今日は少しむしむしする風にてお酒の晩の時候ではない。午後ち江来、清酒五合持参す、百五十円也、二百円与ふ。大井来、頼んでおいたお米三升持つて来てくれた、一升六十五円也、又、月桂冠一升二百八十円也、アテナインキ二合罎一本十円也を買つて来てくれた。お酒の配給あり、金鶏正宗の罎詰にて五合二十円也。夕お酒三本飲む。

九月二十八日　土　三夜

秋雨なり、朝から一日降り続きて外の支度何も出来ず、夕方漸く上がる。午後雨中に平山大きな袋を背負つて来、甚だうれしく思ふ、お酒の一升罎二本と食用油一升也。なほ平山の家にお酒もう一升ありとの事なり、その分三百五十円と二百円、油百八十六円、〆て千八十六円払ふ。そこへ村山来、平山去る。村山は鮭の鑵詰十ケ、糊、アルマイトのボール等持つて来てくれた、八十円払ふ。後でお酒の計算をして見るに、既に払つた分1650、後の予定の分2700にて〆て四千三百五十円となる。どうもあんまり無茶の様なれば少しく加減せんかと思ふ。平山の今日持参の一ッは地酒なる由なれども味利きして見て可なり、その分は二百円也、もう一ッのは糀善正宗と云ひ二級酒の罎詰にて三百五十円也、この分があと二本来週水曜頃に買へると云つたのを先づ見合はせようかと思ふ。明日平山に電報を打つ可し。夕お酒約四合飲んだ。

九月二十九日　日　四夜

曇、時時微雨あり、午後二十三度、夕方に近づき薄寒し。無為。夕お酒四本即ち麦酒罎に一本飲みたり。

九月三十日　月　五夜

秋晴、午後二十六度也。朝大井来、お酒一升持つて来てくれた、ずつと前に代金を託して頼んでおいた分也。法政の図書館へ行くと云つて一先づ去る。ち江来、お酒五合持参百五十円払ふ。午後大井再来、夕近く平山来、お米二升持つて来てくれた、百十円払ふ。平山を引き止めて夕一献す。二人で九合余り飲んだ。今夏中の蚊遣りの空函を片づけた、五十八ヶ也、まだ使つてゐるから幾つかふえる。

十月

十月一日　火　六夜

秋晴、今日も午前は二十六度也。午後、桜菊書院の高沢、夏目漱石全集の第三回配本短篇小説小品集を届けて来た。午後こひ町内藤村より先日配給の金鵄正宗五合入手し来る、百五十円也。夕、平山来、昨日頼んでおいた北海道拓殖の封鎖預金の払戻し七百円と御馳走帖の印税の内千円と持つて来てくれた。

十月二日　水　七夜

今日も秋晴、少し暑し、午後二十七度に上る。朝、平山来、出勤の前なり、こなひだ役所から持つて来てくれた油がいけないと云つて又持つて行つた。午過《ひるすぎ》、中川さん来、麦酒罎につめた甲州葡萄酒一本貰ふ。届けようと思つてゐた立腹帖を進呈す。自動車を待たしてゐると云ふので上には上がらず。壕の菅野より清酒五合入手、百五十円也。夕たまつた日記記入少少。夕お酒三合飲む。

十月三日　木　八夜

朝は雨、後上がつたが通り雨頻りなり、雲の脚速く少し時化模様にて蒸し暑し、正午二十七度、暫らく振りにて出かける日に運わるくこんなお天気なり。午、新潮社の使来、新方丈記を二三日前印刷に廻したと云ふ報告なり。それでその件は片づいたが、べんがら屋の中村平山の失望事件なり。午後、大井来、月桂冠五合持参す、一升買ひてその半分を与へたる残り也、二百八十円払ふ。一緒に出て市電にて日比谷より先づコバルト社へ寄る、編輯部藤井に会ふ、印税の件也。次に筋向ひの放送局へ行き演芸課の伊藤信雄と課長堀江正雄に会ふ。五日の朗読放送の許可を求めて来た百鬼園日記帳の件なり、止めさせる事にした。日記帳の序文に拾ひ読みはしてくれるなと書いてある也。それから大井と歩いて帝国劇場の諏訪根自子《すはねじこ》帰朝第一回の演奏会に行つた。最初のタルチーニの悪魔のトリルを聞いて涙しきりに流れたり。大井と一緒に帰りて一献す。ち江が来てゐたがすぐ帰つた。又、留守に村山来りし由、先日頼んでおいた六ヶ月の省線定期券を買つて来てくれた。

十月四日　金　九夜

曇、朝から蒸し暑く午頃二十八度也。時時通り雨ありて午後は急に涼しくなり夕方近く二十二度に下がる。夕六時暴雨降る。又停電なり。桐生市にゐる青木の父よりの来書にて、未だはつきりしないが、青木は多分牡丹江にて戦死してゐるらしく誠に可哀想なり、今まで露西亜《ロシア》の捕虜になつてゐるものと思つてゐた、帰つて来たら家に連れて来ようと思つてゐた、それでこの頃心に描いてゐる家を建てる時、青木の為に洋室を一ッ造りベッド等入れておいて、帰るのを待つてやらうと考へてゐた。牡丹江の戦死が事実でない事を祈るなり。午過中村来、この頃はいつも平山が用事を聯絡して中村は暫らく振り也。麦酒四本持つて来てくれた、重たいのに実に難有い。又、お米も二升あり、これは先日来の残りにて六升ありたる計算也。麦酒代二百二十円、お米代三百五十円払つた。二升分が一升55、四升分が60也。又、罎詰の清酒三本も買つてくれた由也。お金の工面はそちらでしておく由也。一升三百五十円との事也。新方丈記は新潮社にきまり中村失望す。しかしこの次の文集を出させるつもりにて今の出版事情から百二三十頁の本がいいとすればさう遠い話ではない。

十月五日　土　十夜

秋晴にて北風寒し、朝は十八度であつたのがその内十七度に下がつた。日中は二十度也。朝、コバルト社辻正3000、午後市内電車往復にて散髪に行つた。江戸橋郵便局にて吉田庄三郎に明日の案内の至急電報と村山に原稿の件の電報を打つた。歩いても汗ばむ事なし。こなひだの左脚の火傷が未だなほらぬので外出の度にこまる。夕お酒3本、麦酒1。

十月六日　日　十一夜

曇、午下明かるくなる、朝は十六度也。午、北村来、焼け出されてから初めて也、三郎の妻とその幼児三人を伴なふ。いつぞや引揚げのお見舞ひをやつたお礼に来れる也。五人連れが帰つた後妹尾来、脚の悪い弟を伴なひたり。今日吉田庄三郎を一献に招待してあるのに肝心の庄さんが来ない内に草臥《くたび》れて仕舞つた。その内、庄さん来りて妹尾兄弟去る。午後三時也。呼んだお客さんが来た途端から欠伸なり。夕一献す。二人で八合と麦酒一本なり。庄さん酔つ払つて帰る。

十月七日　月　十二夜

朝から大雨なり。午頃は風を伴なひ、その最中に裏へ行く様な巡り合はせとなる。お尻に繁吹《しぶ》きがかかるのではなく吹き降りの雨が直接にかかる。誠に風流千万な乞食暮しなり。夕方漸く上がる。夕お酒二本、余り進まず。

十月八日　火　十三夜

曇、時時明かるくなり。又微雨あり、温度上がりて二十五度位になる。午ち江来、キッドの深護謨《ふかゴム》と一番新らしい短靴とをなほしたのを持つて来た。こなひだはチョコレート皮の豚皮の短靴をなほして既にはいてゐる。今日はまた今春則武に貰つた冬外套の裏返しをするので持つて行つた、夕村山来一献す。村山とにて六合許《ばか》りか。

昨夜就寝前少し熱気あり、計つて見たら七度なり、裏で雨に敲《たた》かれたりした為かも知れない。Ｂｐｑ一錠のんで寝た、今朝は六度一分也。

十月九日　水　十四夜

曇、時時微雨あり、温度は最高二十二度。無為。夕お酒約二合。

十月十日　木　十五夜

曇後晴、朝の十七度が二十一度位に上つたが又段段薄寒くなつた。朝、文藝春秋田川博一来、原稿の依頼はことわる、「番町の空」の件は弁解す。午ち江来、午下平山来、さかづきをくれた、こなひだもくれたがその時のは土焼だつたから不満なりとけちをつけておきたる也。御馳走帖が出来て二十冊置いて行つた。吉田庄来、上がらずに行つた、尤も遅くなつた食事中にてち江も居り一ぱいなりし也。運輸省から若い者来り中村からの罎詰清酒忠勇を一本届けてくれた。夕お酒四合許り、今日の忠勇うまし。

十月十一日　金　十六夜

曇、朝十七度、火鉢に火を入れた。宵から雨の音。午、大井来、一緒に御飯を食べた。夕村山来。夕お酒三本のむ。こひ風邪加減にて昨夜就褥前六度五分、Ｂｐｑ二錠のました、今日午下七度、一錠。夕七度一分、就寝前7.3度、二錠。

十月十二日　土　十七夜

曇、朝来時時通り雨あり。午下雨しげくなる。三時平山来る筈であつたが中村と同行せり、雨中也。二人共背中に大きな袋を背負つてゐる。麦酒やお酒也。今日は御馳走帖上梓のお祝にて榜葛刺《べんがら》屋中村の家によばれる事になつてゐるが荒天の節は順延と云つてあるのでその打合せに来れる也。行く事にきめて中村先に帰る。抜け降りの後、平山と出かけた。途中から雲切れてお天気になるらし。中村の家にてお酒少少、麦酒五本飲んだ。御馳走色色ありたれども焼豆腐が珍らしいので最も賞味せり、お刺身はメジか鰹か、鰻蒲焼、卵焼、里芋、蓮、牛肉、松茸、南京豆等也。二人で送つて来てくれた。麦酒三本、清酒一升置いて行つてくれたのが今日の入荷也。

十月十三日　日　十八夜

終日快晴、南風強く吹きて稍《やや》暑し、日中二十七度強。今暁四時頃寝苦しく頻りに鼻水が出て目をさましたがその内に気分が悪くなりこひを起こす、軽き脳貧血なり。酔の所為なる可し。冷汗を拭き外の風を入れ、ヰスキ少量を飲んでなほる。

今日は風邪気味也。午後三時七度一分Bpq二錠のむ。夕六時六度七分、夜十時六度六分Bpq一錠のんでねる。こひはもうよし。午麦酒一本、夕お酒3合麦酒1、壕の菅野の取次二ノ宮巡査より一級酒五合入手、百五十円也、代金は既に先日払済。お酒の現在、四升七合計りなり、坐る所もなし。

十月十四日　月　十九夜
曇、午後は次第に雲濃くなる。午後ち江来。無為。夕お酒三合、麦酒一本のむ。麦酒はこれでもうなし。

十月十五日　火　二十夜
朝から雨、例に依りて小屋の外の支度は何も出来ない。一日降り続く。無為。午後ち江一寸来。夕お酒４本（三合余りか）飲む。九月二十四日の火傷がやっと三週間目の今日かさぶたがとれて全癒せり。

十月十六日　水　二十一夜
秋晴、終日雲翳《うんえい》無し。午下二十三度。百舌鳥《もず》の声頻り也。今年は近年になく百舌鳥が多い様に思ふ。午過大井来、千柳の羽根に麦酒ありとの事にて三本買ふ、一本八十五円にて余り高ければ先づそれ丈にしておく。時にもうお金もそろそろ無くなる也。無為。夕村山来、引止めて一献す。お酒三合許り、麦酒三本也。

十月十七日　木　二十二夜　神嘗祭

曇、午後晴れる。午後平山来、榜葛刺《べんがら》屋のお金の都合を知らせよと云ふ電報を今朝打つたので差当りのお金を五百円持つて来てくれた、又、大分前に買つておいた一級酒一升をさげて来てくれた、暫らく話して行く、今日は横浜へよばれて行く由也。夕お酒三合半許り飲む。

十月十八日　金　二十三夜

晴、午後二十一度、風弱く時候申し分なし。今暁又熱あり、後から思へば昨日午後机の前で居睡りをした、昨日から変だつたのかも知れない。午前五時半七度五分Ｂｐｑ二錠。

午、桜菊書院の山藤来二十二日の会の件也。夕べんがらの原稿書き始む。夕お酒二本にてたんのうす、まづかつたのではない。

十月十九日　土　二十四夜

秋晴、午二十二度。午ち江来、麦酒三本持参す。一本六十円也、二百円与ふ。午後村山来、鮭の鑵詰六ケと先日一本持つて来たスモークドチーズの後を頼んでおいたのを三本と持つて来てくれた。十三円と八十円にて〆て三百十八円也を今日は借りておいた。いつぞや米川正夫氏から話があつた穂高書房中澤来、百鬼園日記帖の復刊と云ふ話が模様変へとなり小説集を出させる事にした。夕方近く又熱がある様な気持がしたが計つたら六度五分半であつた。夕お酒3本、麦酒2本飲む、酔ひたり。

十月二十日　日　二十五夜
秋晴、午二十一度。夕、一昨日書きかけたべんがらの原稿を続けて終る、五枚。「流火の賦」午麦酒一本。夕お酒3本半のむ。

十月二十一日　月　二十六夜
秋晴なれども横雲あり。午二十一度。午後出かけて兜町の散髪に行き帰りに郵船の分室購買預金に寄り村山に昨日書き終つた「流火の賦」の原稿を渡した。又、平野宇佐雄に会つた、上海から帰つて以来初めて也。省線と市電とにて行き帰りは東京駅迄歩いて省線電車にて帰る。夕お酒三本半許り也。留守に吉田庄と雑誌「光」女記者来りし由、三十一日座談会の件也。

十月二十二日　火　二十七夜

朝から秋雨也。今日は桜菊書院の夏目漱石賞銓衡員の顔つなぎの会にて築地の田川へ行く事にしてゐるが雨の為例の如く小屋の外の支度出来ず。午後、サンデー毎日の松田文子来、原稿の依頼なり。ことわつたが、雨中の軒下に立ちて去らず、余りに気の毒だから今日の依頼には応じられないけれど更めて期間を定めて続けて寄稿する約束はしてもいいと云ふ事にして、帰つて相談する様に云つて帰らす。昨日来た光の鈴木津那子来、三十一日の座談会の件なり。辰野、高田保、等の名あり暫らく振りに会ひ度いから出席する事にして承諾の返事をした。会の時間迫れども雨は少しも小やみにならず、仕方がないから裏へ行つた間に桜菊書院の者誘ひに来る。先に行かせて後から支度し、市電にて出かけた。大変な御馳走也。お酒麦酒どの位か覚えなし。好い気持に酔つたが眼鏡が無くなつた、酔つて帰りて御飯を食べなほす。

十月二十三日　水　二十八夜

曇、夕方近く少し明かるし、午二十三度。朝八時半過未だ昨日の酔にて寝なほしてゐたところへ大連から股野さんの言伝を聞いて来たと云ふ者あり、こひことわりて帰らせり、フタカハと云ふ者だと云つた様なり。午後出なほすと云ひて終《つひ》に不来。午後吉田庄来、続いて大井来。夕、穂高書房の使来、ち江来、夕食す。お酒が有りすぎると思ったら平山の持つて来てくれた地酒と云ふ口一升濁れり。この頃みかんを食べながら不図気がついて見ると去年の秋から冬へかけて蜜柑の皮をしきりに賞味した。

十月二十四日　木　二十九夜
朝から時化降り也、朝二十度。午後十八度。なほ次第に下がる。夕方雨やみたり、夜は星空。夕お酒二本にてどつてりす。

十月二十五日　金　三十夜
秋晴也。午後、出隆《いでたかし》来、この小屋に初めて也。つけあみをくれた。夕近く中村平山来、御馳走帖の印税の内三千円持参す。こなひだ内お金が無かつたところにて甚だ可也。未払のお酒二本代七百円、麦酒三本代百六十五円、〆八百六十五円を払ふ。夕お酒三本、これにて一ヶ月以来のお酒の洪水無くなる、明日のあてはなし。十月二十一日欄、流火の賦を北雷の記と訂正する事にきめて村山に葉書出す。

十月二十六日　土　一夜
秋晴、朝二十三日に来た大連の股野さんの言伝を聞いて来たと云ふ男再来す。丸で見当もつかぬ話なり。別の下心ありたる如し、何も云ひ出し得ずして去る。米川正夫さん来、上がらずに暫らく話して帰る。「新樹」と云ふ雑誌に原稿をくれとの事なれどそれはことわる。これから穂高書房へ行くと云ふので先日の小説集の件につき言伝を頼んだ。午後、三笠書房の使来、大井が先日持つて来た漱石物語の原稿三篇渡した。午後、出かけたところへ平山来、お米二升持つて来てくれた、百十円也。上がらせずに一緒に出て四谷駅から代々木迄同車して別かれ、桜菊書院へ行く、初めて也。社長その他に会ひ、上田と先日田川の宴席にて話しのあつた小説集の事を更めて打ち合はせて引き受けた。

二十二日の田川にて眼鏡がなくなつたのでその事も尋ねたが手がかり無しとの事なれば、帰途、四谷見附の浅倉眼鏡店に寄りて新らしい眼鏡を誂へた。玉と縁とサックとにて百二十七円払ひ、帰りに土手の下を歩いてゐる時、桜菊書院の若い衆向うより来り、今お宅迄お知らせに行つたところなり、眼鏡は同夜の同客、林房雄が鎌倉へ持つて帰つてゐたと云ふ。見つかつたのは難有いが今お金を払つて来たばかりの眼鏡屋への挨拶に困る。眼鏡を二ツ持つてゐる事はまたどこかで無くすると云ふ事を前提としない限り無意味である。浅倉眼鏡店へその若い衆に行つて取り消して貰ふ事にした。夕、酒無し、しかし地酒の濁つたのがある、結局それを飲む。二本あけたところへ平野力来、それで又飲み続ける、みんなで四本位なる可し、平野は御飯を食べて行く。

十月二十七日　日　二夜

秋晴、午後二十三度。午後、歩いて暫らく振りに小林博士へ行く。焼跡に建つた新築を訪ねたら果して引越して来てゐたが小林博士は不在であつた。今年度の腸窒扶斯《チフス》の予防接種が既に一ヶ月半位も遅れてゐるなり、又近日中に出なほさうと思ふ。省線電車にて帰る。日向を歩くと汗が出た。夕、吉田庄さん来、就職口も見つからず、岡山へ引き上げようかと云ふ話なり。三百円進呈するつもりにてその用意が出来たと云ふ速達のはかきを出したから来たのだが、そんな話なので五百円にして進呈せり。夕方、お酒が無いからまた濁つたのを一本飲んだ。後はもう飲めない。酒塩にも使つてゐるが、なほ残りあり、もつと進行すると酒塩にもならぬ故、今晩火入れをした。麦酒罎に一本なり。右は九月二十六日以来お酒一斗三升、麦酒約十五本を家で飲んだ挙げ句の話也。

今日は朝から一日軽き結滞あり、この頃の時候の産物なるか。台湾へ行つた時もさうであつたとこひ云へり。

十月二十八日　月　三夜

秋晴なれども北風強く寒し、午後十八度なり。午ち江来、麦酒一本持参す、六十円也、七十円与ふ。午後桜菊書院の使の女社員二度来る。二十六日欄記載の眼鏡を持つて来、又、後から四谷見附の浅倉眼鏡店へ一たん払つた代金を届けてくれた、二十六日に山藤が取り返しておいてくれたる也。夕、麦酒一本飲む。夜寒し。焜炉《こんろ》にがんがん火を起こす。去年はこんな事は出来なかつた。

十月二十九日　火　四夜

風無く絶好の秋晴なり。昨夜は今年初めての寒さにてその為によく眠られず今朝六時七度也。朝の内は初めて電気ストーヴをつけて夜はあんか。

午、いつぞや原稿を見てくれと云つて来た小林来、書いて来た原稿を預かりて、上がらせずにすぐかへらせる。午後出かけて九段の穂高書房へ行く。初めて也。小説集を桜菊書院に出させる事にしたに就いて打合はせた。居候匆々を出したいとの話なり。それから市電にて新潮社へ行つたが野球に行つたとかにてだれも在らず、市電と省線にて帰る。市ケ谷駅にて伸六さんに会つた。留守に三笠書房の竹内広瀬と共に来りし由也。夕、今日はお酒無き御飯にしようと思つてゐるところへ中村平山来、お米三升の内の若干とお酒一升携へたり、二人と一献す。御飯は食べずに行けり。未だ始めぬ内に村山来、上がらせる事叶はず、上がり口にて用件をすます。先日中買物の代金約三百七十円返す、又、今日買つて来てくれたメタボリン代九十九円五十銭も払ひたり。夕お酒約六合也。又約三合松木さんへ上げた。

十月三十日　水　五夜

晴、雲あり、午二十度。日曜以来毎日小林さんへ行かうと思つてゐるけれど、いつもお午過ぎ頃迄に外出の支度をする事が出来ないので一日のばしになる。今日も小林さん行をあきらめて歩いて新潮社へ行く。途中明日の座談会の会場変更の打合せに来る雑誌光の女記者に会へり。新潮社にて哲夫君は不在との事なり。俊夫氏に会ひ初めて家の新築の相談をした、全集の印税の中にて建ててくれと云ふ件也。来週水曜日に返事をきく事にして、歩いて帰る。留守に西日本新聞小田泰秀、雑誌世間高山憲之助、世界文化社安倍総一来りし由。帰つて見たら大井が来てゐた。一緒に出て四谷見附にて別かれ、市電にて新橋駅へ行く。日食の運輸次官平山孝氏の文集「みの」出版記念会なり。中村・平山の会の催しなれば出る気になりたる也。帰りは平山次官の自動車にて送られたり。帰りて昨日のお酒が一合許り残つてゐるのを飲む。今日は好い酔心地なり。一日軽き結滞あり。

十月三十一日　木　六夜

朝半曇、次第に本曇りとなり夕方から雨。朝、昨日留守中に来た世界文化社安倍再来、原稿の依頼なり、ずつと前にも来て秋になつたらと云ふ事であつたからと云へり、ことわる。午後、茗渓会館の雑誌光の座談会へ行く。夜に入りて雨中を帰る。留守に昨日の高山憲之助再来したる由。新けん法公布につきお酒の配給二合あり、又、藤村から二合くれた由也、朝の御飯の時冷やで味利きした丈にて今晩は飲まず、軽きけつたいあり。

〔編者註・以上日記帳に未記入、エンピツメモから写した。以下十二月末日迄は日記帳記載による〕

十一月

十一月一日　金　七夜

雨は夜中に上がりて朝から一日快晴也。無風にて稍《やや》暑し。午後二十四度。午後、雑誌世間の高山来。一昨日の留守中以来三度目なり。原稿の依頼なり、ことわる。穂高書房の中澤来。居候匆々の再版本の件に就き小山書店と交渉したる報告と相談なり。挿絵を抜き他の二三篇を加へて出させる事にする。昨日の配給の酒を壕の萱野より二合六十円にて闇婆さんより二合五十円にて入手せり。二三日来の結滞今日は余り気にならず。しかし時時はある。夕お酒五合半飲む。日記の記入の遅れたメモがたまつて限りが無いから今日から間に余白をあけてこの帳に記入する。間の余白は大体の見当なれば書き込んで行くと足りるか否か解らない。六月三十日以来、七八九十の四ヶ月分がメモに書きためてある。

〔欄外〕清酒二合壕ノ萱野　清酒二合ヤミ婆サンより

十一月二日　土　八夜

朝は曇、後晴れて又曇る。午後二十度。午後平山来、北海道拓殖銀行から七百円下ろして来てくれた。吉田庄さん来。愈《いよいよ》四日に立ち岡山へ行く由也。夕平山再来す。泉正宗一升罎詰二本と自分の家の配給酒四合背負つて来れり。正宗二本の代金はまだよく解らず、未払也。平山と一献す。酒うまく甚可也。二人で七合許《ばか》り飲んだ。

〔欄外〕清酒二升平山　清酒四合同平山より

十一月三日　日　九夜

晴、午後二十一度。昔の十一月三日の天長節にて今日は新憲法公布の祝日なり。昨日の夕方の空模様にてはお天気が案じられたが昔の儘の天長節日和となつて夜が明けた。新憲法のお祝でもあり負け祝でもあり、勝つたお祝は後がこはいと云ふ事もあるが、負けた後には何の気がかりも無い長閑《のどか》で穏やかな祝日なり。朝ち江来、配給の一級酒二合持参す、五十円にて買ふ。又、則武に貰つた冬外套をなほしにやつてある直し代二百五十円を渡した。午後、小林博士へ行く。今日はまだ在宅であつた。新築の応接間にて暫らく振りに話したが、腸窒扶斯《チフス》の予防注射は第二回目にあたる前後二三日間小林博士不在となる予定の由にて、その都合の為延期し来る。十日頃に又更めて行く事にせり。BD

一八〇也。こひの咳止めの頓服を貰つて帰る。行きは歩いたが帰りは省線電車にて四谷駅に降り、浅倉眼鏡店へ寄りて日外《いつぞや》の挨拶をしてサックを買つて来ようと思つたが行つて見たら休みであつた。夕お酒四合飲んだ。
〔欄外〕清酒二合ち江　清酒二合菅野より

十一月四日　月　十夜
朝は薄曇り、午後から雨となる。をかやまの原稿が非常に遅れてゐる。今日は書けるかと思つたが未だ手がつけられなかつた。夕お酒四本半飲む。

十一月五日　火　十一夜
曇、午後二十度。午下ち江来。午後こひ中川さんへ行く。午後岡山の月刊をかやまの原稿書いた「荒手」三枚也。夕お酒四本か。

十一月六日　水　十二夜
曇、午《ひる》十八度。夜は雨となる。朝、法政新聞の学生来、原稿の依頼なり、ことわる。午ち江来、麦酒一本持参す。六十五円也。午後新潮社へ行く。先週水曜日の約に従ひ家の事の返事を聞きに行つたのだが俊夫氏不在なり。又、新方丈記の校正抔《など》の事に就き哲夫君に会はうと思つたけれど同じく不在、又、出版部の者だれもゐないとの事也。帰りに岡山のをかやまに電報を打つ為牛込郵便局へ寄つた。今の建物になつてから初めて也。帰りの道順にて秀英舎の大日本印刷の前に出たから桜菊書院の漱石全集の校正室に寄つて見たが何人も来てゐなかつた。往復歩いて少し草臥《くたび》れたり。帰つて見たら大井が来てゐた。引き止めて一献する事にす。夕中村、平山来。先日平山に頼んでおいたお金の都合がつかぬ由也。しかしお酒は二本買つてある由也。二人は帰る。大井と二人で約八合と麦酒一本飲んだ。

〔欄外〕麦酒一本ち江より

十一月七日　木　十三夜

朝曇、後糠雨。到頭《たうとう》顔が洗へなかつた。朝平山来。出勤の前なり。昨日の話の一級酒二升持つて来てくれた。月桂冠なりとの事なり。一本三百五十円也、但しお金は今のところ向うで払つておいてくれた。榜葛《べんがら》刺屋にてお金の都合つかぬ故、今日はコバルト社へ印税の残り二千九百円を請取りに行かうかと思つたが止めた。五日に持つて来てくれる約束也。無為。夕お酒。

〔欄外〕清酒二升平山より

十一月八日　金　十四夜

曇。午後市電にて内幸町のコバルト社へ行き、頰白先生の印税の残り税金引去にて二千九百円請取る。これにてお仕舞也。本を十冊くれた。市電にて兜町へ行き散髪す。帰りに郵船の分室に寄りて村山に会ふ。又、平野宇佐雄にも会つた。省線電車にて帰る。中村、平山待つてゐた。御馳走帖の印税の残りから十月二十九日のお酒一升代三百円とお米三升代百六十五円と税金二千五百二十円を引去つた残り十五円也と、次の本の印税の前借三千円持つて来てくれた。次の本は多分漱石雑話なる可し。こなひだ内から借りになつてゐたお酒代、十一月二日の二本分同七日の二本分〆て四本分千四百円払つた。疲れてゐたので二人を帰し、くつろぐひまも無く夕闇に足音がして栗村、清水清兵衛を伴なひ来る。清兵衛は満洲からの引揚民となりて帰れる也。暫らく話した後、疲れてゐるから出なほして来る様に云つて帰らせる。こひは清兵衛の為に大きなお結びを三つ拵へてやつた。月曜日の夕を清兵衛の為に約束せり。夕お酒三合飲む。こなひだ内一寸お金が途切れたが今日は又五千九百円の入りなり。

十一月九日　土　十五夜

曇、時時微雨。午後平山来。本に署名したり昨日の領収書を書いたりして与ふ。引き止めて一献す。約八合と麦酒二本也。但し麦酒は平山は飲まず。午後平山のゐるところへ新潮社の使来、新方丈記の校正の件なり。大井来。配給の麦酒三本、光三十何本、朝日一ヶ等持つて来てくれた。生活費の援兵に五百円渡しておいた。

〔欄外〕麦酒三本大井より

十一月十日　日　十六夜

秋晴、午二十一度。日なたを歩くと少し汗ばむ。午後歩いて小林博士へ行く。BD 170。今年度の腸窒扶斯予防注射を受く。三回に分けて今日が第一回なり。腸窒扶斯とパラ窒扶斯の混合ワクチンなる由なり。去年は第一回八月三十一日第三回九月十四日であつたから今年は大分遅れてゐる。夕食には今日は麦酒一本だけにしておいた。格別熱も出ない様なり。夜八時六度五分半、さう思つてゐたら後になつて稍熱つぽくなり九時七度一分也。

〔欄外〕本年度腸窒扶斯予防注射第一回

十一月十一日　月　十七夜

曇、暖かし。午二十度。今朝起きる前はなほ昨夜の熱気ありたり。午後大井来。麦酒二本持つて来てくれた。一本五十五円也。一昨日の三本は配給分にて三本十八円、別に野菜代十円、〆て三十八円払ふ。美野来百円与ふ。夕近く中川さん来、新製品のキャラメルを貰ふ。きな粉のにほひがする。「頰白先生」を進呈す。中川さんは上がらなかつた。夕、約束の清兵衛来、千円与ふ。一献す。酒約六合、麦酒二本飲んだ。

〔欄外〕麦酒二本大井より

十一月十二日　火　十八夜

曇、午二十度なれども次第に薄寒し。午ち江来、麦酒一本持参す、六十円也。大井来、持参の麦酒四本二百二十円、麦二升七十円、〆て二百九十円払ふ。一緒に出て市ヶ谷駅まで同道し、歩いて新潮社へ行つたが俊夫専務も哲夫部長も留守也。歩いて帰る。夕麦酒四本飲む。例の通りこひのお相伴也。好い気持に酔ひ二人共机を間に居睡りをした。

〔欄外〕麦酒一本ち江　麦酒四本大井より

十一月十三日　水　十九夜

秋晴、午二十一度。午後大井来、半年も前から大井の顔色を見てその健康を案じてゐたが、最近診察を受けたら或は腎臓結核かも知れぬとの診断なる由。必要なる処置につき出来る丈の援助をなさんとす。麦酒三本、一本五十五円、葱一貫目、〆て百九十円也、持つて来てくれた。一緒に出てもとの朝日自動車の角まで同道し、歩いて穂高書房へ行つた。音楽学校に電話をかけさせ都合を聞いた上にて小宮さんを訪ねようと思つたが電話の返事にて今日は学校に出てゐない由なれば、あきらめて神保町迄電車に乗りて三笠書房へ行つた。小売部へも行つて見たが竹内は不在なり。広瀬に大井の事を頼む。来月以降、漱石物語の印税の内を毎月五百円宛《づつ》大井に先払ひしてくれと云ふ件也。市電にて帰る。夕中村、平山来。午麦酒一本、夕麦酒三本飲んだ。

〔欄外〕麦酒三本大井より

十一月十四日　木　二十夜

曇、後晴れたが時雨雲あり、風寒し。午過大井来、小林博士の帰り也。一緒に午飯を食べた。ち江来、則武に貰つた古外套をなほしにやつてあつたのが出来したのを持つて来た。甚だ立派也。直し代は三百二十五円也。午後新潮社へ行く。今日は暫らく振りにて哲夫君に会つた。俊夫氏は不在であつたが家の話も新潮社にてやつてくれる様なり。往復歩いた。今日はこの頃に珍らしくお酒も麦酒も無し。夜は手紙葉書七通認《したた》めたり。

十一月十五日　金　二十一夜

快晴。お午はまだ十二度であつたが午後暖かくなりて十八度に昇る。午後ち江来、麦酒四本持参す、一本六十五円宛也。今日は十一月七日の至急電報にて札幌の青磁社が戻り道再版の印税約一万円を持参すると云つて来た日であり又昨日新潮社の哲夫君が明日使を以つて五千円届けるとも云つて来たのに両福とも不来。それでもそんなにあわてない。夕麦酒三本飲む。

〔欄外〕麦酒四本ち江より

十一月十六日　土　二十二夜

快晴。朝は大分冷え込んだが午後暖かくなる。十八度、風無し。午、新潮社の使の女社員来、五千円持参す、一昨日の約束なり、新方丈記の印税の内也。午後村山来。新方丈記の校正の打合はせなり。購買組合にて塩鮭を買つて貰ふ為五百円を託しておいた。雪印バタ一封度《ポンド》持つて来てくれた、九十五円也払ふ。へんな男来りへこへこして短冊を書いて貰ひ度いと云つた、相手にせず。大井来。夕近くち江来。麦酒二本持参す、一本六十五円にて代金は昨日渡してある。晩飯を食べさせる。夕麦酒三本飲む。榜葛刺《べんがら》屋で出させる事になつてゐる「漱石雑話」は「漱石雑記帳」と云ふ名前にしようかと思ふ、夜その序文を書いた。

〔欄外〕麦酒二本ち江より

十一月十七日　日　二十三夜

朝から雨にて例の通り困る。午後上がる。午後第二回目の腸窒扶斯予防注射の為歩いて小林博士へ行く。既に往診に出かけられた後であつたが申し置きありて春雄ちやんが心当りの患家へさう云ひに行つてくれたら未だそこに居られた由にて後から小林博士帰つて来られた。誠に申し訳無し。第二回の注射を受け今日は血圧計手許になき由にてその方の検査はなし。小林博士と同道し省線電車にて四谷駅迄同車して帰る。今晩は麦酒もお酒も無し。無い様にしておきたる也。今年は先日の第一回の晩も発熱したが今日もまた夕食後の七時、六度九分強に上つた。九時七度一分。今暁一時目がさめて上厠《じようし》した。幸ひ風もなく寒くもなかつたが暗いから裸蠟燭をともした。めつたに無い事にて何の為かと考へて見たら昨日こひをわざわざ四谷見附迄買ひに行かした南京豆の十円の袋を食前と食後に一ツ宛食べた上に村山が持つて来てくれた雪印バタを御飯の時に舐めたからである。午、雨中に平山来、上がらずに帰つたがお酒が未だ手に入らぬと云ふ事を知らせて来てくれたる也。尤も一升四百五十円のお酒なら口が掛けてあるけれど余り高いから買はずにおいて相談に来たとの事なり。今なら買へない事はないが少少癪にさはる様だからよしとかうと云ふ事にせり。

〔欄外〕腸窒扶斯予防注射第二回

十一月十八日　月　二十四夜

晴、時時雲が通るけれど風無く暖かし。朝、讀賣新聞キークリーの記者石田昇来、原稿の依頼也、ことわる。午後ち江来、麦酒三本持参す、一本六十五円にて代金は一昨日渡し済也。午後新潮社へ行く。俊夫氏不在との事なり、哲夫氏に会ふ。家の新築の話の返事をしてくれる様に頼んでおいた。往復歩く。この頃の時候にて新潮社迄往復するは絶好の散歩也。夕麦酒三本飲む。後でべんがらの原稿書き始む、三枚迄書いた。

〔欄外〕麦酒三本ち江より

十一月十九日　火　二十五夜

晴、風次第に寒し。午過大井来、診断は結節性肺結核兼腎臓結核にて、入院して腎臓の抉出手術を受けなければならぬ由。入院料その他入院中の家計等出来る限り引受ける故早くそのつもりになりて準備する様すすめたり。差当り五百円渡しておいた。それにつけても十五日に来ると云つたきりになつてゐる青磁社の印税を貰ふ必要あり。午後こひを西神田の青磁社へ行かせた。明日届けてくれる様な話なり。午後、昨夜の続稿五枚余にて終る、「十六夜」。夕村山来、一緒に夕食す。今日はお酒の気一滴も無し。原稿渡した。

十一月二十日　水　二十六夜

快晴。風もなく一日ぢゆう穏やか也。時候はよし本当に申し分なき好天気なり。午まへ十一時、十四度、午後十八度。青磁社の那須国雄来、戻り道の印税を持つて来たが奥附の日附は七月にて既に四ヶ月経過してゐるから勿論全額清算する事とばかり思つてゐたら約半分の五千円しか持つて来ない。心づもり狂ひて困る也。後の半分を遅くとも来月十五日迄によこす様談じておいた。大井来、明後日入院する由なり。右の五千円の内先づ二千円渡し又別に千円は大井の分として用意してあるから差し当たり三千円ありと思つて入院せよと云つた。その外《ほか》に今月九日と昨十九日とに五百円宛渡してある。困る事は無かる可し。午まへこひが四丁目迄お米の配給を取りに行つた時、その近所の薬局で仁丹検温器二本買つて来た中の一本を与へたり。大井のゐるところへ放送局樋口徹也来、録音自動車を廻すから四五分でいいからこの住ひについて話してくれと云つた、ことわる。今日もお酒の気なし。夕方近くから平山を待ちつづけたが到頭来なかつた。

十一月二十一日．木　二十七夜

晴。朝の内は切れ雲があつたが後昨日の通りの快晴となり暖し。朝平山来。お酒が未だ手に入らぬおことわり也。又出張にて伊豆へ行くから二三日はゐないと云ふ事なり。

午後省線電車にて兜町へ散髪に行く。帰りに郵船へ寄り生駒氏に会ひ、又、永沢、竹中、庄司三君にも会つた。以上の四人に御馳走帖を一部宛進上せり。東京駅迄生駒氏等の自動車に同乗し省線電車にて帰る。今日もお酒の気なし、止んぬる哉。政府の決定にて漢字制限新仮名遣ひと云ふ事になり、毎日新聞はこなひだから紙面に実施してゐたが、今日からは朝日もさうなりさうなり。甚だ読みづらし。成る可く要領だけ勘で見て文章は読まぬ様にする様な事になる。時事新報だけは故《もと》の通り也。

十一月二十二日　金　二十八夜

朝の内晴、へんに暖かし。午頃二十一度、午後から雨となり夜迄降り続く。午過ち江来、麦酒の話也、一本六十円にて十三本買ふ事にした、七百八十円払ふ。午後ち江再来して六本届けたり。ち江に百円与ふ。夕、青磁社来、二十日の話の返事にて来月十五日迄に残金約五千円を全額清算すると約束して行きたり。夕麦酒五本飲む。

〔欄外〕麦酒六本ち江より

十一月二十三日　土　新嘗祭　二十九夜

昨夜の雨は朝上がりて快晴となる。午後二十一度、午まへち江来、昨日の麦酒の残り七本持つて来た。大井の使来、大井は昨日入院したる由也。夕近く中村、平山来、漱石雑記帳の序文を渡した。二人を相手に麦酒を飲む、七本也。

〔欄外〕麦酒七本ち江より

十一月二十四日　日　三十夜

晴、断雲あり。午十八度、夕風稍寒し。午ち江来。午過大井のお父さん来。午後歩いて小林博士、腸窒扶斯予防注射第三回を終る。本年度はこれで済み也。BD一八〇。省線電車にて帰る。麦酒の残り一本あれども今晩は飲まず。夕七時半発熱七度也。今年は予防注射の度に三度とも発熱した。

〔欄外〕腸窒扶斯予防注射第三回終り

十一月二十五日　月　一夜

薄曇、時時日ざしあり後晴れ渡りて雲翳を止めず稍寒也。午十六度。午後サンデー毎日の松田文子来、毎月一回一篇宛サンデー毎日に寄稿する事を約す。又、三十日の晩の座談会に出席する事を承知した。平山来、今日は平山家にて村山をもよび両べんがらの会をする也。平山は誘ひに来たる也。一緒に出て省線電車にて阿佐ヶ谷駅に降りたら村山と会ひ三人同道す。中村は先に行つて待つてゐた。お酒一升、但しこれは少し飲んで村山、中村、平山にまかせたり。麦酒七本一人で飲んだ。十月二十二日の田川の時ぐらゐ酔つた。四谷駅迄村山と同車にて後は一人で歩いて帰つた。

十一月二十六日　火　二夜

快晴。午後十六度。朝鎌倉文庫「社会」の吉岡達一来、二十八日の座談会に出てくれとの件也、承諾す。無為。午後こひは飯田町へ配給の襟巻を買ひに行つた序《ついで》に日本医大病院に大井を見舞ひたり。夕麦酒一本飲む。これでお仕舞なり。昨夜の大酔にも拘らず今日は宿酔無し。

十一月二十七日　水　三夜

曇。午後から雨。朝、大学新聞の学生河内光治来、原稿の依頼也、ことわる。午後こひは昨夜の夢見が悪かつたからとてち江の事を心配し阿佐ヶ谷のアパートへ見に行つた。月刊をかやまの原稿を書きかけた。今日は無酒也。

十一月二十八日　木　四夜

朝快晴、風強し、後やみて午後から曇る、午頃二十三度也。朝、村山出勤前に寄つて醬油が買へるからとて空罎を持つて行つてくれた。午、ち江来、麦酒三本持参す、一本六十円也。午後、大井の細君来、昔合羽坂に一度来た事がある。この小屋へは初めて也。

夕近く鎌倉文庫社員の吉岡自動車にて迎へに来、同車して築地の芳蘭亭へ行く。会者、久米の外に宮川曼魚《みやかはまんぎよ》、小糸源太郎、久保田万太郎。帰りに久米に誘はれて銀座裏のバアブーケへ寄り、又もう一軒、新橋近いバアにも寄つた。そこには大佛次郎《おさらぎじらう》、横山隆一等居たり。帰途は降り出してゐた。留守に村山来りて醬油半升、バタ半斤、トイレットペーパー五巻等届けてくれた。代金は塩鮭代として五百円預けてある中から払つておく由也。

〔欄外〕麦酒二本配給　麦酒三本ち江より

十一月二十九日　金　五夜

曇、午頃九度、時時小雨、寒し。午過妹尾来、招待の打合せ也。一日の日曜に行く事にした。午後運輸省から平山の使篠原来、醬油一升と国鉄情報の第三回の原稿料先払六百円を届けてくれた。稿料は前借でなく先方の都合による先払也。今迄余り覚えのない事なり。文化新聞来、十二月九日の漱石忌に就き話してくれとの件なり、ことわる。夕平山来、夕方寄る様に篠原にことづけしたる也、二人で麦酒七本飲む。

〔欄外〕麦酒二本菅野ヨリ借リ三十日ニコニコヨリ入手シテ返ス

十一月三十日　土　六夜

曇。朝の内はなほ小雨あり、寒し。午まへ七度。午妹尾の足の悪い弟来、招待を水曜日に延ばす件也。大井のお父さん来。夕近くサンデー毎日の座談会の為四谷見附から乗合自動車にて毎日新聞社へ行き自動車にて築地の料亭へ行く。酔ひて、帰途尾張町の停留場に起つてゐる時、突然前に倒れて顔に怪我をした。市電が中中来ないらしいから歩いて有楽町駅に出で省線電車にて帰る。麦酒二本ニコニコのお嫁さんより入手し昨夕壕の菅野から借りた分を返す、又町内畳屋より四本、何れも一本五十円也。

〔欄外〕麦酒四本町内畳屋より

十二月

十二月一日　日　七夜

曇、寒し。午後、毎日新聞写真部神宝達二来、写真を撮りたいと云ふ事なれども顔に怪我をしてゐるから二三日後に来る様に云つて帰らす。昨夜の顔の傷は左眉の上二、鼻に二、脣に二、左頰に最もひどいのが一にて、起きなほつた時は顔ぢゆう血みどろであつたと思はれる。その外《ほか》に左手の薬指にかすり傷一つあり厚い皮の手套をはめてゐたのに皮膚が破れてゐる。あぶない事であつた。倒れ方は全く瞬間的であり電撃の様であつてその前後に頭痛目まひ嘔き気動悸冷汗等は何も感じなかつた。近日中小林博士に届け出て置かうと思ふ。今日は気分鬱す。午《ひる》麦酒一本、夕三本飲む。母屋の松木さんの冷蔵庫に夏以来引続いて氷を入れてゐたが今日限りよす事にした。今夏から秋にかけて払つた氷代〆て千二百四十八円也。内訳、七月二五七円、八月三五二円、九月三〇九円、十月一八〇円、十一月及び十二月一日にて一五〇円也。一回分の払は初めの内は十二円であつたが、すぐに十五円となり終り迄安くはならなかつた。

十二月二日　月　八夜
寒雨、今朝起きて見たら顔がはれ上がつてゐた。無為。無酒。

十二月三日　火　九夜
晴、風強し、午後十八度。夜は又雨。朝、光文社の持丸来、未だ寝床にゐたのでことわる。午後、大井のお父さん来。持丸再来、漱石先生の本の事也。硝子戸の中を出したいと思ふから解説を書いてくれと云つた、ことわる。夕、平山来、役所で麦酒一本買つて来てくれた。五十円也。代金はいつぞや買ひそこねた食用油の代金にて先日の醤油と共に清算すみなる由。北海道拓殖銀行の封鎖預金から七百円おろして来てくれた、又更めて色色用事を頼みたり。夕麦酒一本飲む。
〔欄外〕麦酒一本平山より

十二月四日　水　十夜
快晴、午十三度。午まへ井本健作氏来、画帖に書けとの事なれども硯を出すのも大変だから近い内に法政大学へ訪ねて行つて書く事にして、手作りの提燈南瓜をくれた。近い内に失明するとの事にてその話は既に小林博士から聞いてゐるがお気の毒の至り也。いつぞや来た改造記者来、原稿の件なり、春になつたらと云ふ事にして兎も角ことわる。午まへこひ勝俣より麦酒五本入手し来る、一本六十円也。午後こひは小林博士の奥さんの見舞に行つた。玉子二十一ヶ持参す。一顆《か》七円五十銭也。それから日本医大病院に大井を見舞つた。菊花その他の花束を見舞に買つて行けと云つておいた、百十二円なりし由也。又、附添の看護婦に寸志百円与へたり。右の二軒をすませてこひ夕方帰る。先日来た毎日新聞の写真部再来す、未だ顔が少しはれて居り傷痕もとれてゐないからもう一度出なほす様に云ひたり。夕近く穂高書房中澤外一人来、小説集の原稿整理の件なり、来週水曜日にまた来る様に云つておいた。それ迄に纏めて置くつもり也。又、大井の翻訳アトランチツドの事も相談した。夕麦酒四本飲む。

〔欄外〕麦酒五本勝俣より

十二月五日　木　十一夜

晴、午後十七度。額の傷大分良し。午ち江来。午後、平山来、大井の入院料の内の封鎖払の為北海道拓殖銀行へ行つて貰ふ様頼んでおいた件にて病院宛の千百七円の封鎖払の書附を持つて来てくれた。讀賣新聞平山信義来、漱石忌に就きての原稿の依頼なり、ことわる。夕、小林博士来、昨日こひに手紙を託し怪我をした時の事を届け出ておいたから心配して診察に来られしなり。BD右一九〇、左一八〇弱。夕、村山来、「新方丈記」の著作目録の件也、又、頼んでおいたメタボリン錠三百入五函買つて来てくれた。夕麦酒一本飲む。

十二月六日　金　十二夜

晴なれども終日風強く難渋す。午後十五度。朝、中村来、未だ寝てゐたところ也、上り口にて話して帰る。午まへ新潮社の女社員、「新方丈記」の表紙を見せに来。午後大井のお父さん来、千百七円の封鎖を渡す。夕こひ勝俣より麦酒一本入手し来る。夕その一本を飲む。

〔欄外〕麦酒一本勝俣より

十二月七日　土　十三夜

晴、穏やか也、朝は随分冷える。午後大井のお父さん来、大井は益良い由なり。白鶴五合配給あり。又、同一升町内のもとのお菓子屋より入手す、三百五十円也。夕お酒五合飲む。今までずつと麦酒ばかりにてお酒が手に入らず家にてお酒を飲むのはほぼ一月振りなり。

〔欄外〕清酒五合配給　同一升お菓子屋より

十二月八日　日　十四夜

曇、寒し、雪模様の様なり。日没から雨となる。無為。夕お酒約四合飲む。

十二月九日　月　十五夜

晴、朝の内は暖かく穏やかな上天気であつたが午後から強い風が吹き出して寒くなつた。午過ち江来、麦酒一本持参す、六十円也、その場ですぐ飲んだ。午後光文社の女社員、いつぞやの座談会の謝礼を二百円持つて来た。鎌倉文庫の「社会」の編輯者座談会の速記原稿を持つて来た、なほす。夕お酒三合半飲む。

〔欄外〕麦酒一本ち江より

十二月十日　火　十六夜

晴、朝三度、氷張れりと云ふ。夜通し吹きすさんだ風がいつ迄もやまず。朝、鎌倉文庫来、速記の原稿渡す。午後、大井のお父さん来。平山来、漱石雑記帳の印税の内二千円持つて来てくれた。夕お酒三合半飲む。

十二月十一日　水　十七夜

晴、風弱し。午後出かける、歩いて九段の穂高書房に寄り今日小説集の原稿を渡す様に云つてあつたのを未だ纏めてないから延ばす様にことわつて、九段下から市内電車にて兜町に行き散髪、その帰りに会社の分室にて村山に会つて省線電車にて帰る。四谷駅を出たところにて今晩来る様に云つてある平山に会ひ一緒に帰る。平山と一献す。二人でお酒約六合、麦酒二本飲んだ。午後ち江配給の一級酒五合持参す、百七十五円で買つてやつたが濁つてゐる。又、今迄ずつと大橋から貰つてゐた目白の擂餌の粉を大橋がちつとも来なくなつたので本郷三丁目の近くの小鳥屋へち江を買ひにやつた。今日その粉を持つて来たので目白の餌の事は先づ安心なり。夕こひ門内の井上より配給の一級酒五合百二十円、麦酒二本百円にて入手し来る。外より安いのは先方の云ふ通りにした為なれどもこれでは最初の話よりは高くして買つた値段なり。午後出かけた留守に奈良の養徳社の青山来りし由。私の先生のいつか送り返した印税六千五百五十五円を持参せり。

〔欄外〕清酒五合ち江　清酒五合麦酒二本門内井上より

十二月十二日　木　十八夜

晴、穏やか也。午、平山誘ひに来、一緒に乗合自動車にて有楽町迄乗り、新らしく出来た東京日日の講堂にて諏訪根自子《すはねじこ》、井口基成《いぐちもとなり》のソナタを聴く。会場にて中村と落ち合ふ。番組は、バハ、ブラームス、ベートホーゼンにてベートホーゼンはクロイツルソナタ也。帰りに中村、平山と共に銀座の新橋寄りの大徳帽子店に行きソフトを買つた、三百円也。それから二人の案内にて銀座裏のルパンと云ふバアへ行き、麦酒九本、平山はその外にヰスキー二杯を飲み、近所のケテルスの出前なりと云ふ皿盛りの西洋料理を食べた。銀座裏のケテルスが又商売を始めてゐる事を初めて聞いた。ルパンの払ひ右にて千三百何十円なる由。帰りに数寄屋橋の近くにて汁粉、プリンを食べ、省線電車にて二人に小屋迄送られて帰る。東日講堂から帽子屋へ行く途中の路上にて中村にお歳暮二千円を進上せり。留守中に実業之日本社ホープ新美勝信来りし由、再来する由なり。

十二月十三日　金　十九夜

晴、穏やかな上天気なり。今日は十三日の金曜日也。三笠書房の使、漱石読本上巻の検印紙を持参す。午後鎌倉文庫の伊藤栄之助来、雑誌人間の二月号に小説をくれとの件也、ことわる。大井のお父さん来、二千円渡した。妹尾迎へに来、一緒に出て目白の伊藤痴遊の息の家へ案内せらる。妹尾の招待にて同席は妹尾、同弟、妹尾兄弟の世話になつてゐる家の主人なるお寺を焼かれて失職せるお坊さん、右の伊藤氏及びこの家に寄寓せる慶應の学生楢原一郎なり。酔ひて帰る途は楢原一郎がついて来てくれた。目白の通に出たら向うから十九夜の赤味のある月が上つた。楢原は小屋迄送つて来て一寸上がり蜜柑を食べて帰つた。留守に三笠書房再来せる由。

十二月十四日　土　二十夜

晴、昨日の通り穏やかな上天気也。午過平山来、二級清酒一升持つて来てくれた、三百円也。別になほ一級酒一升買つてある由にてこの分は四百円也、〆て七百円払ふ。大井の病院の封鎖払を北海道拓殖銀行から下げて来る件を頼む。三笠書房来、検印を渡す。夕近く一昨日の実業之日本社再来す。宮城と一緒に写真を写してくれとの件、又、原稿依頼の件、二つ共ことわる。夕お酒三合弱。今夜はお酒行けず御飯も進まず。

〔欄外〕清酒一升平山より

十二月十五日　日　二十一夜

曇、午後遅くから晴れて穏やかなり。夕こひ六番町藤村より先日の配給清酒五合入手し来る百七十五円也。夕五合弱飲む。その中途にて中村来、炭を持つて来てくれたるなり、一献す。

〔欄外〕清酒五合六番町藤村より

十二月十六日　月　二十二夜

晴、朝の内風立つ、夜はやむ。午町内の三年坂下のもとの駄菓子屋より先日の配給一級酒一升持つて来た、三百五十円にて買ふ。午後平山の使の篠原来、清酒一升届けてくれた。一昨日平山に託した四百円の口也。平山に頼んでおいた封鎖払の書附も届けてくれた。夕三合飲む。

〔欄外〕清酒一升お菓子屋　清酒一升平山より

十二月十七日　火　二十三夜

晴、穏やか也。十月三十日以来の家を建てる件に就き新潮社は未だに諾否を明かにせず。今日はその返事を確かめる為に出掛けようと思つたが人が来て駄目だつた。朝、運輸省の篠原平山の使にて来。午過、青磁社来、五千円持つて来る約束であつたが三千円しか持つて来なかつた。午後大井のお父さん来、三百二十八円の封鎖支払票を渡した。夕、穂高書房中澤外一名来、小説集の件に就き相談し、本の名前は「花柘榴」と定めたり。夕お酒三合余り飲む。

（記入二十二年一月十日夜）

十二月十八日　水　二十四夜

快晴、風無し、寒いけれど穏やかな冬日和也。午後十五度。午後、昨日記載の件にて新潮社へ行く。家の話は全集の刊行の時機未定と云ふ理由にて駄目にするつもりの様なり。それならそれで十月三十日の水曜から一週間後の水曜日に諾否の返事をすると云つて以来今日は七ツ目の水曜日にて甚だ多くを談《かた》らざる也。俊夫専務は三四日前から窒扶斯《チフス》にて入院せる由にて哲夫部長と右の話をした。往復歩く。夕、平山来、一献す、お酒約八合麦酒三本なれども麦酒は平山は一緒に飲むと悪酔ひするからと云ひて飲まず。麦酒六本四百円也は平山がさげて来れる也。（記入右ニ同ジ）

十二月二十日　金　二十六夜

快晴、寒し、風は昨日程ではないが矢張り相当に吹き荒れて難渋する。昨日今日の空気の為かすか乍《なが》ら喘息の気ありて息が苦しい。桜菊書院へ行かうと思つてゐたけれど今日も見合はせた。朝、小屋の掃除中、いつもの通り表の屏際の日向に出てゐたら新潮社の使来、新方丈記のマックアーサー司令部の検閲の件也。午まへ大井の細君来、家計の方のお金として千円渡しておいた。配給のお酒一升三百円にて買つて来てくれたが一級の清酒なる由なれども著しく濁つてゐる。しかし仕方がないから代金を払ふ。午三笠書房の女の使来、漱石物語上巻出来し十冊届けて来た。午後ち江来、炭二貫目買つて来た、一〆五十円也。新潮社の女社員来、一昨日行つた時、新方丈記の印税残額の清算を頼んでおいたのにその半額に足りない二千円丈持つて来た。夕お酒三合麦酒二本飲む。

（記入二十二年一月十八日）

〔欄外〕清酒一升大井より

十二月二十一日　土　二十七夜

晴、朝の内は少し雲もあつたが午後は快晴にて風無く穏やかなれども寒し。今日こそは桜菊書院へ行かうと思つてゐると午後光編輯二人来、いつぞやの座談会の速記原稿を持参す。又、栗村来、麦酒二本くれた。それで遅くなり今日も出かけるのを見合はせた。夕、中村、平山来、市ヶ谷加賀町へ行く途中なる由。中村が炭を持つて来てくれた。夕こひやみ婆さんよりの配給の清酒四合入手し来る、百四十円也。夕お酒四合、麦酒一本飲む。

（記入右同）

〔欄外〕麦酒二本栗村　清酒四合ヤミ婆サンより

十二月二十二日　日　二十八夜　冬至

冬至也、明日から少しづつ明かるくなる。曇、寒し。朝霰の降る音がした。午、村山の貞子さん来、お歳暮也、せいご、えび、いかをくれた。午後小林博士へ行く。お歳暮に五百円のお礼をした。BD右一八五、左一八〇也。往復歩いた。夕お酒約五合飲む。昨暁震源の大地震ありたり。

（記入右同）

十二月二十三日　月　二十九夜

晴、風あり。午まへ東京新聞平岩八郎来、表の屏際の日向にて会つて話す、原稿の件はことわる。午過光文社女社員来、雑誌光の速記原稿の件也、未だ見てゐないので出なほす様に云ひて帰す。午後ち江来。午後代々木駅前の桜菊書院へ行く、社長と専務に会ひ新潮社では見込無くなりたる家の新築の相談と依頼をした。何とか考へる様な挨拶なり。往復省線電車。留守に平野力と大井のお父さん来りし由也。夕お酒三合半飲む。

（二十二年一月十九日夜記入）

十二月二十四日　火　一夜

快晴風ありて寒し、午後遅くより風をさまりて寒風ゆるむ。朝、都書院青山来原稿の依頼也、ことわる。午後省線電車往復にて散髪に行く、どこへも寄らず。夕お酒約三合飲む。この頃又日記の記入が溜まつてゐる、今夜も少少記入せり十二月十二日より十四日迄。

（記入右ニ同）

十二月二十五日　水　二夜

曇、朝の内何度も霰か氷雨の降る音がした。午後ち江来。大井のお父さん来、千円渡した。夕お酒三合飲む。夜、光の速記原稿をなほした、終る。　(記入右同)

十二月二十六日　木　三夜

快晴、風無く暖かにて昨日に引きかへ申し分無き上天気也。午後小屋の中十六度、夜は小雨降り出す。朝、桜菊書院の上田理事の使の女社員来、二十三日に行つた時の専務の話では上田が二十五日に伺ふ様にすると云つたけれど、昨日は来なかつたが更めて今朝の使にて今日か明日か来るとの聯絡なり。そんな事を云つて来るのだから多分話しはいいのだらうと思ふ。午、青磁社来、印税残額四千円也。午後平山の使篠原来、麦酒空罎六本持つて行つた、代金四百円託したり。光の女記者来、速記原稿渡した。こひ夕方麦酒一本町内畳屋より六十円にて、同二本羽根より百六十円にて入手し来る。夕平山来、北海道拓殖銀行の封鎖預金の事等頼む。サンデー毎日よりいつかの座談会の謝礼二百円送り来る。夕麦酒三本飲む。その間に村山来、一緒に食事す。　(記入右同)

〔欄外〕麦酒一本畳屋　麦酒二本羽根より

十二月二十七日　金　四夜
雨、午後俄風吹きて温度昇り二十一度になつた。夜、雨上がる。夕平山来、麦酒六本持つて来てくれた。二人で飲み、こなひだ栗村のくれた濁つてゐるのが一本残つてゐたのも片附けた、結局七本。残りなし。　　　　　　　　　　　　(記入右同)
〔欄外〕麦酒六本平山より

十二月二十八日　土　五夜
曇にて穏やかなり。午過世間編輯高山憲之助来、原稿の依頼にて既に二三度目也、延期と云ふ事にしてことわる。午後大井のお父さん来、五百二十一円の封鎖支払票を渡す。中村、平山来、麦酒六本四百円也、お酒五合百五十円也、懐中電気三十八円也持つて来てくれた。代金を払ふ。こひを九段の穂高書房へやり小説集花柘榴の原稿を届けた。待つてゐた桜菊書院の上田不来。夕お酒三合、麦酒二本飲む。
(記入二十二年三月十七日)

十二月二十九日　日　六夜
朝の内は雲があつたが次第に晴れて午後は快晴となる。寒けれども風無く穏やかなり。

午後こひ大井の見舞に飯田町の日本医科大学第一病院へ行く。夕お酒二合、麦酒三本飲んだ。（記入右同）

十二月三十日　月　七夜

快晴、風無く寒いながら上天気也。午過ち江来。今日も桜菊書院の上田不来。昨日から今日来ると云つた穂高書房も不来。原稿を取りに来る筈の村山も不来、或は来るかと思つた平山も不来、昨日四谷の駅でこひに会つて今日来ると云つたと云ふ美野も不来。人を待ちて無為に暮れた。夕こひ町内羽根より麦酒三本二百四十円にて入手し来る。六番町藤村へ三百円届けてやつた。夕、来ないと思つた村山来、原稿は未だ出来てゐないかことわる。又、美野も来た。夕麦酒四本飲む。（記入右同）

〔欄外〕麦酒三本羽根より

十二月三十一日　火　八夜

終日曇、寒し。朝中村来、未だ片附け前にて困つたが信州の田舎から持ち帰つた餅、小さなお鏡、勝栗、黒豆、味噌等を貰ふ。餅は普通ののし餅の外に豆餅も黍餅もあり、誠に難有し。夕勝俣より麦酒三本二百十円にて、又、町内羽根より同じく三本二百四十円にて入手す。羽根の分は三ヶ日用のつもり也。夕麦酒三本飲んだ。（記入右同）

〈巻末エッセイ〉

かをるぶみ

谷中安規

芳墨拝誦シマシタ。世間ノ風ガ随分荒レテキマスカラ風船ノ繫留索、イヨイヨ強靭ナランコトヲ祈リマス。同封ハ薫風見舞ノシルシニ御目ニカケマス御受納下サイ。二百坪ノ畑ハ一坪ガ一歩ニテ三十歩ハ一畝ナレバ二百歩、即チ七畝足ラズデセウ。十歩ニナルト一反デスカラ大地主ト申スベキカ、大農ト称スベキカ御自愛ヲ祈上侯。

宇田川知足画伯虎皮下　五月某日

馬園拝

すつかりつゞれの錦となつた作業着の胸ポケットに、この薫風見舞は他の罹災証明書や米穀通帳なぞ今日の重要書類の束のなかにはさまつて、薫風のおしるしのみは三日見ぬ間の桜かなで余香のみこの後遠きこの男の心に、送り主の暖を置くことでありませう。さうして百万円出入の皮財布と言ふのを別のポケットからとりだして、不思議ダナア、この財布をもつてこの方、一度だつてこの底がひあがつた事があつたらうか。罹災後一年もすぎたがまだ実入仕事はなにもせず、救護金や国債貯金なぞアレコレの寄合世帯は、年のくれ近く人の住む牛小屋へひいた電燈工事代に解散をヨギなくされ、めでたや正月元旦本来の無一物状態へかへつた筈ですが、この財布は打出の小槌の化けがはりか、チャンとお宝がいれてありました。この不思議な財布は、世の中が新体制でさはぎたつてゐた頃、この男もその浪の余波をうけてか、急に殊勝な心となり、おれも今迄の生活の立て直しをせねばならぬ、それには火鉢からキノコが生え、戸袋には蜘蛛の巣がはるなどと言ふ物騒な貧乏部屋に、ボロをつくねてゐたのでは一生貧乏神との対座はまぬかれまい、いまぞ本来の福神の申し子にたちかへるいゝしほどきと、それには居を易へる要ありと、をさまつたところはこの男にしては珍らしく、床の間つきの六畳の勿体ない程立派な御座敷でした。そこにチンと坐つてをれば金もわくぢやろ、お嫁もくるぢやろといつた顔。さいはひ宿の女主人と申しますのが、そのかみ大料亭をキリモリした女将の後身、この人を世渡り学のお師匠はんにたのめば世話好な人とて乗気となり、どうかしてこのみすぼらしい男を堂堂たる大画伯先生に仕立ててあげやうと、はしのあげをろし、風呂のいり方に迄世話をやかれることでありました。ある時、この男が小銭をたもとへヂャラつかせてゐるのを見とがめて、まァゑかきの先生としたことが貧乏臭い、お宝はチャンと財布へいれるべきもの、ナァニ財布なんかいちいちあけたりしめたりめんだう臭い。と、うかつに言つたことが御気にさはり、長火鉢の前に坐らされて、だから貴方は一生涯貧乏するのですと意見を傾聴せねばならぬことになり、まァそんなわけですからネ、くるしいと思つてはなりません、みんな貴方の為を思へばこそこんなことも言ふのですから、とその意見の御駄賃に、これは私の以前の亭主が一膳めしやの貧乏時代から板前の三四十人も置く程の身代に仕上げた頃迄肌身はなさずもつてゐた鹿皮の財布、このなかへは、かれこれ百万円近くの金の出入はあつたでせう。あなたも私の家をふり出しにいままでとはちがつた立派な道中をなさる御覚悟、あなたのえんぎを祝ふしるしとしてかやうな品、これをさし上げませうとこの男へ、あたへたものでした。

　感動しやすいこの男は、その時この財布を押しいただき、さてこれをもつた以上はこののちおたからのたゆることはない。ます〳〵この財布はもとの持主の余慶によつて神変不可思議の功用を生ずるであらうと確信しました。他から見ればをかしなことですが、この男にとつては真剣でした。それですから、財布が紛失した時などは眼の色をかへ、声はうはずり、いまにも首がをちかゝりさうにさはぎたちました。なかのお宝が紛失しても、これ程おどろきもしますまいに、しかしこのうかれ胡弓は、馬園先生の愛称される風船画伯の名にそむかず、財布があたゝまると空高くまひのぼつて星の世界へでも行つてしまひさうな危惧があつて、そんな時この皮財布は、なにかこらしめのためのやうに姿をかきけすことがありました。そんなことの度かさなつた末、この財布をもつた以上はと心の定《き》めを訂正しました。

　それは財布のありなしにかゝはらず、私は一生金に不自由しませんとかきかへたことです。これなれば、どちらへころんだところで、千載不易の大憲章であります。この財布をもつかぎりと限定しますと、もしこの小槌の化けがはりがこの男を袖にした場合、たちまち後釜へ貧乏神が座るでせうから、それだと言つて長年のおなじみ、この財布にはます〳〵愛着を生じ撫でつさすりつ手垢の洗礼を継続し、おゝ大分涼しくなつたで、モウ木の葉も小判にかはる事ぢやろ珍重々々、と払子《ホッス》めいて首をふり小屋の戸口の日向ボコ、手の上にのせて虱のかけくらべを見てある程のゆとりはもたねど虱つぶしに余念のないところへ、音こそたてね、どつしりとこのつゞり方の冒頭に掲出しました文面を添へて、この男の先生よりの薫風見舞がにほひつきました。さうして四五日後には薫風に風船高くのぼり過ぎ、つなキレ〴〵となりておかしきと申す結果へ到達しました。だがつゞれの大地主ともあらう者が、この二百坪近くのもと〳〵空地の、いまは雑草園と称す可きかの程度ではありますが後来おそるべき大農とも申す可き者が、財布の底ぬけごとをチラとでも嘆くやうなおつかなびつくりの小心者であつてはならぬ、よくおきゝこれせがれよと、いまはなき親父口調となつて、この天地と申す広大無辺の皮財布をもつではないか、この大安心を心の底へ据置き、しかる上で、くよつくこととしました。つまり現金な程、喜怒哀楽の発想を自然にまかせて武士は食はねど高揚子づらはしませんでした。

顔が七面鳥のまねをしてゐても、財布の妙用には衰退はありませんでした。なる程、ぬいめなしの天地の皮財布、生きとし、生けるもののもつ財布、これは捨てやうにもすてる事は出来ぬので御座いました。やつぱり私は一生お宝に不自由はせぬ、この確信に磐石性があたへられるばかりでした。この信じこみは食糧事情の綱渡りにも通ずる作用でした。つまり自分は酉年生れだから一生食ひはぐれつこない、いつこんな重宝な定めをつくつたものか、この迷信をかむつてゐる。だが帽子だとすると財布と同様紛失のをそれがある。親ゆづりの髪の毛帽は禿げるをそれがある。そこで笠の台がこの胴にくついてゐるかぎり食ひはぐれはないとこゝにも万古不易の大憲章を適用して安心してゐるのでした。

遅配につぐ遅配でした。もうしばらくの御辛抱、貯水槽の土でもりあがつて一だん高い芋畑のあとへ、申訳ばかりに蒔いた小麦も、ほどなくとれやうかとたのもしく眺めました。さうしておとなしくガンヂー翁の門下となつて断食や半断食の日がすぎてゆきました。いまでは予定配給日を指折り数へることはやめて、そんな日のある事をさへ忘れることとしました。まつ事は一層空腹感を強調することを知つたからでした。だが不足に対するうるほひは眼に見えぬ手段として作用しました。例へば新聞紙につゝんだ握りめしが道端にをかれてあつたり、また見る影もない形相で戦災区域から町の方向へゆくと、ある娘の子が、この男をおこもさんとまちがへて、伯父さんおなかがすいてゐるのでせう、これをお母さんが伯父さんにあげなさいつてバタでこしらへたパンをくれました。男は素直にそれをうけて食べながら、さつき油つこいものがたべたいなアとフイと思ひうかべたことを思ひ出しました。このやうなわけで五日とつゞいての雑草食専一デーはありませんでした。このやうな日は、ホッタテ小屋の万年床で夜ふけに及ぶ迄、アマイアマイゆであづきや大福餅のホッペタのをちる味はひを思ひうかべて、充し得ない食欲の幻影的なおぎないとしました。これはぜいたくでした。砂糖の粉をふいたかたねりのようかん、牡丹餅なぞどうしたことか甘いものづくしばかりを眼の前にハッキリさせて、グッとつばをのみこみましたが、これではまだ本格的饑渇とは申しがたい状態でした。しかしぬき足さし足でやつてくる減食の影響はまぬかれがたいことでした。

　お米《よね》さまの御光来はあきらめましたがせめていもとかおこなとかニシンとかいただくとすぐさま力の流入のわかるものがほしかつた、草ばかりでは牛が食べるほど大量をとらねばならずと実行するとをかしなことに脱糞は兎のそれのやうに団子形となりよもぎもちのやうに美しい色つやを帯びてころげいでくしにさしてやきたい程でした。その臭気は香料的でした。つまり牛馬糞の匂ひのすることはあまりにも健康的でした。それにしても牛馬化せぬ胃袋はなにかいものやうなものをしきりと食べたいと申します。こればかりではたよりがない、さうだ、あとの千金よりもとこの間三ヶ一円五十銭也をふん発した町会からおぢやがの種を六つにわつてうめたのを掘り出さうと思ひつきました。このことをなすに暫く迷つたやうですが、ヱイとばかり敢勇をふるつてほりだしたその折の気持は幼児の手首をもぐやうな残忍さでありました。これを主食として、ハコベ、小松菜、ホーレン草などちぎりこみグタ〳〵につめていたゞきました。

この人間の脱糞が人糞臭から牛馬糞臭へと変形しつゝありと言ふ異変のをこつてゐる鼻先へこの男の先生から厚きなさけの薫風がふきつけてきてそれをはらつたことでした。

人のすんでゐる牛小屋の人間が、脱プンの牛馬糞臭化から、身体に迄変現をあらはしてやせこけた牛になつてモウ〳〵となきたてかねまじい直前にあつたが、さすれば牛の住んでゐる牛小屋で、追々牛となつて食糧不足もかこつまいと妙な想像を描いてこつそりモウ〳〵とうなつてみて一人でゲラ〳〵と笑ひました。

風船のふくれたことを自覚すると、まことは清潔な牛馬心から人心地づき、本能的充足の方向へばかり眼付をギョロつかせたことでした。そこでいままでほそ〴〵しきながら露命をつないでゐた風船がつな太やかぞと安心すると忽《たちま》ち打出の小槌をうちふつて大ニコつきの福の神、格納庫をすべり出して、これもいつかは思いで草、青空市場なるを見物せんとうかれのぼつたことでした。

風船のつながほそくとも従前の強靭さにもどつて、始めて先生の温々乎たるおもかげなつかしく、これぞまことの人心地がつきますと、なほ不逞なおのれが暖かなふところにかい抱かれてある現在の境涯に思ひをいたし、あはせて過去の回想へと心をむけかへました。

この男が戦災者となつたのは、昨年卯月十三日夜半の大空襲の時でした。それ以後、こゝやけのが原にふみとゞまつてホツタテ小屋をたてて、そこで起きふし、二百坪近くの空地の一角にうえつけたおかぼちやさまの思ひがけない大繁昌、空襲と言ふ驚天動地によつて思ひがけない事ばかりの経験の連鎖は、この男をアンデルゼン先生御作の童話国へとつれこんだやうなものでした。生れて始めて知る、土に親しむ楽しさ、ものの芽生えの魔訶不思議、ことにこの男を有頂天とならしめたものはおかぼちやさまでありました。おかぼちやさまはこの男の命の救護者でもありました。ホツタテ小屋をたてぬ前、百日近くのしめつぽい穴グラ生活に中風的病状を露呈、いまにも身をのざらしとすべきでありましたのを、この未完成のいまもなほ人の住む牛小屋なるへうつり、おかぼちやさまの美味にあやかることとなつてから眼に見えて快方へたちむかひました。空襲は日毎はげしく、本土上陸とかも、もはや時の問題となりました。人間界はかくの如く修羅の巷を現出し、夏天のもと血に染んで右往左往してをりますのに、おかぼちやさまはおのが職分を忠実に履行してゐました。花を咲かし実をつけました。さうしてもくもくとみのりゆたかな極上味をこの男の自由に委ねました。ひとことものは申しませぬがこの男に多くを語りました、しまひにはおかぼちやさまがこの男か、この男がおかぼちやさまかけじめわからぬ交流さへ生じ、むしあつい夜、空襲よりも恐しい蚊群の吸血に夢うつゝ、たゞならぬなかこの男は葉影に天漠をながめてゐるくり南瓜になつてゐる自分を発見することも度度でした。このお話を委曲にわたつてのべだしてゐてはあまりに長尺物となりますから、あらためて御目にかける日もあるかと存じます。

思ひがけなく戦ひはアッサリかぶとをぬぐことによつて終りました。このすなほさこそ日本のもつ強さであると、この男は自分の為につくつた道歌めいたものをくちづさみました。風のまゝなびく草木と身をなして土にすがれる根のつよさかな、やれ〳〵と思ふと同時に心のタガもゆるみました。

おかぼちやさまと来年の再会を期すると、こん度はおさつさまとしばらくおつき合をしました。

餅ぬきのお正月にもかゝはらず、お餅も祝せてもらひました。それは隣組の人達に共産党ならぬこの男も愛せられてゐたからです。またその元旦にひと昔前、馬園内倉先生の小説を、その夕刊に連載した日本一の時事新報が復刊されためでたさに輪をかけてのよろこびは、内倉先生が夕刊小説執筆当時を偲ぶ一文を祝詞としてよせられた末尾に、その小説の片棒かつぎのさしゑ画家、この男の空襲ヒンパンとなりてこの方消息不明なるも、さいわひこの一文の眼にとまり安否の程しらせくれなば幸甚とつけ加へられてあつた事でした。これもこの男を愛して下さる知友からききしつたことでした。おゝこの男はかくも愛せられてゐたのでした。さうしてあの人この人、愛して下さつた人達を思ひ出すといままで忘れてゐた人の世がなつかしくなつてきました。ことに先生を思へば新聞の一文にまでその後輩を思ふお気づかひ筆のはこびのなかにうれしく、一刻も早く延命息災の由をおしらせしなければとそれにしてもねむつたなり一向おきあがらぬおのれの冬眠をはがゆく思ひました。

旧いお札《さつ》がたゞの紙となる日がきました。その頃二三日春がきたかなと蛇も穴からのぞきたげな日和にうかされて男は先生の焼亡前のおすまひ近くへ出かけました。なんと荒涼としたやけあとの光景でありましたらう。天日もこの世ならぬ照らし方、狐狸さへすまはぬ程の、それは先生の処女作、アメリカ国ポオ氏やドイツ国のA・T・ホフマンと比肩すべき日本的異怪の作、冥途よりうけるフンキキと一脈通ずる凄相さを感じさせました。もとのおやしき町の広荘な邸宅をとりかこむへいとへいとの中にはさまつた閑雅な二階建、かたみの松だになく、やけたと申しますよりは忽然として消えてしまうたとしか思はれません。ようやくさがしあてたそこは、その大通りの裏、土手ぞひの小道のかたほとり、やけのこつた塀の隅、ホツタテ小屋でありました。全く百馬先生かくれ家の段とでもかたりいでたいをもむきでした。おくさまは姉さまかぶり軒下で七輪の下をあほいでゐらつしやる。そこへもうろうとあらはれたこの男をみとめオヤとおどろき顔は声となる。マア宇田川さん。アナタ宇田川さんで御座いますね、その声に小屋から先生の顔、やア風船さんよくこられました、おたつしやでなによりでした、風船さんの消息のその後、あとをたえたで、これは到頭《たうとう》、風船玉がハレツしてめでたく昇天なされしか無事でいらしやればいゝにと時時案じてをりましたが、御無事でなによりでした。わが大画伯の頭上へもこゝなる大文豪の足下へもその威武に恐れをなしてかバク弾、焼夷ダンの方でよりつけなかつたものと見えますな、支那服を身につけられた先生の御様子には、むかしもいまも一向おかはりは見うけられませんでした、お好きなビールも窮くつなこと故大きな御身体も眼に見えて縮小しておられはせぬかなぞと思つてをりましたが、罹災当時、小鳥かゝへて小屋うつりと、なにやら新聞の記事に出てゐたとやら、その幸運の小鳥にすり餌をやつてをられました。この男にしては生あるものはなにもかも食料に見えるのですからこの鳥のくしざしをチラと想像しましたがこれは先生への冒瀆めいて空恐ろしくあはてて心中に湧いた邪悪な想像をもみけしました。自分の食味は一汁一菜に甘んじても小鳥にはおいしい〳〵スリ餌をねんごろに調理して食べさせてをいでになります。このねんごろさは一年も消息不明のまゝ勝手な頃合に風とともに至たりついた風来画伯にも及びました。その時もこの男としては目前大急の必要であつた重宝物を、両三日もすればたゞのペーパーになるもの、思ひのまゝ御料理下さいと御見舞としてこの男に下さつたことでした。先生の無事な御様子におあひすると山積してゐたその後のお話は門をピタリと閉ぢました。たゞお互ひが無事で再びめぐりあつたことだけがこをどりするやうなよろこびでした。久しく不明のまゝたちきれてゐた先生とのたまのかよひじもゑにしのいとすじをむすびあはすこととなつたわけでした。かへりぢに際しこれをしほに時時風来致しますと申せば、イヤ時時こんな手ぜまなところへこられてもおあげ申す席もないこちらも気を使つて窮くつ、願くば折ふしの風信をこそ、ではその様いたしませう、御きげん宜しうと頂戴ものをふところに別になほ二三日もすれば只の紙となる分もありましたし証紙の百円をとつてをいてもいさゝかのこるが貯金する程ではなく、この春めいた暖かさにこの男相応のふところの曖昧も手伝つて元来うかれ胡弓となりたがる風船男が神田の青空市場なる雑沓のなかで五つ十円の夏みかんを、えものにのぞむ犬そつくりのど首ならしてかぢりながらこれをなんだかしれぬ心のときめきの前祝ひにたゞならぬお祭気分を味はつたことでした。

冬眠からさめることだととりきめたところ、ふたゝび天日かきくもり、その後、幾たびもの降雪、白皚々の冬景色、雪ふりやめば北風太郎の吠吼でした。この乱暴者は、この男のホツタテ小屋を服のじやまにして春までには押しころがしてしまひたい。トタン屋根の半分だけははぎとつてやつたがこの万年床の上だけはなか〳〵用意周到だと腕組思案の体《てい》、はてはけつたりふんだり、ほえつくかみつく大乱痴気、それを平気の平座で万年床で亀の首、木も草も枯れしぼんでヂツとして時節到来をまつてゐるのだからおれも成可くヂツとしてをらう。

冬眠よりさめ次第、自分相応の車に油をさす為、私を愛してくれた人達を歴訪し、私の生存をつげまはらう、いまも都のうちにありながらやけた区域とやけぬ区域とには各段の相違が生じはじめました。この男のすむこゝは滝の川区中里町ですが、これは滝の川村字中里と呼んだ方がしつくりするやうな一年足らずのうちにあたりは鄙びた風色を呈しはじめてゐました。さうしてこの男が時たま町へ出かける時なぞには、町さいつてくんべいからあとのことさよろしくおたのみ申しますダと田舎言葉をつかひましても、わざとらしくはありませんでした。

いまはその感じは緩和されましたが荒涼としたやけのが原であつた時、こゝにとりのこつてゐるものにとつては人跡未踏の山中にをるやうなものでした。それでつひ都門にありながら辺陬《へんすう》の地ゐきにあるも同様な世界と没交渉の日が過ぎました。いまや戦ひをはつてまた都門へと雄飛をこゝろみるためには消息文にはねをそへて御無沙汰むきの門辺に到達せしめ、敷居の高さを低めて置くむきもありまづその手始めに折ふしの風信をこそとこの男に所望されました内倉先生あてにながながしい牛のよだれ文をかきはじめました。

それこれ日をくらすうち今度こそ本当に、うらうらと照れる春日に雲雀あがり心たのしもひとりし思へばと歌ひながら春の女神さまがをとづれてこられました。蛙も底深い貯水槽から浮び出て日向ボッコをしてゐます。人間われのいつ迄の眼ぞ、これらのものにも恥づかしいと男は土をほつくりかへし今年こそこの字中里村のおかぼちや大尽さまになりませうとまづおかぼちやさまのタネマキでした。毎日毎日そこへチョコチョコ、こちらへパラパラ、なにかしらのタネをまきました。まけば生えるこの魔法、それはこの男にとつて不思議千万なおどろきでした。この男のさいふと同様のおどろきでした。先生の消息文へは罹災以来のはなしをすじに、これらのこともかきそへられました。しかしこの下書をうつしとつてゐたのではいつ迄もらちがあきませぬ故、ごく簡略な消息文を第一信としてお送りしたことでした。その消息には風船のつなはほそ〴〵しきながら強靭、ドーニカコーニカ兄弟も仲よくくらすおもむきなどのべましてガンヂー翁傘下への入門の次第などをのどやかにいと楽しく壕舎ぐらしの一景としてかきそへましたが、食糧不足の今日、実入もなくて風船どのも難渋であらうと察納の上、薫風見舞としての暖かな処置をこの男の為にとられたことでありました。

この冥加男はいま丁度御食事ごしらへまつくろになつてやれ七りんの下をくべてをりました。このにたきの時にはかならず煙突さうぢになると言ふあのコールター漬けの電信柱の木片をもやしたててゐました。タチマチ小屋には黒い雪が舞ひ上り、ニューム鍋にはヒゲがはえました。この男の顔や手足は勿ろんなべのなかのまつしろなむしパンも黒くなる程でした。男の顔にはみち足りたいろがうかんでゐます、それもその筈、マッカーサー指令の厚意による小麦粉を旱天の慈雨とばかりいたゞいたからでした。このヒトキロのおこなによつて、やきパン、ムシパン、やさい入パン、いつもどこかちがつた料理が出来ました。やさいパンなぞは豊饒でした。ネギ、チソ、小松菜、ホーレン草、しんぎく、ヨモギ、タケのコ、ハコベ、大根、メヨーガ、山ゴボー、ちぎりきざんでねりました。アルトキハ道でおじやが畑荒しがあはてて落していつたものでありましたのでせう、おじやがを十五六粒、それをアンコにして、大きなふかしパンが出来ました。なんたる美味求真ぞやと、この男の舌がさへずりました。さうして小麦のフスマを材料の一片五円の代用パンや五ケ十円のあやしげなまんじゆうなぞと比べ合せて、これを往来の真昼中も闇と云ふあのすさまじさで売つたなら、十五円、イヤ二十円だとすれば一食分三十円見当の御馳走でした。遅配からはては欠配による損耗はかうして埋め合せがついて行くのでした。

いたゞきはじめると、身体全体、頭の血までが胃袋となつていくらたべても食ひたりない底ぬけ腹となるのでした。

でもいゝかげんにくらひやめて食禄みちたりたかゝる日は、畑に出てうたひました。米びつの底をのぞいてくよつくな、食ひたいホーダイたべなさろ、明日の食扶持あるかしら、思ひ案ずることはない、それまたなぜと申すなら、神とともなるわれ故に、いつもべそ〳〵うつたへるつまといふものもたぬから。

ボツ〳〵おかぼちやさまも日にましつるをのばしはじめます。男はくらいうちから畑に出ました。さうしてうたをうたひます。それは白秋先生のお歌、大空になにもなければ入道雲むくりむくりとわきにけるかも、これをもぢつて、

大空になにもないから坊主雲
むくり／＼とふきだしたァ
やれこれやせつせとくわのさき
はたけくろつちよい地肌
これが砂糖であつたなら
品はおちても黒砂糖
へいつくぼーしてなめホーダイ
ホイ／＼

つかれますと、いもだはらを二枚かさねたこれがたたみがはりの万年床へ、ひとやすみとかへります。

あの薫風見舞に鼻をひよこつかせたこの男は、それからひと月もまへからとつておきの紙で、封筒をつくり、切手を買ひに焼のこりの区域へよろめきゆき、封じの為の米つぶをとなりぐみの二三げんを戸別訪問から得て、ようやく薫風見舞の御礼言上一通をポストの底へおとしました。それと同時に胸のつかへがおりたやうでした。次にこの画伯の御礼言上なるをうつしておきませう。

冠省

くん風にガンヂー門を追ひだされ、ガンヂーもそのうちには、畑のおかぼちやの全盛時代が再開することでありませうから、よし遅配、欠配なほけいぞくするも、いのちはつゝがなくけいぞくされることで御座居ませう。どうにかこうにか兄弟かきにせめかずくらしております。しかし乍《なが》ら、うすらさむいふところ工合、かゝるところへ先生より思はぬくん風吹きもて来たり、風船のつるいよ〳〵強靭の度を加へ候。

青空市場へまいりやみぐひもいたし候。はたけづくりのかたはら錬金術にもいそしみ申し、その為仕事の方にも二三心あたり生じ候。これくん風到来によつてのたまものなり。

そのありがたきくん風のかきごこちだに、そのまま御馳走さまとも申さず、舌なめずつて人心地もありもせば、ねんごろなる御配慮に感激してさそくなる御礼をなすべきを、せんえんなして今日に及び候。このこといたくおしかりなく御海容の程願入候。

御内室様へも宜しく御鳳声の程。

今日はたゞ薫風のゆかしきかきごこち、わが鼻いたく悦喜せる趣をのみ申しそへまして御礼といたします。まことにありがたうございました。

百馬城主

内倉百馬園先生

虎皮下の下のそのまた下

おかぼちやさま国建設委員長

雲居復興農園主風船画伯

（初出　『藝林閒歩』一九四七年三月号／遺稿）

（たになか・やすのり　画家）

『百鬼園戦後日記』

『百鬼園戦後日記』（全二巻）小澤書店　一九八二年三月、四月刊
上巻　昭和二十年八月二十二日～二十二年五月三十一日
下巻　昭和二十二年六月一日～二十四年十二月三十一日

同書は福武書店版『新輯　內田百閒全集』23～25（一九八八年刊）に、また上巻のみ、ちくま文庫版『內田百閒集成』23（二〇〇四年八月刊）に収録された。

編集付記

一、本書は『百鬼園戦後日記』（小澤書店、全三巻）を底本として、三分冊に再編集したものです。本巻には昭和二十年八月二十二日から昭和二十一年十二月三十一日までを収録しました。本文中の「編者註」は平山三郎（小澤書店版）によるものです。

一、文庫化に際し、旧字旧仮名遣いを新字旧仮名遣いに改め、『新輯内田百閒全集』23巻、24巻を参照しました。

一、巻末に谷中安規「かをるぶみ」（『回想　内田百閒』津軽書房、一九七五年三月刊所収）を収録しました。

一、底本中、明らかな誤植と思われる箇所は訂正し、難読と思われる語にはルビを付しました。

一、本文中に今日では不適切と思われる表現もありますが、作品の時代背景及び著者が故人であること、刊行当時の時代背景と作品の文化的価値に鑑みて、底本のままとしました。

一、本書の編集にあたり佐藤聖氏の協力を得ました。

中公文庫

百鬼園《ひゃっきえん》戦後《せんご》日記《にっき》 I

2019年1月25日　初版発行

著　者　內《うち》田《だ》 百閒《ひゃっけん》

発行者　松田 陽三

発行所　中央公論新社
〒100-8152　東京都千代田区大手町1-7-1
電話　販売 03-5299-1730　編集 03-5299-1890
URL http://www.chuko.co.jp/

DTP　平面惑星
印　刷　三晃印刷
製　本　小泉製本

Published by CHUOKORON-SHINSHA, INC.
Printed in Japan　ISBN978-4-12-206677-9 C1195

定価はカバーに表示してあります。落丁本・乱丁本はお手数ですが小社販売部宛お送り下さい。送料小社負担にてお取り替えいたします。

各書目の下段の数字はISBNコードです。978－4－12が省略してあります。

中公文庫既刊より

う-9-4 御馳走帖　内田百閒《ひゃっけん》
朝はミルク、昼はもり蕎麦、夜は山海の珍味に舌鼓をうつ百閒先生の、窮乏時代から知友との会食まで食味の楽しみを綴った名随筆。〈解説〉平山三郎
202693-3

う-9-5 ノラや　内田百閒
ある日行方知れずになった野良猫の子ノラと居つきながらも病死したクルツ。二匹の愛猫にまつわる愛情と機知とに満ちた連作14篇。〈解説〉平山三郎
202784-8

う-9-6 一病息災　内田百閒
持病の発作に恐々としつつも医者の目を盗み麦酒をがぶがぶ……。ご存知百閒先生が、己の病、身体、健康について飄々と綴った随筆を集成したアンソロジー。
204220-9

う-9-7 東京焼盡《しょうじん》　内田百閒
空襲に明け暮れる太平洋戦争末期の日々を、文学の目と現実の目をないまぜつつ綴る日録。詩精神あふれる稀有の東京空襲体験記。
204340-4

う-9-10 阿呆の鳥飼　内田百閒
鶯の鳴き方が悪いと気に病み、漱石山房に文鳥を連れて行く……。『ノラや』の著者が小動物たちとの暮しを綴る掌篇集。〈解説〉角田光代
206258-0

う-9-11 大貧帳　内田百閒
お金はなくても腹の底はいつも福福である――質屋、借金、原稿料……飄然としたなかに笑いが滲みでる。百鬼園先生独特の諧謔に彩られた貧乏美学エッセイ。
206469-0

ひ-37-1 実歴阿房列車先生　平山三郎
阿房列車の同行者〈ヒマラヤ山系〉にして国鉄職員だった著者が内田百閒の旅と日常を綴った好エッセイ。人物像を伝えるエピソード満載。〈解説〉酒井順子
206639-7